재미난
서촌 한옥살이와
지구촌 손님들

* 이 도서는 한국출판문화산업진흥원의 '2020년 우수출판콘텐츠
제작 지원' 사업 선정작입니다.

**재미난
서촌 한옥살이와
지구촌 손님들**

이병언, 신장현 글·사진

1판 1쇄 발행 | 2020. 11. 25

발행처 | **Human & Books**
발행인 | 하응백
출판등록 | 2002년 6월 5일 제2002-113호
서울특별시 종로구 삼일대로 457 1409호(경운동, 수운회관)
기획 홍보부 | 02-6327-3535, 편집부 | 02-6327-3537, 팩시밀리 | 02-6327-5353
이메일 | hbooks@empas.com

ISBN 978-89-6078-727-8 03800

재미난
서촌 한옥살이와
지구촌 손님들

이병언, 신장현 글·사진

Human & Books

차례

서촌,
대문을
활짝 열고

마당에 살어리랏다

서촌의 이 땅집에 대한 이야기를 하는데 마당을 맨 앞에 놓지 않을 수 없다. 우리가 이곳으로 와서 가장 잘 쓰고 싶었고, 실제 그렇게 했으니까. 대문을 열고 들어서면 '요건 몰랐지' 하듯 동공을 확 열어주는 시원한 땅 자리. 집 안에 오롯이 자리 잡은 이 공간은 한옥의 특징을 보여주는 곳이기도 하다.

2014년 5월 어느 날, 우리 부부가 이 동네에 놀러 왔다가 불쑥 한옥에 매

하늘을 이고 마음껏 뛰놀 수 있던 마당에 대한 추억이 다시 마당을 부른다.

함석 챙 안에 잡힌 하늘이 캔버스 같다.

혹된 사연 역시 그렇다. 봉당 아래로 빙 둘러져 채송화가 피어있던 풍경이 어찌나 재미있고 아름답던지! 엄지손가락만 한 빨갛거나 노란, 혹은 다홍빛깔의 활짝 핀 꽃들에 그만 넋을 놓고 말았다. 이어서 든 생각… 서울 한복판에도 마당이 있는 집이 있구나! 고향을 떠난 지 얼마 만에 본 맨땅이었던가. 나무나 화초가 자라고 뻥 뚫린 하늘을 바라볼 수 있는 땅의 자리. 마당에 징검다리처럼 놓인 돌확이며 레일목도 그저 신기하게만 보였다. 여기서는 얼마든 노닐고 뛰고 떠들 수 있겠구나. 심심하지 않겠다는 생각과 함께 당장 누구라도 부르고 싶었다.

그러니까 공중 부양된 아파트에서는 도저히 엄두도 못 낼 일을 치를 수 있

는 공간이 바로 마당이
다. 이곳에서 한 층 높
은 돌 기단 위에 봉당
이 있고 봉당에서 마루
나 방으로 올라서는 댓
돌이나 툇마루가 있다.
ㄷ자 구조의 트인 쪽에
무대를 놓고 지면에서
올라간 봉당이 있는 곳

시골의 초가집 마당에서 치러진 할아버지(앞줄 왼쪽에서 네번째, 그 오른쪽이 할머니)의 환갑 잔치, 1960년대 중반.

을 관객석으로 하면 바로 자연스러운 야외무대가 된다. 더구나 지붕 아래의 처마와 챙이 소리를 모아주는 역할도 하질 않나.

시골 출신인 나는 고향인 초가집 마당에서 일어났거나 펼쳐졌던 많은 일들을 기억하고 있다. 여름이면 멍석을 깔고 할아버지와 할머니를 비롯한 온 식구들이 둘러앉아서 찐 옥수수를 먹으며 도란도란 이야기꽃을 피웠으며, 벌러덩 누워 밤하늘의 무수한 별을 세거나 별똥별을 쫓았다. 겨울이 다가오면 김장으로 한바탕 법석이 일었고 설날에 멍석을 펴고 놀던 윷놀이도 흔히 봤던 풍경. 할아버지의 환갑잔치는 물론 당신이 돌아가셨을 때 마을 사람들이 모여 떠들썩하니 초상을 치르던 모습도 빛바랜 기억으로 남아있다. 어렸을 적 그 마당은 얼마나 컸는지 모른다. 싸리비로 곡식 검불이며 낙엽 따위, 혹은 눈발을 치우는데 쓸어도 쓸어도 끝이 없었다.

새로 발을 내디딘 우리 땅집의 마당은 그렇게 넓은 게 아니었다. 손바닥보다야 크겠지만 그래봤자 몇 뼘 안 된다. 어쩌다 보니 제 나이 든 줄은 모르고 마당이 적은 것만 보이는 걸까. 그래도 당장 추억을 떠올리게 하고 꿈틀 욕망을 불러일으켰다. 그래, 여기서 곰순 씨와 나의 꿈을 펼치자! 대문을 활짝 열고 뭔가 한판 신나는 일을 벌이면 누군가 들어와 어울릴 수도 있지 않을까. 얼렁뚱땅 나는 스스로 마당쇠가 되기로 작정했다. 내가 가장 먼저 할 일은 마당에 깔 멍석을 찾아보는 일. 신설동 풍물시장이며 청계천 변 잡화점 등을 돌아다니다 겨우 그 옛날식 멍석을 구할 수 있었다. 사랑방에서 할아버지가 새끼줄에다 침을 퉤퉤 묻혀가며 짜던 바로 그런 멍석이다.

마침 마수걸이 행사를 벌일 구실도 생겼다. 곰순 씨가 30여 년의 교직 생활을 정리하고 명예퇴직을 한 터. 주말을 기해 우리 집 마당에는 그동안 그녀가 만났던 몇몇 동료 선생님들과 가족, 친지들이 모였다. 다분히 가족 행사의 성격이겠지만 나는 이 마당이 담을 수 있는 의미와 풍경을 잘 살려보려 애썼다. 그러니까 옛날 옛적 우리네 땅집이 들일 수 있는 최대

게하를 열기 전 이 집에서 시골 생활을 즐기던 뚱딱이와 곰순 씨

한의 용량대로 마음을 넣어보려 한 것.

애써 오시는 손님들에게 무엇인가 보여 줘야 하지 않을까. 하여 나는 우리 부부가 젊은 시절 어쩌다 출연한 EBS 방송물 '교사의 하루'를 준비했다. 스승의 날을 맞아 방송됐던 그것은 서울 변두리 낡은 연립주택에서 아이들을 어

추억의 영상, '교사의 하루'를 본 뒤

렵게 키우며 시골 중학교로 출퇴근하는 평교사의 하루가 애잔하게 담겨 있었다.

어둠이 내리고 그 기록물을 빔프로젝트로 흰 벽에 쏘아대니 영화처럼 보인다. 나는 이 작업을 위해 방송물을 20분짜리로 줄였고 잘 알지도 못하는 비디오 기기들과 몇 날 며칠을 씨름해야 했다. 마침 그런 기록물이 있었으니 가능한 일이었지만 행사 후에 반응은 예상외로 뜨거웠다. 마치 야외극장에서 공짜 영화를 본 기분이라고도 하고 더러는 눈시울을 붉히며 새삼 곰순 씨에게 따뜻한 위로의 말을 건네기도 했다. 나 또한 뒤늦게나마 아내에게 할 노릇을 한 뿌듯함을 느꼈다.

내가 어떤 계기로 게스트하우스를 알았는지는 잘 기억나지 않는다. 그래도 언젠가 기회가 되면 그런 걸 해봐야겠다고 막연히 생각했었다. 원체 엉뚱

한 짓을 잘하는 데다 변화를 좋아하는 기질이니까. 곰순 씨는 툭탁하면 '게스트하우스의 G자도 모르는 사람을 여기까지 끌고 와 고생시킨다'고 나를 핀잔한다. 사실이지만 억울한 면도 있다. 당시 서촌이 핫플레이스로 떠오르며 많은 관

서촌이 핫플레이스로 떠오르며 '이상의 집' 근처 레스토랑에 들어가기 위해 장사진을 이룬 손님들

광객이 몰려들었다. 이들 중 상당수가 우리 집을 기웃거리거나 막무가내로 들어왔고 그 바람에 우리는 뭔가 할 게 없나 진지해졌다.

자연히 게스트하우스가 공동의 꿈이자 목표로 구체화하기 시작한 셈. 무엇보다 살림만 하던 집을 숙박 겸용 한옥체험업소로 바꾸려니 시설 개조와 리노베이션이 필수였다. 우리 부부는 호흡도 맞추고 다툼도 벌이면서 문제를 해결해나갔다. 함께 서울관광공사에서 실시하는 교육을 받았으며 서로 머리를 맞대고 홈페이지도 만들었다. 그야말로 인생 2막의 경기에 나선 이인삼각의 주자

붓글씨 캘리그라피와 초승달의 이미지, 그리고 솟대 모양을 올린 간판

가 된 셈이랄까. 각종 물품을 구하러 다니는 건 오로지 내 몫이었지만 쏠쏠한 재미도 있었다. 서울 자체가 온갖 물품을 파는 거대한 시장이란 걸 이때서야 알았다. 이윽고 바깥 처마 밑에 솟대 모양의 청동 간판까지 매다니 제법 재미난 꼴이다.

이런 준비 끝에 2015년 12월 19일, 개업식을 가질 수 있었다. 아직 사업자 등록조차 못했는데 우리는 마음이 급했다. 동장군이 선수 치기 전에 이 집의 성주님께 어서 복을 빌어야지. 그러려면 지신밟기 같은 한판의 푸닥거리가 빠질 수 있나. 우리는 판소리 한 마당을 준비했

내·외국인을 위하여 제작한 현수막과 홈페이지 팝업(위)과 현수막(아래)

고 축사를 해줄 윤후명 선생님이라든가 여러 지인들, 또한 우리와 교분이 있던 외국인들도 모셨다. 우리 집 맞은편 창성동에서 소설학당을 열고 계신 선생님은 나를 작가의 길로 이끌어주시고 이전에도 가끔 들르신 적이 있었다.

선생님은 이곳이 바로 '이상의 집' 이웃이란 사실을 떠올려주고 "서촌집이 이곳에 꼭 있어야 하는 재미난, 뜻있는 문화공간으로 자리잡아가기 바란다"고 격려해주었다. 곰순 씨는 인사말로 "점점 사람을 찾아가고 만나기 어려워지는 때, 세상 소식을 전해주는 손님들과 정을 나누며 살아가겠다"고 밝

했다. 사회자가 갑자기 나를 지명해 굳이 한마디 하라고 했는데, 나는 얼떨결에 "게스트하우스의 마당쇠가 되기로 하였으니 이왕이면 세계적인 마당쇠가 되겠노라"고 떠벌였다. 재미로 한 말에 여기저기서 웃는 소리와 박수가 들렸다. 그 뒤로 일어난 일들을 돌아보니 그게 희떠운 소리만은 아니었지만.

곰순 씨는 이웃에게 떡을 돌리는 우리의 오랜 이사 풍습을 잘 알고 있었다. 그걸 안 하면 큰일이라도 날 듯 이사를 할 때마다 북 치듯이 했으니까. 설마 방앗간에 우리가 개업 떡까지 주문할 줄이야! 우리는 시루떡과 가래떡 각각 한 말을 맞추면서도 부족할까 노심초사했다. 그런데 여기저기 협찬 음식과 한과, 과일 따위가 많이 들어와 행사 전후해 이웃과 손님들에게 푸짐하게 나눠줄 수 있었다.

판소리 마당으로는 김미나 명창이 단가 '사철가'에 이어 춘향전 '어사 상봉 장면'의 절창을, 이효덕 소리꾼이 흥보가 '박타는 대목'으로 흥을 돋워줬다. 막판에 관객들 모두가 어깨를 들썩이며 신명나게 부른 진도아리랑까지 한 시간 여에 걸친 공연이 그야말로 눈 깜빡할 새 끝났다. 손님은 이런 날 마음껏 먹고 실컷 떠들어야 진짜 손님이다. 삼삼오오 모여든 객들이 멍석 위의 테이블이며 거실과 방 곳곳에 놓은 교자상, 주방의 식탁에까지 차려놓은 음식과 몇 동이 막걸리를 순식간에 비우니 '소문났던' 바로 그 잔칫날.

거의 모두가 놀랐듯이 우리 역시 입을 다물 수 없던 기적 같은 하루였다. 요술 자루처럼 자그마한 한옥에 그 많은 사람들이 들어갔고, 몇 뼘 넓이의 마당에서 그 큰 공연이 이루어졌다는 사실. 소리꾼이 성주풀이까지 불러대니 안 나오고 배기나. 백 년 가까이 이 집을 지켜주시던 성주님도 놀라 얼떨떨했을 성싶은데….

그렇게 지신밟기가 끝나고 이후 시시때때로 이어진 마당놀이나 행사에 대해 일일이 열거하기는 지면이 짧다. 말하자면 오프닝 행사에 이어 이듬해 4월, 두 번째 판소리도 그렇다. 이번에는 유료 공연으로 하여 제목도 '겁 없는 춘향의 쑥대머리 사랑가'라고 재미있게 붙였다. 이효덕 소리꾼의 제안에 따라 그 문하생 '락앤판' 소리꾼들의 민요, 그리고 해금 연주 등을 곁들인 공연. 숨결 고운 봄날 저녁에서 밤으로 이어지는 시간, 한옥의 마당은 더욱 고즈넉하고 아름답다. 활짝 핀 불두화와 수국이 무대 장치 같은가 하면 삼삼오오 손뼉을 치고 벙글거리는 얼굴들이 또한 화사한 꽃봉오리들과 같았다. 곰순 씨도 관객들의 호응에 따라 흥보가 '저 중이 가다가' 대목을 신나게 불러젖혔다. 우리 부부가 이효덕 소리꾼을 따라 지난 수년간 흥보가 완창을 목표로 소리와 아울러 민요, 북 장단을 배워왔던 사실을 이젠 드러내도 좋겠다. 그런 재미가 깊어 여기까지 왔으니까.

판소리 마당에서 열창하는 이효덕 소리꾼

재미난골 감성프로젝트 '바람결에 쉬어가며', 록과 민요의 콜라보레이션을 시도한 가수 이은근 공연(2018년 5월 19일)

허긴 마당에서 재미만 보고 놀이만 하면 안 되겠지.

2016년 5월에는 공부 거리라 할 만한 행사도 열렸다. '문학비단길'(회장: 이평재) 주최의 이 행사는 윤후명 선생님의 등단 50주년을 기념하는 이벤트로 비단길 작가들은 물론 일반 독자들이 마당에 둘러앉아 낭독회 형식으로 독서의 즐거움을 함께 한 자리. 낭랑하게 책을 읽는 소리가 처마의 함석을 따라 바람결 같은 울림을 만든다. 그 옛날 동구 밖의 커다란 느티나무 아래서 까슬까슬한 멍석에 배를 깔고 읽던 책 맛도 이렇지 않았던가. 낭독회 뒤에는 팝페라 가수인 이엘(EL)의 성악곡이 독서 뒤의 청량감을 더해주기도 했다. 살짝 늘어진 오후의 졸음에 쫓

재미난골의 벽면에 걸려 심심치 않게 눈길을 끄는 현수막

기던 독자도 이때는 눈을 반짝이며 환호한다. 마이크를 사용해 그렇게 엄청난 고음까지 뿜어내는 가수의 노래를 이 마당에서 직접 듣다니 우리도 내심 놀랐다.

윤후명 선생의 등단 50주년 기념행사로 치러진 '문학 비단길'의 소설낭독회

다시 대문을 활짝 여니 인왕산 골을 타고 내려온 바람이 시원하게 불어든다. 폭우로 깨끗이 씻기고 다져진 마당에 바람이 맴돌이를 한다. 곰순 씨는 기다렸다는 듯이 방에 있던 꿉꿉한 이부자리들을 건넨다. 어쩌다 손가락 마디마디 울퉁불퉁해졌어도 그렇게 나를 믿어온 손길이 다사롭고 사랑스럽기만 하다.

옹기종기 잡채 먹는 날

오늘은 우리 부부가 이 한옥을 개방한 뒤 벌이는 세 번째의 '잡채데이'였다. 문밖 골목 입구에 다시 엑스(X)배너로 '지금 막 잡채'란 현수막을 걸어놓았다. 물론 잡채만 내놓는 건 아니다. 한 가지 메뉴로만 손님을 끌기 어려울 듯해 추가한 것이 해물파전이다. 잡채처럼 곰순 씨가 꽤 좋아하고 잘 한대서 내세운 음식이 그거니까.

반짝 아이디어로 이름 붙인 '지금 막 잡채'

아울러 녹차와 매실, 오미자차도 주문할 수 있게 준비했다. 전통차라기보다는 손쉽게 구성한 대용차들이 대부분이다. 값을 매기기도, 받기도 미안할 정도다. 그렇지만 재료만큼은 대부분 원산지에서 직접 보고 구한 것으로 단연 믿을 만하다. 얼마 전 우리 부부가 나주에 여행 갔다가 찾은 금성산

잡채는 역시 따듯할 때 먹어야 제 맛

야생녹차도 그렇고 목포 앞바다 압해도에서 유기농법으로 재배한 무화과도 그렇다. 매실청은 친지분이 홍천 농장에서 농약을 쓰지 않고 키운 매실을 가공한 것이라고 장담하며 제공했다.

과연 손님이 몇 명이나 올까? 오기는 올까. 이전처럼 아예 안 오면 얼마나 낭패인가. 그래도 몇 명은 오겠지. 의문과 기대 속에 12시 넘어 장사를 시작했다. 집안 곳곳을 치우고 마당에 테이블을 놓고 문밖에 배너며 입간판을 세우는 일은 내 몫이다. 그동안 곰순 씨는 양파며 당근, 고추, 쪽파 등을 다듬고 해물파전 반죽을 준비한다. 오징어 껍질을 잘 벗기고 썰어 알새우, 조갯살 등을 쪽파와 함께 밀가루 반죽에 버무려 넣고 있는 모습을 보면 벌써 군침이 돈다. 눈에 익은 대로 자연스럽고 늘 진지해 보이는 부엌의 풍경이다. 잡채와 전을 삼시 세 때의 밥처럼 해온 곰순 씨가 아닌가. 아내는 그만큼 익숙하고 잘하는 일을 아주 천연스럽게 척척 해낸다. 그에 비해서 나는 이 집의 마당쇠를 자처하며 새로 알고 배우게 된 일들이다.

오늘은 5월 1일 노동절이다. 나 역시 넥타이를 매고 있었다면 맘 편히 쉬었을 것이다. 그런데 아내와 함께 나선 장사라니! 무얼 팔기엔 대목이라 할 만하게 이번엔 몇 년 만에 황금연휴라고 들썩이는 때다. 이곳 서촌 골목에도 관광객들과 행인들이 물밀 듯이 쏟아져 들어오고 있다. 하지만 이곳엔 문을 연지 2시간이 넘도록 손님이라곤 코빼기도 안 비친다.

"뭐, 우리가 손님처럼 즐기면 어때?"

흘깃 곰순 씨를 보며 내가 묻는 말이다. 흰나비가 날아와 이제 막 꽃피는 작은 나무들 사이를 노닌다. 벌써 보름 넘게 피어 있는 천리향의 자디잔 꽃들이며 이제 막 피기 시작한 산사나무 꽃들, 심지어 화살나무의 노란 꽃들도 보인다. 너무 자잘해서 감질나는지 나비가 오히려 희롱당하는 꼴이다. 배롱나무며 석류의 이파리들도 손톱만큼 커져 있다. 한창 무성해진 작약은 큰 꽃망울을 인 채 한들거린다. 이제 한껏 물을 머금고 있는 모양이다. 그 옆에는 옹기수조에 놓인 물레방아가 시원하게 돌고 있다.

"그래. 이렇게 좋은 덴데…."

손님은 왜 안 오냐는 곰순 씨의 반응이다. 그리고는 곧 서가에서 뽑아 든 '호박목걸이'에 깊이 빠져든다. 영국인 메리 테일러(Mary Taylor)가 쓴 이 책은 구한말 금광 사업가인 미국인 남편과 그를 따라 와서 한양에서 지내게 된 그녀의 삶이 시대적 배경과 잘 어우러져 있는 자서전. 이들이 살던 '딜쿠샤'란 저택이 우리 집에서 가까워 가보기도 했었다. 나는 이 책을 읽으면서 옛날 인왕산 자락과 이곳의 풍경이 어땠을까 상상하곤 했다. 우리가 언제 이렇게 한가하게 같은 책을 이어서 읽었던가. 옛날의 젊은 시절로 돌아간 듯했다.

무료해질 만하다 싶을 때 우르르 한 무리의 사람들이 들이닥쳤다. 구경꾼인가 했더니 외국인들을 포함한 손님이 아닌가. 모두 네 명으로 덩치가 커 대문 입구가 꽉 막힐 정도다. 기웃거리는 게 아니라 쑥쑥 들어오는 모습이 너무 반갑고 기뻤다. 그들은 방으로 들어가려다 마당의 원탁 테이블에 빙 둘러앉았다. 나는 애써 긴장감을 감추고 그들에게 다가갔다. 일행 중에 한국인이 우

외국인 일행이 한식체험으로 즐거운 시간을 보내며

리 메뉴를 설명해주고 의논을 모아 주문했다. 옹기잡채 2인분과 파전, 녹차였다. 잡채는 재료와 크기에 따라 '옹기 잡채' '종기 잡채'로 구분한 것. 그들은 처음에 김치전을 주문했다가 바꿨는데 그만큼 한국 음식을 잘 아는 듯했다.

곰순 씨와 나는 부엌에서 쾌재를 불렀다.

'아, 이렇게 손님을 받는구나! 그것도 외국인의 입맛을 사로잡을 찬스처럼.'

받고 나니 신기한 느낌이다.

엠마(Emma)를 비롯한 그들은 뉴질랜드에서 와서 오랫동안 한국에 머물고 있다고 했다. 우리말도 떠듬떠듬 하며 친밀감을 내비쳤다. 혹시 포크가 필요하냐고 물었는데 의외로 젓가락을 잘 사용했다. 또한 자주 그래왔던 듯이 잡채와 함께 밥을 시켰다. 원래 메뉴에는 없지만 우리는 공깃밥에 충분히 한 끼 식사가 될 수 있도록 반찬도 곁들였다. 며칠 전 담근 오이소박이와 깍

서촌집에서는 손님들을 위한 아침 식사로 뚝심 있게 '곰순'표 집밥을 내놓는다.

비빔밥, 불고기, 닭볶음탕과 해물전도 자주 오르는 메뉴

두기, 그리고 갓김치가 제격이었다. 갓김치는 이런 행사를 위한 듯 바로 며칠 전에 여수에서 사는 처조카가 보내준 것. 딴에는 최선의 서비스를 한 셈이다. 먼발치에서도 그들이 만족해하는 모습을 보니 더욱 신이 났다. 그들은 식사 후에도 차를 마시며 한참을 웃고 떠들다 일어섰다.

엠마 일행이 자리를 뜨는데 기다렸다는 듯이 이번에는 두 명의 아가씨들이 마당에 들어선다. 곰순 씨가 그들을 맞고 메뉴를 설명한다. 나는 새 손님들에게 교자상이 있는 방으로 안내했다. 그런데 아무래도 바깥의 마당 분위기가 더 나아 보이는 모양. 나는 다시 바깥 테이블로 준비한다. 접시들과 공기들을 나르고 행주로 테이블을 훔치고…. 스스로가 놀랄 순발력이다.

"이러다 손님들이 줄줄이 오는 거 아냐?"

곰순 씨가 활짝 편 얼굴로 들뜬 목소리다.

"감당 못할 정도는 아니겠지."

이번에는 옹기잡채 1인분과 파전 1인분이다.

이때 걱정스러운 일이 벌어진다. 손님이 또 들이닥쳤다. 부부로 보이는데 잡채를 시킨다. 그런데 포장을 해달라는 것. 곰순 씨는 "우리 잡채는 금방 드

셔야 하는 거라서…" 난감한 반응을 보인다. 내가 찡긋 눈짓을 하고 나서야 포장해주겠다고 바꿔 말한다. 다만 2인분이 기본이라는 조건을 달아서. 포장 용기가 없어 고심하던 우리는 락앤락 새 통을 음식과 함께 그냥 주기로 한다.

잡채와 파전 요리를 먹고 난 손님들에게 녹차를 서비스로 내줬다. 이제 보 니 마당의 나무늘보 같은 의자가 제구실을 한다. 마름모형의 접이식 다리와 지지대에 천막 천을 얹어놓은 형태. 손님은 그곳에 몸을 길게 늘이고 편한 휴 식에 잠겨 있다. 대문 옆의 시렁에 놓아둔 '늘어진 시계'가 눈에 들어온다. 곰 순 씨가 얼마 전 예술의 전당 '살바도르 달리(Salvador Dalí)전'을 관람하고 구입했다는 것. 해가 뉘엿뉘엿 지며 그렇게 시간이 늘어지기 시작한다.

장사가 이렇게 힘든 것이로구나! 손님이 끊기자 다시 일어나는 생각. 누 군가가 오기를 기다려야 한다는 새삼스럽지 않은 사실. 당연히 올 줄 알았던

한식 체험으로 손님과 함께 빚는 만두

손님이 안 올 때 그 답답함이라니. 물론 본격적인 장사도 아니고 어디까지나 '한옥체험업'의 음식 체험을 내세운 이벤트였다. 그래도 그렇지 너무 기대 밖이었다. 하루 7만 원은 벌었을까. 아니지. 두 사람이 일한 거니까 한 사람 당 3만 5천 원 꼴. 그런 실없는 계산도 해본다. 직장 다닐 때는 시간만 가면 꼬박꼬박 나오던 월급이 있었다. 돌아보면 적지 않은 액수였고 돈 귀한 줄 몰랐다. 그런데 이제 완전히 새로운 사실을 깨닫는다. 돈 만 원도 어디서 그냥 떨어지지 않는다!

아니, 그걸 알자고 이런 판을 벌였던가? 우습기도 하고 한심하기도 하다. 그렇지만 그나마 일을 할 수 있다는 사실만으로도 고마워해야지. 아무렴, 고맙고말고. 아직은 젊고 건강하다는 생각이니까. 뭘 하든 몸을 움직여야지. 그 새로운 인생 이모작의 시작이다.

판소리 공연, '적벽가'

　오늘은 서촌집의 연중 최대 행사인 판소리마당이 열리는 날이다. 이번으로 벌써 네 번째 이르는 공연이다. 2015년 첫 번째 마당으로 '춘향가'를 선보인 후, 흥보가, 국악공연 등 우리 부부가 다짐했던 대로 해마다 벌여온 작은 공연 마당.

　새벽에 눈을 뜨자마자 걱정이 일었다. 어젯밤 단체 손님들이 묵으며 새벽 2시까지 떠들썩해 거의 잠을 못 잤기 때문. 어떻게 그리 왕성하게 먹고 마시고 밤새 떠들 수 있는지! 살짝 짜증이 나다가 부러운 생각까지 들었다. 나도 한때는 저런 모임에서 술도 안 마시면서 어떻든 굳세게 잘 어울렸는데….

　다행히 손님이 아침 일찍 떠나 우리 부부는 행사 준비에 몰입했다. 각자 맡은 일을 폭풍 같이 해내는 것이다. 손님들이 사용한 산더미 같은 이불이며요, 매트 커버를 세탁하는 일은 내 몫이다. 세탁기가 돌아가는 동안 손님들에게 제공할 다과를 점검해본다. 뚱딴이는 밖에서 공연 자리를 만들기 시작한다. 문 입구의 안내 진열대며 신발장 등을 치우고 마당을 평평하게 고르고 멍석을 깐다. 벽 쪽에 갈대발을 치니 그 앞에 위치한 산사나무와 남천, 그리고 항아리가 그림 같다.

　나는 이쪽 부엌 창을 통해 뚱딱이가 재주를 부리는 모습을 곁눈질해 본다. 문방구에 다녀온 그가 봉당에 쭈그려 앉아 한참 공작 시간을 갖는다. 그렇게 진지할 땐 영락없이 어린아이와 같다. 보아하니 이런저런 깃발을 만드는 모양이다. 노랑, 빨강, 검정 등 색색의 커다란 한지를 세모꼴로 오려 그 속에 매직펜으로 용(龍)자를 그려놓고 깃대에 붙이는 것. 오늘 올리는 판소리가 '적벽대전'이니 전쟁터 분위기를 만들려는 속셈이려니. 아니나 다를까. 그는 그 깃발을 이웃집 철제 벽 구조물에 달아 놓고 집안에 굴러다니던 장수탈도 무대 전면에 걸어놓는다. 일전에 내가 한국관광공사에서 주최한 한옥스테이 운영자 워크숍에서 체험활동으로 만들었던 탈이다. 그럴싸하게 관우나 장비 같은 장수를 떠올리게 한다. 이쯤 되니 뚱딱이의 상상이 기특하게도 보인다.

김미나 명창의 판소리 적벽가 공연

그래도 심심했던지 뚱딱이는 마당 구석에 있던 고사목 조각을 가운데로 옮겨 놓는다. 이전에 집안 공사를 맡았던 신교동 목수님이 한옥에 어울릴 법하다며 희사한 조각상. 무대에 놓으니 묘한 분위기를 풍긴다.

"아이고, 여수빵댕이짓을 잘도 하는군!"

나는 식혜 한 잔 내놓으며 한마디 칭찬하지 않을 수 없었다. 그의 기발한 짓을 볼 때마다 내가 놀려대는 말이다. 치기 어린 듯하면서 그럴싸하다는 얘기. 무엇보다 돈을 쓰지 않으니 기특하기만 했다.

예정된 5시에도 빈자리가 많아 어쩔 수 없이 30분을 늦췄다. 이럴 때 가장 속이 탄다. 이러다 정말 관객들이 없으면 어쩌나. 나는 기다리는 손님들에게 맞춰놓은 콩설기와 식혜를 돌리며 애써 웃음 짓는다. 콩설기는 아직 따듯하고 살얼음이 살짝 남은 식혜는 시원하다. 공연료 2만 원이 너무 셌나? 이젠 그냥 손님만 마당에 다 찼으면 하는 기대뿐. 몇 번을 해본 공연인데 매번 똑같은 걱정이다. 이것이 이런 작은 공연의 한계라면 한계라 할까. 많이 와도 걱정, 적게 와도 걱정. 널리 알려도 문제고 덜 알려도 문제일 수 있기 때문이다. 더욱이 아주 덥거나 춥거나, 요즘 같은 때는 황사도 걱정이고 비가 오면 그야말로 낭패다. 다행히 며칠 기승을 부리던 무더위도 가시고 미세먼지도 없는 선선한 저녁이다. 잘 될 거야, 잘 되겠지, 하며 나는 주문을 왼다.

이윽고 대청에서 김미나 명창이 등장하자 뜨거운 박수가 터져 나왔다. 봉당과 마당의 의자에 뺑 둘러앉은 관객이 족히 서른 명은 넘어 보였다. 뚱딱이가 주로 연락한 대로 미국인 마틴(Martin)이며 인근 누하당 게스트하우스 주인장과 그곳 외국인 손님도 오고 단골들 얼굴도 비쳤다. 길가의 광고 현수막을 보고 들어오는 남녀 커플도 있고 관광객도 눈에 띈다. 이쯤 되니 겨우 안심이다.

김미나 명창이 단가 '만고강산'으로 목을 푼 뒤 적벽가의 초입 부분인 '도원결의' 대목을 시작으로 본격적으로 적벽가를 부르기 시작했다. 적벽가는 판소리 다섯 마당 중 부침새가 정교하고 장중한 소리라 최고의 기량을 가진 소리꾼만이 부를 수 있다고 알려져 있다. 유비, 관우, 장비, 조조, 조자룡 등 삼국지 영웅들의 소리를 통성, 호령조로 불러야 하고, '자룡탄궁' '적벽대전'과 같은 대목은 10분 넘게 자진모리로만 불러야 하기 때문에 소리꾼 사이에서는 등골 빠지는 자진모리라는 별칭까지 붙었다던가. 바로 코앞에서 이런 귀한 소리를 들을 수 있다는 것이 얼마나 기쁜 일인가. 전쟁터의 묵직하고 긴장된 분위기가 자진모리 장단과 함께 서서히 달아오르기 시작했다. 이윽고 '자룡, 활 쏘는' 대목의 열창에는 숨을 죽이거나 한숨이며 탄성이며 웃음이며 박수가 이어졌다. 과연 열창이고 절창이 아닐 수 없다!

몇 달 전 국립극장에서 들었던 소리의 감흥이 그대로 전해진다. 우리 부부는 그녀의 적벽가 완창을 세 시간에 걸쳐 들은 경험을 소중히 간직하고 있었다. 적벽가에 대한 지식도 그때 귀동냥한 터. 이 공연은 그때의 감흥을 조금이나마 다른 이들과 나누고 싶어서 마련한 것이기도 했다. 비교의 대상이 될 수 없지만 마당 공연은 나름 색다른 매력이 있다. 격식 있는 공연장에서와 다른 조촐하고 자연스러운 분위기가 그렇다. 소리꾼과 관객이 가장 가까운 거리에서 일체감을 가질 수 있다는 점도 각별하다. 자연 그대로의 채광 아래 드러난 소리꾼의 표정과 움직임은 물론 숨소리까지 잡히니까.

이런 마당 공연에서 고수는 더욱 빛나는 존재다. 코앞에서 보는 까닭에 북을 치는 고수의 손놀림까지 재미나게 관찰하게 된다. 소리판의 흥을 돋우고

마당 공연에서는 코앞에서 명창의 발림과 고수의 손놀림을 보는 재미가 쏠쏠하다.
(고수: 박현우)

소리꾼과 관객을 이어주는 역할도 그의 몫이다. 고수의 '밀고, 달고, 맺고, 푸는' 북장단과 추임새에 내 귓등도 울리고 입이 달싹거린다. 뚱딱이와 함께 취미 생활이라고 몇 년째 판소리를 배우다 보니 나도 이런 맛을 알게 된 것이다. 저녁 어스름이 한 겹 더 두껍게 내리고 기와지붕을 따라 하얗게 부서진 햇살 비늘이 쏟아져 내리는 듯했다.

어느 한순간 맛깔나게 행사를 진행하던 진영란 씨가 생전 듣도 보도 못한 코미디같은 판소리를 선보인다. 순덕이가 분식집을 차리자마자 밥 달라 돈 달라 몰려오는 군상들의 이야기. 이자람 소리꾼의 창작판소리 '사천가' 중의 일부라나. 폭소가 터지며 이어지는 다음 장, 관객이 어우러져 함께 부르는 노래마당이다. 성주풀이와 남한산성, 진도아리랑으로…. 귀에 익은 가락을 마음껏 불러 젖히니 어깨춤이 절로 난다. 소리꾼의 호명에 따라 자리에서 일어난 나 역시 진도아리랑 한 구절을 선창한다.

만경창파에 두둥실 뜬 배 어기여차 어야 디어라 노를 저어라

아리 아리랑 스리 스리랑 아라리가 났네 아리랑 응응응~ 아라리가 났네

누가 선창을 하고 후렴을 하든 상관할 바 없이 재미있게 어우러지는 노래

한 판이 아닌가. 이때만큼은 나도 자신 있게 목소리를 뽑아낸다. 이전에 공연도 해봤기에 몸동작도 절로 흥겹다. 팔을 들어 연신 노를 젓고 덩실덩실 춤을 춘다. 제멋에 겨운 꼴이 우스워 보이는지 관객의 웃음과 박수가 터진다. 또다른 손님이 마당에 나서 노랫말을 선창을 하며 멋진 춤사위를 보이자 분위기는 최고로 고조됐다. 모두 어깨가 절로 들썩이는 분위기였다. 이 작은 마당에 어떻게 이런 일이 벌어질 수 있단 말인가!

이번 공연을 하기 전 우리 부부는 망설이며 신경전도 벌였던 터다. 무엇보다 시국상황이 안 좋았다. 박근혜 대통령 탄핵 촉구를 위한 촛불시위가 이어졌고 결국 헌법재판소의 대통령 탄핵이 결정된 후 대선 정국으로 이어지는 정치적 상황이 그랬다. 한 달 두 달 미루다 보니 금방 여름 더위가 찾아왔다. 더위도 더위지만 비라도 내리면 낭패. 실제적인 문제로 과연 손님들을 어떻게 부를지 관람료는 받을지 말지, 제반 비용은 어떻게 부담할지 등등….

공연이 다 끝나고 소리꾼과 고수가 손을 잡고 큰 인사를 했다.

우레 같은 박수와 함께 손님들이 흩어지려는 순간, 어떻게 그런 용기가 났는지. 내가 먼저 멍석 아래로 내려섰다. 속에 있던 말을 꺼내놓고 말았다.

"모두 즐거웠죠? 관중을 맞이하기도 어려웠지만 큰 소리꾼을 여기 모시기도 쉽지 않았습니다. 이런 공연을 계속 할 수 있게 후원해주시면 더욱 고맙고요."

말하고도 사실 얼굴이 화끈했다. 뭔가 구질구질한 얘기를 하고 손을 벌린 듯한 기분이랄까. 저쪽에서 뜨악한 표정을 한 뚱딴지 대번에 눈에 들어왔다. 그런데 뜻밖에 쏟아진 박수 소리와 호응이라니! 여기저기서 봉투와 만 원짜리 지폐를 건네준다.

공연이 끝나가며 관객들이 '진도아리랑'을 흥겹게 부르고 있다

애초에 공연비 2만 원씩 책정해서 공연 사례비와 떡값, 기타 비용을 처리하려 했던 게 우리 계획이기는 했다. 그래서 초청한 관객들에게 미리 메시지를 보내 유료임을 알렸던 터. 봉투는 그래서 나온 듯했다. 뚱딱이 뒤늦게 웃으며 내 어깨를 툭툭 친다.

"역시 우리 사장님은 다르셔!"

들어온 돈이래야 한 30만 원 정도 됐는데 우리는 엄청난 실적인 양 기뻐했다.

우리의 스페인 딸, 마리아

3월 3일, 스페인 아가씨 마리아(Maria)가 오는 날이다. 이날부터 한 달간 머물 계획이라니 우리로서는 깜짝 놀랄 일 아니었던가. 게스트하우스 등록을 한 지 얼마 안 됐을 때, 우리 집 맞은편의 '소쿠리컴퍼니'란 여행사에서 이 손님을 소개했다. 간판을 달고 홈페이지를 개설하자마자 그쪽 담당자가 살펴보았던 모양이다. 안내인과 함께 나타난 마리아는 전형적인 서양인 얼굴이지만 수줍음 많고 얌전한 학생 같았다. 옆에는 큰 캐

마리아는 이른 봄의 햇살처럼 등장했다.

리어 두 개도 딸려 있었다. 첫인상부터 친근감이 들었고 안심이 됐다. 더구나 만나자마자 떠듬떠듬 우리말을 한다.

방은 오래 체류하는 만큼 2인용인 미(Mi)방을 쓰도록 했다. 마당 건너에 화장실이 있는 게 단점이지만 본채에서 떨어져 한갓지고 아늑한 방이다. 차와 함께 인사 겸 이야기를 나누며 우선 알게 된 사실은 그녀가 영락없는 한류 팬이라는 것. 한국 드라마와 케이팝(K-pop)을 좋아해 공연도 자주 보고 바르셀로나에 있는 한국어학당에서 우리말 공부를 해왔단다. 몇 년 동안 벼르다 드디어 이곳 서울에 왔으니 얼마나 흥분이 될까. 홍조 띤 얼굴에 아직 소녀티가 묻어났다. 이제 겨우 20대에 들어서는 나이라 했던가. 수줍게 말했지만 마음속의 뜨거운 기운을 어찌지 못하는 듯했다. 그런데 사실 마리아를 맞는 뚱딱이와 나도 흥분 상태에 있었다. 매스컴으로만 알던 '한류(Korean fever)'의 뜨거운 기운을 느끼는 순간이었으니까.

어떻게 이런 손님을 대번에 우리가 맞을 수 있는 건지! 한참 어린 학생인데다 한 달을 머무는 장기 손님이다. 실제 그녀는 대학교에 한국어 강의를 나갈 계획이고 한국문화에 대하여 배우고 싶은 게 많다고 했다. 우리 집에 한 달 동안 있다가 경우에 따라서는 두 달 더 있을 생각이란다. 듣고 보니 정말 뜻밖에 행운의 손님이다. 그렇지만 우리는 이제 게스트하우스를 열었지 손님을 제대로 맞이한 적이 없다. 말하자면 운영 노하우는 물론 매뉴얼조차 허술한 상태. 방 요금만 하더라도 이런 장기 체류자에게 어느 정도 할인해야 할지 몰라 결국은 여행사에서 제시한 대로 90만 원으로 맞춰줬다. 아침은 매일 무얼 해줘야 할 지 방 청소며 세탁 등 룸서비스를 또 어떻게 해줘야 할 지…. 슬슬 긴장이 되고 여행사에서 신신부탁한 대로 큰 책임감이 느껴졌다. 뚱딱이는 현실감이 안 드는지 줄곧 눈만 굴렸다.

　이튿날 아침 식사로 나는 그녀에게 불고기와 함께 비빔밥을 해주었다. 우리의 대표적인 음식이라고 생각했기 때문. 테이블에 앉은 그녀는 역시 반가워하며 잘 먹었다. 김치라든가 깍두기, 멸치 따위 반찬도 익숙한 눈치. 걱정 하나가 덜어진 셈이다. 그러니 그 다음날부터는 그저 내가 짜는 메뉴대로 가는 것. 짜는 메뉴라기보다 사실은 우리 식구들이 보통 먹는 아침 식단을 정성껏 제공하는 셈이다. 내 머릿속에는 늘 '아침밥'이 들어 있다. 평생을 그렇게 살아와서인지 뚱딴이는 '앉으나 서나 밥, 밥'이라고 놀려대기도 한다. 신선한 야채와 재료로 장을 보고 매일 다른 음식을 준비하는 것 자체가 보통의 일은 아니었다. 마리아는 까탈스럽지 않고 차려주는 식단마다 즐겨했다.

　마리아는 식사를 한 후, 테이블에 앉아 커피를 홀짝이며 시간을 보냈다. 그 커피가 아주 독특한데 믹스커피에다가 우유를 듬뿍 부어 레인지에 데우는 제조법이다. 그야말로 마리아식 카푸치노로 나도 가끔 즐겨 마셨다. 그녀는 커피를 홀짝이며 스마트폰으로 음악을 듣는다든가 나와 이야기 하는 걸 좋아했다. 며칠 지나며 보니 그게 다 이유가 있었다. 나와 대화를 하며 공부를 하고 싶어 하는 뜻이었던 것. 내가 국어 선생이었단 사실을 안 마리아는 더욱 적극적이었다. 학당을 다녀온 오후에 독본을 펼쳐보며 이것저것 묻곤 했다.

아침 식사 후 커피를 마시며 나누는 대화가 한국어 공부 시간

그렇게 마리아는 점점 우리 식구가 돼 갔다. 머지않아 우리 부부를 한국 어머니, 아버지로 부르기까지 했으니. 물론 우리 아들과 딸들도 그녀를 우리 가족처럼 여겼고 가끔 함께 어울리기도 했다. 그러던 어느 날 마리아가 한국 이름을 갖고 싶다고 했다. 우리는 함께 고민해서 '햇살'이라고 지어주었다. 햇볕을 좋아한다고 했고 항상 밝은 표정이었기에. 이것은 나와 우리 가족에게 행운 이상의 축복이었다. 거의 비어 있는 집에 그녀가 있으므로 가득 찬 느낌이었고 든든하기까지 했다. 일주일에 서너 번씩 인왕산자락길로 산책을 나갔고 같이 장도 보고 때론 밤늦게까지 영화며 티브이도 함께 보았다. 그때 즐겨 본 드라마가 해외에서도 선풍적인 인기를 끌었던 '태양의 후예'였던가.

뿐만 아니다. 한류 팬인 마리아를 위하여 우리는 '커피프린스' 드라마에 나온 부암동 카페 '산모퉁이'에서 밤늦게까지 야경을 즐기기도 하고 KBS 뮤직뱅크 공연도 관람했다. 이런 때는 또래인 조카와 그 친구들을 불러 함께 어

부암동 '산모퉁이카페'에서 서울 야경을 감상하며

울리게 했다. 휘황찬란
한 조명 속에 박진감 넘
치는 라이브 공연을 보
며 환호하고 기뻐하던
모습들이란! 한창 벚꽃
이 필 때는 어린이대공
원으로 꽃구경도 다녀

한류 팬인 마리아와 그 친구들을 위하여 KBS '뮤직뱅크'를 보러 가서

왔고 이맘때의 경복궁 야간관람도 특별했다. 마리아는 집에서 열리는 판소리 행사며 여러 이벤트에도 즐겨 참석했고 그 존재만으로도 언제나 자리를 빛냈다.

그녀가 한 달이 지나 다른 곳으로 갈지 모른다는 생각은 기우였다. 뚱딱이는 이때가 되자 마리아에게 내가 주저하던 방값을 얘기했다. 정상가의 40%를 할인했어도 지난달보다는 높은 금액이다. 무슨 술수를 부리나 했더니 마리아에게 몇 군데 관광을 시켜줘야겠다는 복안을 귀띔해줬다. 그녀는 예상보다 싼 편이라고 어른스런 말투로 쾌히 결제를 해주었다. 이런 현실적인 계산이야 어쩔 수 없지만 이제 서촌은 마리아의 한국 고향이 된 셈이다. 실제 그렇게 진심 어린 표현을 했으니까. 언젠가 식구들이 함께 한 저녁 식탁에서 한국 청년과 사귀고 결혼하고 싶단 꿈을 이야기했을 때 우리는 설마 하면서도 박수로 응원했다.

두 달이 넘었을 때는 뚱딱이 차를 몰고 매니저 노릇하는 우리 딸 '나라'와 그 동생이 된 스페인 딸 마리아를 위한 관광에 나섰다. 안방통수처럼 집과 학당, 그리고 시내만 돌아다니는 게 안타까워 보였던 터. DMZ관광으로 임진

임진각에서 북녘을 바라보는 마리아와 나라

각으로 가서 여기저기를 둘러보고 내친김에 인천 월미도로 가서 바닷가에서 바람도 쐬었다. 그리고 우리도 처음 가보는 차이나타운에서 배불리 먹기까지, 우리는 그간 온갖 핑계로 못다 한 정을 쏟아부은 듯했다. 우리 두 딸에게!

석 달이 다 되어갈 때는 아들을 포함한 넷이 함께 동해안 관광에도 나섰다. 강릉이며 주문진 바닷가와 오죽헌, 선교장 등을 돌아오는 여정. 오래전에 약속한 여행이었지만 이 또한 뜻깊은 일이었다. 마리아는 실제 자신의 고향인 얀사(Lansá) 근처 바다에 관하여 이야기하며 우리에게 꼭 그곳에 놀러 오라고 했다. 우리에게는 잘 알려지지 않았지만 유럽의 많은 관광객들이 찾는 명소였다. 그렇게 부풀려주는 꿈이라도 얼마나 좋은가. 페이스북을 통해 마리아의 부모며 친척들의 모습까지 자주 보니 그들까지 남 같지 않게 여겨지고 언제 가도 반가울 듯하다.

석 달이 금방 지나고 떠나는 날, 마리아가 뭔가 주섬주섬 챙겨 식구들에게 전해줬다. 식구 각자에게 쓴 손글씨 엽서였다. 단정한 글씨로 어머니, 아버지 부르며 쓴 정성스러운 마음이 짠하게 전해졌다. 우리는 어젯밤 미리 그녀에게 이별 선물로 옥으로 새긴 마리아의 인장을 건네주었던 터. 그녀의 트렁크는 겨울 털옷까지 들어가 올 때보다 한층 더 부풀어 올라 있었다. 이제 초여름이 시작되는 때다. 마당에는 원추리 꽃들이 노랗게 피어있고 옹기수조의

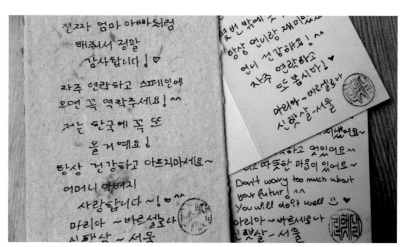

한글 이름 신햇살로 떠나면서 전해준 손글씨 편지

물레방아가 시원하게 돌아가고 있다. 대문 밖을 나서며 포옹으로 석별의 정을 나누는데 나는 콧등이 시큰했다. 그런데 마리아는 요 며칠 편도선염 때문에 고생해서인지 정신이 없어 보였다. 약 기운에서 아직 깨어나지 못한 걸까.

뚱딱이가 마리아를 승용차로 인천공항까지 배웅해줬는데 어느 한순간, 그녀가 창밖을 내다보며 하염없이 울더란다. 감정 기복이나 말수도 별로 없어 어떤 때는 답답하고 속상하기도 했는데, 그렇게 흐느껴 울었다니….

마리아는 이제 그때보다 훨씬 큰 숙녀가 되어 자주 서울을 오가고 있다. 꿈에 그렸듯이 아주 훌륭한 이곳 남자친구를 만나 사랑을 엮어가고 있는 줄도 알지만,

더 이상은 비밀에 부쳐야지.

LA에서 온 뮤지션, 피터 형제와 함께

미국 LA에서 온 피터(Peter)와 퀸시(Quincy)는 용모가 서로 달라 보였는데 친형제라 했다. 둘 다 개성적이고 혈기왕성해 보이는 청춘이다. 우리가 게스트하우스를 한다고 맞은 외국인들 중 가장 먼저 떠오르는 얼굴이 이들 형제.

그들은 아침에 일찍 일어나고 먹성도 좋았다. 곰순 씨가 아침밥으로 닭죽을 준비해줬는데 싹싹 비웠다. 밥 잘 먹는 손님을 제일 좋아하는 게 우리 사장님이시다. 그들은 엊저녁에 홍대입구로 나간다고 하고 새벽에 들어온 터. 그러니 숙취 해소에도 좋았겠지. 우리는 그들이 당연히 술집이며 클럽을 돌아다니며 신나게 논 줄 알았다. 그런데 그렇게 고대했던 클럽에 발을 들여놓지도 못했단다. 동생인 퀸시가 아직 성년 전인 18살로 입장이 불가했다고. "누구한테 얘기하지 말라"고 웃는 그에게 역시 청소년티가 엿보였다. 갈색 댕기머리의 스마트한 인상이 얼핏 보면 우리네 대학생 이상으로 보인다. 둘 다 음악을 하는데 피터는 이미 자작곡도 하는 편이고 퀸시는 9월에 음대에 들어간다고 했다.

식사를 마친 후 이런저런 대화를 나누는데 피터의 눈이 반짝였다. 2층으로 올라가는 계단참에 세워둔 가야금을 본 것이다. 곰순 씨가 한때 취미로 배우다가 이제는 장식품으로 모시는 악기다. 이럴 때 가만있을 곰순 씨가 아니지. 굳이 영어로 설명할 것도 없이 왼손 오른손을 옮겨가며 연주법을 보여주었다. 피터는 귀를 쫑긋하고 듣더니 따라 해보겠다고 했다. 양반다리를 하고 앉아 몇 번 시험하더니 한두 마디 악상을 띄우는 듯했다. 그 모습이 또한 너무 진지해 둘러앉아 있던 퀸시와 우리 식구는 옴쭉 못했다. 잠깐이지만 길게 느껴진 시간의 결을 따라 곱고 깊은 울림이 청아하게 들렸다. 피터에 이어 그 옆에 있던 동생 퀸시도 똑같이 줄을 퉁겨본다. 그리고 서로 악기 특성과 연주법에 관하여 얘기를 나눴다. 함께 이 모습을 보던 딸아이가 얼른 유튜브에서 황병기의 가야금 산조를 찾아 들려주니 사뭇 흥미로워한다.

"인왕산에 한 번 올라갈까 하는데 혹시 같이 가실래요?"

자리에서 일어나며 피터가 먼저 제안한다. 그러잖아도 오늘 별일이 없어서 산책이나 가볼까 하던 참이었다. 아닌 말로 '이게 웬 떡이냐' 싶었다. 곰순씨는 한술 더 떠, "데이트 신청하는 거냐"고 농담까지 건넨다. 나는 그들이 보고 싶어 하는 뜻에 맞춰 코스를 북악산으로 바꿨다. 그리고 설레는 마음으로 행장을 꾸려 밖으로 나갔다. 급한 대로 배낭에 김밥과 스낵, 생수 몇 병을 챙겨 넣었다. 길 건너편으로 가 버스를 타려다가 택시로 바꿔 탔다. 넷이 가니 요금도 비슷하겠고 그만큼 마음이 설렜다. 자하문고개에서 내려 창의문으로 올라서니 신록이 우거진 풍경이다.

가뭄이 계속되며 아주 무더운 날이었다. 우리는 소풍 나간 일행처럼 성곽길을 오르기 시작했다. 서울을 빙 둘러친 성곽의 역사가 6백 년을 넘는다는 사실만으로도 그들은 경이롭게 여겼다. 가파른 계단을 오르느라 금방 땀이 뻘뻘 났고 숨이 턱턱 막혔다. 그렇지만 멀리 병풍처럼 둘러친 인왕산과 북한산 풍광이 그만이다. 그들은 연신 주위를 둘러보며 서울에 대한 매력을 이야

북악산의 숙정문에서 창의문 쪽으로 이어지는 서울성곽길. 외국 관광객들에게 최고의 산책 코스로 추천할 만하다.

기했다. 그 점에 관해서라면 정말 세계 어느 도시와 견주어도 뒤지지 않는 서울이다. 나는 어깨가 으쓱했고 앞으로도 자주 이런 가이드를 하고 싶단 생각이 들었다.

다른 이들의 자연스러운 모습을 스냅으로 담는 것은 내가 즐기는 일이다. 나는 낯선 도시를 탐험하는 형제의 모습이 꽤 다정스럽게 보여 열심히 스마트폰 셔터를 눌러댔다. 시장기가 돌 무렵 우리는 산중턱의 그늘에 앉아 김밥을 나눠 먹었다. 그런 가운데 서로 가벼운 장난질을 주고받는 모습이 부럽게까지 보였다. 우리 집

새참으로 사이좋게 먹는 김밥이 꿀맛!

연년생의 아들과 따님은 허구한 날 싸워만 대는 것 같던데.

숙정문에 다다라 문루의 얕은 기와에 새겨진 용과 봉황 문양을 보며 퀸시가 여러 질문을 던졌다. 곰순 씨가 영어 단어를 주워섬기며 떠듬떠듬 설명을 하고 내가 거든다. 그 정도야 그렇게 어려운 설명이 아니지만 기와 위의 잡상이라든가 단청 등에 대해서는 말이 막힌다. 그런데도 곰순 씨는 손짓 몸짓 다 해가며 열심히 설명을 한다. 심지어 엉엉 우는 시늉을 하며 허리를 굽혔다 폈다 한다. 멀리 떨어져 사진을 찍다가 다가가 물으니 나도 잘 몰랐던 상위복(上位復)에 관한 설명이었다. 임금이 승하하면 내시가 지붕으로 올라가 임금이 입던 웃옷을 위아래로 흔들면서 세 번 외친다는 것. 신나게 연기하는 곰순 씨나 진지하게 듣는 형제들의 모습이나 꽤나 인상적이었다. 저런 설명까지

유창하게 영어로 할 수 있다면 작히 좋으랴!

북악산 성곽길에서 하산은 삼청공원 쪽으로 잡았다. 내친김에 북촌을 알려주고 싶었기 때문이다. 우리 부부는 종종 가지만 누구와 가느냐에 따라 늘 새로운 곳이다. 이들과의 북촌 탐방도 그랬다. 관광 상품화된 것조차 이들에게는 신선한 체험일 수 있다. 오래된 한옥에서 요란스럽게 파는 빙수도 그러했다. 우리 부부만 같으면 목이 말라도 웬만하면 참고 넘어갔겠지. 그런데 뜻밖에 그들이 비용을 낸다고 각자 하나씩 시키란다. 공짜에 그렇게 감동적일 수가! 그들은 그릇에 수북이 쌓인 빙수를 떠먹으며 아주 시원해했다. 우리 부부는 그들과 다름없는 여행객이 되어 기분 좋게 떠들어댔다.

보답이라고 내가 사준 건 떡꼬치와 식혜였다. 한 손에 떡꼬치를 들고 또 한 손에 식혜를 들고 좁은 골목을 누비는 형제는 참으로 용감해(!) 보였다. 나는 뒷걸음질하며 그들의 순진한 표정을 담아내려 기를 썼다. 스스로 신나고 웃음이 절로 났다. 계속 그들을 안내한다는 건 오히려 불편이 될 수 있기에 우리는

북촌으로 내려와서 주전부리

그쯤에서 헤어졌다. 그들만의 탐험이 더 용감무쌍하기를 바라며.

이들을 우리 집에 안내한 가이드는 한국인 학생이었다. 그녀는 LA에서 피터와 같은 학교에 다니며 웹사이트에서 이곳을 알았다고 했다. 나로서는 별

로 신경 쓸 일이 없으리라 생각했는데 그렇지 않았다. 짐을 풀고 나서 비닐로 싼 무언가 들고 어쩔 줄 몰라 한다. 일본 여행으로 10일간 보내며 갖고 온 빨랫감이었다. 나는 주저 없이 그것을 받아들고 세탁기에 넣었다. 셔츠와 속옷 양말까지 한 보따리로 주말이면 집에 와 내놓는 우리 아들 것들과 다름없다.

예상치도 않게 이렇게 풋풋한 청년과 학생을 받게 되다니 내심 놀랐다. 왜 그런 느낌이었는지 처음 연락받았을 때 체구가 큰 중년으로만 상상했으니까. 침구를 준비하기 위해 손님의 체형을 예상해 보는 것은 어쩔 수 없다. 다행히 키는 크지만 호리호리하고 무엇보다 형제라고 하니 편하게 여겨졌다. 피터는 검은 머리의 우리네 총각 인상이고 퀸시는 갈색의 긴 머리가 멋진 아티스트 같다. 그런데 이제 고등학교를 졸업하며 열여덟 살이란다. 이전에 내가 가르쳤던 아이처럼 여겨지니 말하기도 편했다.

자연스런 상황에서 우리말 인사들이며 음식들을 알려주니 퀸시는 그걸 열심히 흉내 내 보고 수첩에 적기도 한다. 이제 장식용에 불과한 가야금을 내주며 몇 번 퉁겨봐 주자 그대로 따라 했다. 12줄 현의 음을 조율하며 나름의 소리를 만드는 모습도 진지했다. 눈을 반짝이며 배우는 학생의 모습 그대로다. 그러니 하나라도 더 알려주고 싶은 이전의 직업의식이 발동할 수밖에. 북악산 성곽길을 오르면서도 설명할 수 있는 대로 우리 역사의 토막토막을 알려줬다. 숙정문에 이르러서는 온갖 손짓 몸짓까지 하며 이야기를 펼쳤다. 잘한 건지 어떤 건지 모르겠지만 그래도 성의만은 전해진 듯하다. 산책 뒤에 북촌에서 그들이 사준 빙수가 그렇게 느껴졌다.

형제가 북촌에서 돌아온 그날 저녁 이야기를 누군가에게 꼭 들려주고 싶다. 그것은 이 도시에 홀연 나타난 기타리스트들의 감동적인 연주다. 뚱딴이 갑자기 생각났다며 이층 장 꼭대기에 있던 기타를 찾아 그들에게 전해주었다. 온 데를 뒤지더니 피크까지 찾아주자 뛸 듯이 기뻐한다. 그리고 물 만난 고기처럼 연주를 시작하는 게 아닌가. 퀸시가 먼저 세미클래식 같은 곡을 들려주었다. 한여름 더위가 수그러들고 어스름이 내리는, 고운 저녁이다. 퀸시에 이어 피터는 인디언 민요에 이어 자작곡 '뿔(hones)'이라는 노래를 선보였다. 아주 부드럽고 독특한 음색이다. 특히 고음을 낼 때 살짝 감아 돌리는 허스키한 목소리가 호소력 있게 들린다. 나는 감미로운 곡조에 맞춰 몸을 흔든다.

잠깐 기적 같은 일로 여겨졌다. 우리 집 마당에서 푸른 눈의 젊은이들이 우리만을 위한 연주를 해주다니! 어느 유명 팝싱어의 라이브콘서트에 간 것

한옥의 처마로 공명되는 기타 선율이 감미롭다.

재미난 서촌 한옥살이와 지구촌 손님들

못지않았다. 이 얼마나 환상적이고 로맨틱한 일인가. 그동안의 피로가 눈 녹듯 사라지고 잠시 몽환의 세계에 빠진다. 그래, 이거야말로 게스트하우스를 운영하니까 받는 호사라 여겨야지. 그러니 힘들고 어려워도 해나갈 수 있는 것이지. 나는 그렇게 스스로를 위로한다.

그동안 나는 무엇보다 그들에게 아침밥을 잘해주려 애썼다. 보통 손님들에게 제공하는 식사 메뉴에 잡채며 전, 그리고 닭볶음탕, 불고기 등을 추가해주었다. 며칠 묵는 손님에게는 대개 그렇게 해야 마음이 편하다. 그런데 이들은 식사를 조용히 아주 천천히 하며 다른 외국인처럼 "맛있다(Delicious!)"는 감탄사를 내뱉지 않는다. 이럴 때 나는 조마조마하고 긴장이 된다. 혹시 입맛에 안 맞는 게 아닐까. 식사를 다 끝내고 식기를 개수대에 갖다 놓은 뒤 나는 안도했다. 음식을 남김없이 싹싹 다 비웠기 때문이다. 잘 먹으면 잘 먹는 대로 더 잘해주고 싶은 마음이 든다.

연주가 끝나고 뚱딱이와 나는 기쁜 감정에 북받쳐 그들에게 줄 뭔가를 찾았다. 뚱딱이는 기념품으로 받아 간직하던 자개 명함박스를, 나는 젊은 시절 내가 애용하던 금속 목걸이를 전해줬다. 워낙 무거워 이젠 쓸 일이 없어도 아끼는 장신구다. 뜻밖의 선물에 고마워하며 그들도 가방을 뒤져 뭔가 전해준다. 일본에서 챙겨온 영양제와 작은 화분에 담긴 다육식물이다. 준비는 못했어도 진정 마음의 선물을 주고받은 기분이었다.

떠나는 날, 공항리무진 정거장에서 버스가 20분 가까이 안 오자 불안해하던 퀸시의 표정을 잊을 수 없다. 나와 뚱딱이에게 뭔가 끝까지 봐주기를 바라는 마음이랄까. 당연히 우리는 버스가 왔을 때 그들이 짐을 싣고 안전하게 승차하기까지 찬찬히 살폈다. 차가 떠날 때 활짝 웃으며 손을 흔드는 모습에 화답해 주고. 집으로 돌아오니 온몸에서 무언가 쏙 빠져나간 허전함이 일었다.

피터 형제가 게스트북에 남긴 장문의 후기는 그나마 큰 위안이 되었다. 그들 역시 즐겁고 아름다운 추억을 가졌다니! 특히 "이방인으로 왔다가 친구로 떠난다"는 표현이 특히 그렇다. 우리가 외국인 홈스테이를 하며 바라는 뜻이 그러하므로.

...

The highlight of this Guest house has been the hosts. We have had an absolutely wonderful time with our host family. They are extremely flexible and friendly. They have been very helpful with our exploration, navigation, and understanding of the city and country.

We arrived as strangers and are leaving as friends. This is the first place we would recommend to a friend visiting Seoul. We greatly look forward to our next visit with our friends at the Seochon Guesthouse.

– P&Q ♥

서촌 '최악의 하루'

매일 수은주가 섭씨 30도에서 35도를 오르내리고 열대야가 계속되고 있다. 올해 8월 1일부터 16일까지 서울의 평균 기온이 29.7도로 기상관측 이래 가장 높았다고 한다. 그야말로 폭염의 찜통더위가 계속돼 1층 안방과 2층에도 에어컨을 설치했다. 한옥은 여름에 시원하다며 그냥 버티려 했던 걸 생각하면 우리도 참 무던한 편이다. 손님방까지 선풍기만 놔뒀으니 무던한 게 아니라 무뎌 터진 꼴이지.

이러던 때, 어느 일본인이 4일 연속으로 있을 계획인데 방이 있냐는 전화가 왔다. 그냥 방도 아니고 '좀 넓고 편하고' '조용한' 방이 있냐고 고쳐 말했다. "그럼, 있고말고요. 우리 집은 길가에 있어도 아주 조용해요." 나는 애써 강조하며 들뜬 목소리로 대꾸했다. 그러잖아도 우리 집에 일본 손님도 받아봤으면 하던 참이었으니까. 대답을 하자마자 얼마 안 있어 초인종이 울리고 몇몇 사람들이 몰려왔다. 방 문의를 한 이가 말하길, 근처 영화제작사에서 왔는데 이번에 개봉되는 한·일 합작 영화의 주인공을 모실 방이라는 얘기였다.

일본 영화배우 이와세 료(岩瀬亮)는 그렇게 인연이 닿아 우리 집에 오게

서촌의 어느 집 앞에서. ㈜인디스토리 제공

됐다. 그를 초대한 영화사는 이전에 '워낭소리'라는 독립영화로 유명해진 프로덕션으로 바로 우리 집 근처에 있었다. 뚱딱이는 신이 나서 집안 청소를 하며 한편 걱정을 내비쳤다. 우리가 일본어를 한 마디도 못하는데 대화를 어떻게 나눌 수 있는지…. 막상 일본 손님이 온다니 나 역시 더럭 겁이 났다. 초대를 받고 온 처지라고 하니 덩달아 신경이 쓰일 수밖에. 인터넷으로 프로필을 찾아보니 그가 연극배우로 시작해 이전에 '한여름의 판타지아(A mid summer's fantazia)'로 한국 영화에 처음 등장했고 한국 팬도 많은 것으로 보였다.

무엇보다 관심을 끈 사실은 그가 한국의 여배우 한예리와 출연한 영화, '최악의 하루'가 바로 우리 동네인 서촌을 배경으로 했다는 점이었다. 지난해 제작해 곧 개봉 예정으로 이와세 료는 바로 그 시사회와 팬 미팅으로 왔다는

한동안 호랑이벽에 게시돼 눈길을 끌었던 포스터

얘기다. 우리 부부는 그가 오면 아는 체를 하려고 '한여름 밤의 판타지아'를 찾아 함께 보았다. 영화는 고향을 지키며 살아가는 고조시 사람들의 이야기와 이곳을 찾아간 배우 혜정(김새벽 분)과 감 농사를 짓는 다케다(이와세 료)의 짧은 로맨스를 그린 내용. 단편영화 특유의 잔잔한 흐름과 흑백과 컬러영상을 섞은 시도가 한 편의 순수소설을 읽는 느낌을 자아냈다. 특히 다케다의 이미지는 순박한 시골 청년의 모습으로 깊게 남았다.

이와세 료는 바로 그 영화 속에서 걸어 나온 것처럼 수수해보였고 대번에 친근감이 느껴졌다. 함께 온 김종관 감독도 우리 한옥의 분위기에 만족해하며 우리를 잘 알고 있던 이웃 대하듯 했다. 그들과 함께 거실에서 참외를 깎아 먹고 마당에 내려서니 건듯 바람이 비지땀을 식혀준다. 김 감독에게 영화제목이 왜 하필 '최악'이냐고 물었더니 가서 보면 알게 될 거라고 웃어넘긴다. 나도 이제부터 '최악'의 팬이 되겠다고 그들의 팔짱을 끼고 마치 어린 학생처럼 좋아했다.

이와세 료가 있는 동안 나는 무엇보다 아침에 해장국을 곁들여주는 데 공을 들였다. 바쁜 일정과 술자리로 제대로 식사를 못하는 듯했기 때문. 첫날은 불고기와 된장찌개, 둘째 날은 새싹비빔밥과 전복 미역국, 그다음날은 볶음밥과 북엇국으로…. 새벽에 들어와 늦은 아침을 들면서도 이와세 료는 '오이씨이(おいしい)'와 '아리가토 고자이마스(ありがとうございます。)'를 연발했다. 뭐 이런 아침이 그에게만 특별한 것은 아니지만 밑반찬 한 가지라도 더 놓으려 한 건 사실이다. 혼자 온 손님이 패밀리룸 방값으로 있다는 계산도 있었으니.

한 가지 뜻하지 않은 문제가 생겼다. 아침에 일어나자마자 마당에 나간 그가 기지개를 켜고 가벼운 운동을 하나 했는데 그게 아니었다. 구석에서 담배를 빼 물고 연기를 내뿜기 시작하는 것. 나는 약간 놀라 그에게 다가가서 집안에서 금연 정책을 펴고 있다고 알려줬다. 그는 아주 큰 잘못을 저지른 듯이 사과를 하며 몇 번이나 고개를 숙였다. 오히려 내가 더 미안하고 괜히 말했다 싶을 정도로. 외출했다가 돌아온 뚱딱이에게 이 사건(!)을 전하니 그도 머리를 굴린다. 앞으로도 골초인 손님이 있을 테고 예술가나 특별한 취향으로 담배를 피우는 경우도 있을 텐데 …. 뚱딱이도 묘책이 없는 듯싶었다.

그런데 다음날 어스름 저녁에 이층 베란다에서 웃고 떠드는 소리가 났다. 올라가 보니 둘이 담배를 뻐끔뻐끔 피우고 있는 게 아닌가. 다른 때 같으면 한마디 했겠지만 이와세 료가 머쓱해 하며 웃는데 참을 수밖에. 오히려 나는 얼음을 띄운 매실차를 갖다 주었다. 행여나 거기서 술잔까지 기울일까 봐 선수를 친 것. 아니나 다를까. 둘은 찻잔을 부딪쳐 건배를 외치며 매실주라도 마시듯 했다.

마지막 날 아침에는 매니저 노릇을 하는 딸이 거들어 정찬을 준비했다. 모처럼 식구들이 다 모였으니 손님과 함께 풍성한 식사를 하자는 뜻도 있었다. 나는 이런 일이라면 이골 난 편으로 닭볶음탕과 잡채, 파전 등을 준비하고 새로 담근 열무김치 등 여러 김치도 선보였다. 뚱딱이는 오래전 담갔던 더덕술도 처음 개봉해 내놓으며 호기를 부렸다. 늦게 일어나 겨우 밥상머리에 앉은 이와세 료는 입이 떡 벌어져 어쩔 줄 몰라 한다.

그렇게 우리는 우리 나름 '한여름의 판타지아'를 완성했다. 즐거운 식사와 건배를 하며 실제 그가 출연한 영화에 대한 이야기를 들었고 앞으로 그의 활동에 대하여, 또는 양국의 문화에 대한 의견, 소소한 가족들 이야기까지 두서없이 나눴다. 우리 아들과 딸이 바로 이와세 료와 같은 청춘이니 마음 가는 게 한둘이 아니다. 그렇지만 서로 떠듬거리는 영어로 의사소통을 하는 데 따른 아쉬움이 컸다. 그나마 일본어를 하는 딸이 자꾸 끊기는 대화를 이어줬기 망정이지. 이런 가운데 뚱딱이는 소리가 고르지 않은 구닥다리 턴테이블에 계속 엘피(LP)판을 올리며 음악이 끊이지 않게 애썼다. 만약 우리 식구가 일본에서 온 어느 손님과 벌이고 있는 이 장면을 영상으로 옮기면 어떨까. 그의 눈에 서촌의 한 가정은 어떻게 비칠지….

교자상을 물리고 우리는 테이블로 옮겨 수박 디저트와 커피 타임까지 가졌다. 우리 가족은 그에게 다시 '최악의 하루'에 대한 기대를 이야기했다. 아무쪼록 잘 되길 바란다는 뜻과 함께…. 그런데 이와세 료가 갑자기 테이블 앞으로 불쑥 나간다. 여태 찍히기만 하더니 스마트폰으로 직접 우리 식구들 사진을 찍는 것. 왜 그런가 했더니 나중에 트위터에 '게스트하우스가 참 좋았어요. 친절하고 재미있는 가족'이라고 올린 사진을 캡처해서 보내줬다. 그 나름 전하고 싶은 이별의 정표가 아니었을까.

이와세 료가 떠나며 띄운 트윗

한동안 우리 집 사랑채 벽에는 '최악의 하루' 포스터가 걸려 있었다. 서촌이 배경인 그 영화의 주인공이 우리 집에 머물다 갔다는 게 또한 영화 속 같이 느껴지곤 하는데….

"꿈을 갖는 것 자체는 나쁘지 않으나 꿈의 노예가 되는 건 좋지 않다. 지금을 행복하게 사는 게 중요하지."

아직도 그가 출연한 '한여름 밤'의 대사가 귓가에 뱅뱅 돈다.

손님을 잡기 위하여

장마 기간에도 더위 때문에 우리 부부는 거실에 돗자리를 펴고 잠을 자며 지냈다. 중국의 사드 보복으로 시내서 관광객들이 사라지고 북한의 ICBM 발사로 국제 정세가 한 치 앞을 내다볼 수 없는 때다. 당연히 관광객의 발길이 뚝 끊어져 손님이 거의 없다. 이전 달에는 비수기임에도 2백만 원이 넘는 수입을 올렸다고 기염을 토하던 우리 사장님, 곰순 씨 걱정이 이만저만 아니다. 외국에서는 한국에서 전쟁이 나는 것 아니냐며 여행을 꺼린다고도 한다. 이웃 게스트하우스 주인장의 얘기다.

손님을 끌기 위해서 나는 에어비앤비의 스마트요금 적용을 시도했다. 숙소에 대한 수요 변화에 따라 요금이 자동 조정되는 방식이다. 이는 우리 숙소와 같은 종류를 검색하는 사람 수, 여행날짜, 다른 숙소의 예약 여부, 숙소의 장점 등으로 결정된다고 한다. 미방의 경우 1박에 8만 8000원인데 이를 적용하니 3만 7703원으로 조정됐다. 이 집의 일꾼이라고 하지만 실은 이런 예약 시스템 관련한 일까지 맡게 되는 경우가 허다하다. 사장이 시키면 무엇이든 해야 하는 '을'의 입장이니!

에어비앤비를 통한 예약도 몇 달째 없는 개업 초창기 때. 나로서는 테스트를 하고 싶은 생각도 들었다. 과연 이 집의 숙박비가 비싼 것일까. 가격을 낮추면 손님들이 올까. 시장가격이란 게 있기는 있을까. 심지어는 시스템이 실제 작동되고 있는 것인지에 대한 궁금증이 일기도 했다. 답답한 마음으로 미방을 대상으로 시험해 보기로 한 것. 그래봤자 금방 손님이 들까 싶어 곰순 씨와 상의하지는 않았다.

다행인지 불행인지 내 예측은 보기 좋게 빗나가고 말았다. 새벽녘에 울린 곰순 씨의 스마트폰 벨소리. 먼저 깬 곰순 씨가 스마트폰 화면을 보고 나를 흔들어 깨운다.

"Hello the host. We are from Iran. I'm a university professor."

눈이 번쩍 뜨였다. 손님이 노크를 했구나! 새벽 2시가 다 된 시각이다. 이란 사람은 처음이고 대뜸 스스로 대학교수라고 소개한 점도 특별했다. 나는 곰순 씨가 건네주는 스마트폰을 받아 얼른 인사부터 했다. 미방을 원했는데 유아 포함해 4명이었다. 그 방의 최대 수용인원은 아랑곳하지 않는 요청이다. 물론 즉시확정 시스템에 의해서 예약이 완료됐다. 나는 내심 쾌재를 불렀다. 적어도 시험이 성공한 셈이니까.

그때부터 사장의 본색을 드러낸 곰순 씨와 말싸움이 시작됐다. 스마트요금으로 3만 7000원 정도로 예약했다고 하니, 당장 불같이 화를 낸다. '아니, 그 가격에 어떻게 손님을 받느냐' '수수료를 빼고 나고 아침밥을 해주고 나면 뭐가 남느냐' '분명 3명이 최대 수용 인원인데 왜 4명이 묵도록 허용했느냐' 등등. 물론 그럴 만도 했다. 좁은 방에 한 가족을 받으며 밤새 에어컨을 틀 것이고 아침까지 하고 나면… 수익은 고사하고 얼마나 고생일까.

찜통더위의 새벽에 이게 무슨 날벼락 같은 일인가. 곰순 씨에게 지기 싫어 대거리를 하던 나는 가까스로 컴퓨터 앞에 앉았다. 밤을 새워서라도 게스트와 이 문제를 풀어봐야겠다는 생각에서다. 우선 메시지 창을 통해 새로운 제안을 시도했다.

'미방은 가족이 묵기에 적으니 취소하거나 다른 방으로 바꾸면 어떻겠냐'

'4인 가족이 들어갈 재방으로 바꾼다면 추가로 5만 원을 내야 한다'

이런 요청을 하자 저쪽에서 도대체 미방이 어느 정도 크기이며 취소를 하면 돈은 돌려주냐고 물었다. 몇 단계 걸쳐서 이런 문답이 오간 것이다. 나는 줄자를 가지고 미방으로 가서 방 크기를 재서 알려주기까지 했다. 가급적 그 방을 쓰고 싶어 하는 뜻으로 보였다. 평소 같으면 'I'm sorry' 어쩌고저쩌고 했을 텐데 사장님한테 괜히 책잡히기가 싫었다.

'손님이 미방의 조건에 대해서 잘 몰랐던 듯하다. 취소하고 싶으면 에어비앤비 고객센터에 알아보라'

그리고 반응을 기다렸다. 추가 5만 원을 받고 제대로 손님을 받느냐, 아니면 계약해지냐. 사뭇 중요한 차이로 여겨졌는데 드디어 답변 메시지,

"OK, thank you. We will come and see. We may pay the difference for the other room."

차액을 지불하더라도 오겠다는 답이다. 어쩌면 환불을 받는 게 번거롭기 때문일지 모른다. 혹은 이쪽의 상술로 비쳤을까. 어떻든 내가 고의로든 실수로든 잘못한 일은 없었다. 손님이 우리 제안을 받아들인 게 중요할 뿐. 이렇게도 손님을 잡을 수 있구나! 나는 무슨 큰일이나 해결한 듯 한숨을 몰아쉬고 잠자리에 들었다.

그날 오후에 가족과 함께 나타난 압둘라흐만(Abdolrahman)은 사람 좋아 보이는 바로 그 인상이었다. 히잡을 쓴 그의 아내 시바(Siba)가 젖먹이 아이를 태운 유모차를 끌고 들어왔다. 곰순 씨는 언제나처럼 손님에게 차와 함께 방울토마토를 내놓았다. 숨을 돌리는가 싶었던 그가 방값 차액이라며 5만 원짜리를 내밀었다. 그리고는 대뜸 2만 원만 받으라고 한다. 곰순 씨는 당황해하며 나를 흘끔 쳐다보았다. 분명 새벽에 메시지로 주고받은 약속과 다른 게 아닌가. 몇 마디 반박을 했지만 내가 어릿삐릿해 보였을까. 손님에게 막대할 수는 없는 노릇이었으니까. 그는 더욱 당당히 거스름돈을 요구했다.

"뭔가 커뮤니케이션이 잘못 됐나 보네."

나는 중얼거리며 결국 한발 물러서지 않을 수 없었다. 이제 와서 어떻게 할 것인가. 그렇게 말하고 보니 진짜 뭔가 내가 잘못한 듯했다. 그래도 손님을 받을 수 있으면 그만이지. 이게 솔직한 나의 마음이었다. 그런데 이 일로 나중에 또 곰순 씨와 적잖은 말싸움을 했으니….

그도 끝까지 요금을 깎을 생각이 아니라 시도를 해본 듯했다. 자신을 교수라고 소개한 대로 그는 호기심과 탐구심이 왕성했다. 우리도 외국에 가면 바가지를 쓰지 않으려 애쓰고 물건을 깎으려 하지 않는가. 그가 에어비앤비를 통해 경복궁 근처 여러 한옥을 탐색하고 결국 우리 집을 예약한 이유, 그리고 이곳까지 물어물어 찾아온 과정도 그러했다. 사람들과 부대끼는 걸 즐기며 유머 감각도 있고 너스레도 잘 떨었다. 그러니 어쩌면 있는 동안 다시 방값에 대한 생각이 바뀔지 모르지 않을까.

그는 이란의 카스피해 연안 아제르바이잔 주의 한 도시에 산다며 우리가 잘 몰랐던 그곳 지리를 상세히 설명해주었다. 또한 그의 민족인 쿠르드족에 관한 얘기며, 무슬림의 기도법과 식습관 등등…. 이런저런 다른 세상 얘기를 들려줬다. 그리고 언젠가 꼭 한번 오라고 당부를 하는데 허투루 들리지 않았다. 나는 귀가 솔깃하여 지도를 보며 상상의 날개를 펼쳤다. 이야기를 다 듣고 나서 나는 무슬림인 그를 위하여 기민하게 1인용 방에다 따로 기도실을 마련해주었다. 행여 방값 때문에 그러는 것으로 비칠까 무람했지만….

특히 곰순 씨는 처음 손님을 맞듯이 이들에게 정성을 다했다. 세탁을 하면 건조대에 잘 말리도록 도와주었고 아이들도 잘 얼러주었다. 아침 식단도 고기를 뺀 여러 김치와 나물류와 호박부침을 별도로 해주었고 후식도 푸짐하게 내놨다. 식사를 마친 압둘라흐만이 한복을 입고 싶어 했다. 우리는 그들 식구를 근처의 한복 렌털숍으로 안내해줬다. 그곳에 가서도 압둘라흐만의 비위를 맞춰가며 할 수 있는 한 최대로 흥정을 했다. 한 사람에 최소 1만 3000원까지 했다가 그냥 빌려 입고 사진만 찍겠다고 하니 1만 원을 달란다. 그것도 아기까지 해서 모두 해서 1만 5000원으로 꿰맞췄다.

한복을 입으며 사뭇 신기해하고 즐거워하는 이들 부부의 모습을 보며 우리도 덩달아 기분이 좋아졌다. 두루마기를 입고 갓까지 쓴 그는 우리 역사드라마의 주인공 같다고 싱글벙글한다. 또한 시바가 아기를 들쳐 안아 애를 쓰며 색동저고리를 입

한복대여점에서 시바가 아기를 들쳐 안고 색동저고리를 입혀 보는 모습

경복궁 흥례문 앞에서 가족 사진

혀 보이는 모습은 더없이 정겹게만 보였다. 우리는 밖으로 나가 한옥이나 길
거리를 배경으로 이들 가족사진을 가급적 많이 남겨주려 애썼다.

　나는 언제나 스냅사진을 찍는데 발군의 실력을 발휘한다. 비가 오락가락
하는 와중에 경복궁까지 가면서도 그렇고 흥례문 앞에서도, 혹은 식구들끼
리 이야기하는 장면 등등…. 내 좋아서 하는 일인데 힘들 것도 없다. 아무쪼
록 그들이 이곳에서 좋은 구경을 하고 돌아가서 추억을 더듬을 수 있기 바랄
뿐이다. 세월 가도 남는 건 사진뿐이 아니던가.

저녁 늦게 그들은 맡긴 짐을 찾으러 돌아와 떠날 채비를 했다. 곰순 씨는 그들에게 다시 수박을 내놓고 차도 타준다. 비행기가 새벽 한 시에 떠나니 끝까지 돌봐줄 게 많다. 아이 기저귀를 새로 사와 갈아 주고 많은 짐을 챙기고 분주하게 정리를 하다가 부부간에 뭔가 신경전을 벌인다. 그러니 또 적잖이 신경이 쓰였다. 곰순 씨가 시바의 기분도 풀어주고 뭔가 더해주고 싶은 마음을 참지 못한다. 그래서 여분으로 갖고 있던 영양크림을 챙겨준다. 시바가 먼저 쓰고 남은 홍차티백을 비롯해 이런저런 물품들을 넘겨주었기 때문이기도 하다.

그렇게 늦게 떠나는 순간, 시바는 문 앞에서 우리 부부에게 포옹을 하며 진한 고마움을 표했다. 나는 인천공항행 리무진 버스정거장까지 그들을 배웅했다. 압둘라흐만이 구레나룻 털이 북슬북슬한 볼을 비비는데 그런 인사는 생전 처음이었다. 뭔가 설명할 수 없는 찐한 감정이 가슴으로 전해진다.

이들은 하룻밤 손님이었다. 우리가 게스트하우스를 한 지 얼마 안 돼 맞이했던 가족. 뭔가 어긋났어도 지극 정성을 다하지 않았던가. 원고를 정리하며 돌아보니 정말 어리숙하면서도 순정한 열정의 때였던 것 같다. 손님을 맞이하고 지내는데 앞으로도 계속 처음처럼 할 수 있을지….

에어비앤비 써먹기

'따듯한 한옥에서 가족처럼, Seochonguesthouse (Jae room)'

이것이 우리가 처음 에어비앤비(airbnb) 사이트에 내건 슬로건이었다. 지난해 11월 가입한 이래 한 번도 손대지 않았던 그대로지만 뭐가 잘못된 건지 알 수가 없다.

한 번도 손님이 오지 않은 것은 물론 노크를 한 적도 없다. 같은 슬로건으로 미방(Mi room)에는 한번, 재미난골(Jaeminangol)이라는 이름의 안방(An room)에는 두 번 손님이 왔을 뿐이다. 그렇게 해서 이용후기라고 세 번을 받았다.

아무래도 사이트를 잘 못 알거나 잘 못 이용하고 있는 게 아닐까. 이전에 에어비앤비에 등록하는 데만 급급하고 꼼꼼히 챙기지 못한 걸 살펴보기 시작했다. 무엇보다 먼저 우리 서촌집의 특징을 드러내기에는 슬로건이 맞지 않는다는 게 마음에 걸렸다. 이 한여름에 '따듯한 한옥'이라니? 이참에 외국인들도 쉽게 이해할 만한 참신한 문패를 찾고 싶었다.

머리를 굴려 몇몇 표제를 준비한 후, 이전부터 알고 지냈던 스티븐(Ste-

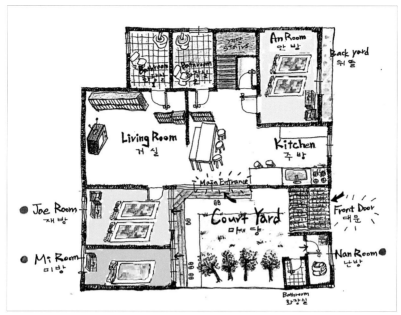

ven)과 제럴드(Gerald)에게 자문을 요청했다. 스티븐은 한옥에 관심이 많아 한국의 대학원에서 한국문화를 전공하는 미국인이고 제럴드는 우리 집에 묵었던 캐나다 청년이다.

스티븐에게 취지를 말하며 몇 차례 메시지를 주고받았는데 최종안으로 세 가지를 보내줬다.

a splendid idea, SEOCHON GUESTHOUSE

cherished memories, Seochon Guesthouse

Just What You Pictured, Seochon Guesthouse

'재 방' 천장의 노출된 서까래

splendid idea, 그야말로 멋진 아이디어가 아닌가? 실소가 나왔다. 아이디어란 게 그렇게 먼 데 있는 게 아니란 사실 때문이다. 그는 그 설명으로 '이곳에 묵는다는 것이 아주 멋진 생각'이란 뜻도 될 수 있고 '호스트가 이곳을 만드는데 아주 멋진 생각을 가졌다'는 의미도 될 수 있다고 풀이했다. 내가 제안한 just what you pictured 란 표제는 최근 영어공부를 하며 배웠던 것이다.

내 물음에 대하여 스티븐이 몇 시간 만에 반응을 준 데 비해 제럴드는 하루가 지난 뒤 10개나 되는 답을 주었다.

마당에서 본 패밀리룸 '재(Jae) 방'

Tradition with Seoul / The Sprit of Seoul / The Heart of Seoul / Where Tradition and Hospitality go Hand in Hand / Where East Meets West / Live the Sprit / Hospitality at its Finest / Tradition with Excellence

얼마나 많은 생각을 했을지 짐작이 갔다. 고마운 마음 이상 감동적이었다. 우리 집의 특성과 내가 내세우고 싶은 뜻을 잘 드러냈으니까. 특히 '동양과 서양이 만나는 곳' '특출한 전통'이란 표현이 그렇다. 그는 우연히, 또는 일부러 우리 집을 찾아와서 나와 많은 이야기를 나누곤 했다. 세종시에서 살며 가끔 서울 여행을 한다는 그는 서촌에 대한 아낌없는 사랑을 드러냈다. 무엇보다 자신이 사는 아파트촌은 편리하지만 정감이 없다는 얘기. 사진촬영이 취

작은 서가가 있는 거실

미다 보니 이곳 서촌의 오래된 골목골목을 누비는 게 재밌단다. 때로는 나도 모르는 장소를 찍어 보내주기도 했다.

제럴드에게 스티븐이 제안한 슬로건들에 대해 물으니 'cherished me-mories'가 가장 낫다는 반응이다. 외국인들에게는 그게 아마 자연스런 표현으로 여겨질지 모른다. 나는 고민하다 서로 다른 방에 'splendid idea'와 'cherished memories'를 각각 써보기로 했다. 나중에 한 집에 다른 명칭을 붙이는 게 좋지 않다는 생각이 들어 결국 다 바꿨지만.

이런 작명 과정에 덧붙일 이야기가 있다. 이전에는 외국인 친구들을 사귈 기회도 흔치 않았고, 알아둘 필요가 없었다. 그러나 게스트하우스 운영에 관심을 가지면서 일부러라도 그들과 접촉하고 관계를 유지하는 게 중요하다

는 걸 절감했다. 미국인 마틴 (Martin Podhurst) 선생을 우리 집 영어교사로 근 2년 동안 매주 만났던 까닭도 그러했다. 그를 통해 영미인의 의식과 교양, 또는 생활 방식 등을 공부할 수 있었던 점은 무엇보다 큰 수확이다.

물론 그들과의 만남 자체가 즐겁고 매우 유익한 경우도 많다. 어느 때인가 제럴드가 좋아하는 집 근처의 재즈 바

한옥부에서 2층으로 오르는 계단

에 가서 이야기를 나누는데 세 시간여가 금방 지나갔다. 여러 화제에 대해 많은 말을 하며 불편한 줄 몰랐고 때론 침묵이 흘렀어도 어색하지 않았다. 감미로운 재즈 선율이 어둠침침한 홀을 채운 가운데 우리는 기네스 스타우트를 홀짝홀짝 들이켰다. 나이 차이가 상당할 테지만 우리는 친구처럼 그냥 그렇게 킬링타임을 했다. 여태 그 누구로부터 받은 적이 없고 함께 맛본 적이 없는 달콤한 휴식이 아니었던가.

그 대가로 나중에 곰순 씨로부터 혹독한 힐난을 받았던 것도 숨길 수 없는 사실. 게스트하우스를 시작하며 아내는 나에게 손님들과 술을 마시지 않겠다는 다짐을 받아온 터였다. 하물며 술값을 내가 냈다면 기겁을 하겠지. 숙박비 6만 원인 손님과 밖에 나가 내가 술값으로 3만 원을 썼다면 욕을 먹어도 쌀 것이다. 아니나 다를까. 곰순 씨가 옆구리를 찔렀다. "당연히 먼저 나를 부른 제럴드가 쐈지." 나는 호기를 부리며 제럴드를 감싸주었다. 그렇게라도 우리 집의 단골로 만들고 싶었으니까.

방값 조정하기

원래 서촌집의 방 가격은 부가가치세를 포함하여 재(Jae)룸이 9만 9000원, 미(Mi)룸과 안(An)룸이 8만 8000원이다. 여기에 재방과 안방의 경우, 2인 기준을 넘어서면 1인당 2만 원씩을 더 받았다. 그러니 재방의 경우 최대 4명의 숙박요금은 13만 9000원이다. 홈페이지에 공지하고 안내할 때 부르는 가격. 국내 손님을 그렇게 받는 데는 문제가 없고 실제로 그렇게 받아왔다.

에어비앤비에 각 방의 요금을 설정할 때도 그렇게 했다. 게스트하우스 운영자 대부분이 그러하듯이 우리는 기대에 부풀었다. 이 글로벌 사이트에 숙소만 등록하면 손님들이 알아서 들어오는 줄 알았다. 손님이 너무 많이 오면 어떻게 하나 걱정까지 했으니 착각도 그런 착각이 없다.

2016년 11월 등록을 한 뒤 한 달여 만에 첫 손님으로 내국인이 10만 원대의 동일 가격으로 왔을 때까지도 기대를 저버리지 않았다. 그 뒤 2개월 만에 필리핀 가족 손님이 방 2개를 절충해서 17만 원대로 예약했을 때는 약간 걱정이 됐다. 이 집에서 제일 큰 재방은 한 번도 팔리지 않았다. 그래도 방 가격을 내릴 생각은 안 했다. 그렇게 몇 달을 손님 하나 없이 그냥 보냈다. 기다려보는 수밖에 달리 특별한 방도도 떠오르지 않았다.

이러다 '스마트요금제'를 알게 된 것이다. 우리 숙소와 비슷한 경우의 수요 변화에 맞춰 숙소 요금이 자동으로 조정된다는 시스템이다. '무조건 하고 봐야지'하는 심정으로 이 방안을 채택해보았다. 그렇게 해서 6월 하순에 홍콩에서 부부가 3만 8000원대에 예약을 해왔다. 보름여 지난 뒤 이란의 압둘라흐만 가족이 더욱 낮게 3만 6000 원대로 묵었을 때 곰순 씨 화가 터졌다는 건 앞서 얘기한 바와 같지만…. 과연 예약이 들어오긴 들어오는 것이다.

그러나 가격이 너무 낮은 게 불만이었다. 사이트에서는 예약률을 높이는 방법을 계속 제시한다. 동일한 유형의 다른 숙소와 가격을 비교하여 가급적 이를 반영토록 유도하는 것. 내가 책정한 미 방의 1박 요금이 8만 8000원인데 이웃의 다른 숙소는 평균 4만 900원이다. 상당한 격차고 당연히 손님으로부터 외면당할 수밖에 없겠다는 생각이 든다. 그런 에어비앤비의 정책이나 시장가격에 대하여 시시비비를 따질 수는 없다. '예약을 더 많이 받기 원하면 기본요금을 낮춰라' 필요하면 자신의 판단과 책임 하에 쓰라는 암묵적인 요구가 있을 뿐이다. 거대 공룡 같은 시스템인 데야!

우리는 최소한 다른 숙소와 평균적인 가격에 맞춰 가격을 조정했다. 그래서 스마트요금제 이후 받은 금액이 6만 5000원 상당이다. 그 뒤의 한 가족으로부터도 6만 9000원을 받았다. 동일한 방의 가격이 한 달 전과 비교해 근 3만 원이나 차이가 나는 것이다. 정상적인 수입과 영업 관리며 고객의 입장을 고려한다면 있을 수 없는 일. 터무니없는 가격 절충이고 흥정이 아닌가. '무식하니 용감하다'는 말과 같이 그냥 마구잡이로 한 개인 경험담일 수도 있다.

물론 가격결정에 대한 방식과 매뉴얼은 사이트에도 충분히 제시돼 있고 조금만 공부하면 알 수 있는 일이다. 궁금하면 고객센터를 통해 알아보거나 에어비앤비 사무실을 찾아가 볼 수도 있겠다. 그런데 직접 해보지 않고는 직성이 풀리지 않는 내 성격으로 말미암아 치러야 하는 값도 만만치 않은 것이다. 그리고 이런 일련의 사실을 알려주려고 하는 까닭이 또 있다.

후기를 받기 위하여

우리가 방 가격을 파격적으로 낮추려 한 실제 이유는 다른 데 있다. 이용 후기를 받아야 한다는 걸 알았기 때문이다. 아무리 게스트하우스의 시설이 좋고 서비스를 잘한다고 해도 손님들이 그걸 제대로 알 방법은 없다. 게스트하우스에 대한 설명과 사진은 실제와 차이가 있고 과장되기 십상이다. 숙박업소의 선택 기준에서 시설만큼 중요한 위치나 교통, 편의시설, 주변 환경,

집안 분위기 등은 설명한다고 쉽게 이해될 것도 아니다. 하물며 식사나 간식 대접이며 위생, 청소를 비롯한 청결도 등등 서비스 품질을 고객이 미리 알 방법이 어디 있겠는가. 단지 미리 그곳을 다녀간 다른 방문객들의 후기로 짐작할 뿐이다.

"아니, 우리가 할 노릇 다하면 그만이지 꼭 후기를 받아야 해?"

우리 부부도 처음엔 그렇게 생각했다. 우리 나름대로 특색 있게 집을 가꾸고 거기 맞는 손님을 받고 싶었다. 손님 눈치 보며 평가를 받듯 하는 그런 것도 어쩐지 싫었다. 누가 뭐래도 우리 집은 서촌에서 가장 특색 있는 한옥이며, 우리는 최고의 서비스마인드를 가졌다고 자부했다. 무엇보다 곰순 씨는 음식을 잘하고 좋아한다는 사실. 거기다 음식을 차려 남에게 베푸는 일을 썩 즐긴다는 걸 나는 잘 알고 있었다. 30년 동안 직장을 다니면서도 한결같이 식구들의 아침을 챙겨준 공력의 소유자가 아닌가. 이 점 만큼은 감히 누구 앞에서도 자부할 수 있다.

공치사를 하는 것 같아 낯간지럽다고 할까. 아무튼 그래서 우리는 자체 홈피에서도 후기 받는 일을 꺼렸다. 단지 손님이 드나든 흔적을 남길 수 있도록 수기로 쓰는 방명록을 비치하여 원하면 쓰도록 했다. 그러나 에어비앤비를 둘러보며 이런 우리 생각이 바뀌었다. 후기가 없으면 사람들이 잘 보질 않고, 찾아올 생각도 않겠구나 하는 판단. 우리와 거의 같은 시기에 문을 연 주변의 업소들을 보니 정말 많은 외국인을 받고 그에 따라 수십 건에서 많게는 백, 이백 건까지 줄줄이 리뷰가 달려 있었다. 대부분 숙소와 호스트를 칭찬하는 반응이라 부럽기만 했다.

그렇기 때문에 에어비앤비를 통해 세 번째로 온 필리핀의 이덴(Eden)에게 리뷰를 못 받았을 때 실망은 컸다. 우리로서는 할 수 있는 서비스를 다 하고 최대한 친절하려 애썼다. 그리고 게스트에 대하여 사실 적잖이 힘든 면이 있어도 좋은 면의 평을 남겼다. 그런데 며칠이 지나도 묵묵부답 끝내 아무런 반응이 없었다. 아무런 기대도 하지 않았다면 거짓말일 것이다.

도대체 무엇을 잘 못 했기 때문일까. 후기를 못 받으니 오히려 뭔가 켱겼다. 불만거리가 있거나 우리가 기분 나쁘게 한 일이 있기 때문이 아니었을까. 그걸 드러내놓고 말하지 않은 걸 차라리 고마워해야 할까? 이래저래 의아하고 뒷맛이 개운치 않기는 마찬가지다.

방값을 대폭 낮추고 리뷰를 받아보려 한 경우가 이란의 압둘라흐만이다. 그는 한국에서 20여 일간 머물며 에어비앤비를 이용했고 국내에서 두 번의 후기를 남겼다. 후기를 위해서 손님접대를 더 잘하지는 않았지만 여하튼 우리는 정성을 다해 손님을 모셨다. 낯선 여행지에서 관심이 많은 만큼 그는 잔잔한 요구도 많았다. 앞서 그의 가족과 함께 지낸 일들에 대한 이야기도 했지만 하루가 며칠처럼 여겨진 까닭도 그러했다.

그런데 며칠이 지나도 에어비앤비에 리뷰가 안 떴다. 그렇게 고맙다고 하며 아쉬운 정을 짙게 나누고 헤어졌는데 이럴 수가! 그는 자기가 사는 곳에 한번 오라며 온다면 여러 곳을 구경시켜주겠노라 했다. 의례적인 말로만 들리지 않았었다. 무엇보다 그는 에어비앤비의 리뷰가 중요하다는 점을 나한테 이야기 해줬다. 자신도 숙소를 고를 때는 그걸 상당히 참고한다고 했다. 그런 그가 어떻게 열흘이 넘도록 아무런 피드백을 보내지 않을까. 나는 게스트에 대한 평을 충실히 올린 터였다.

무엇을 잘 못 했을까. 고민이 되기 시작했다. 우리가 한 어떤 일이 혹 그를 불편하게 했거나 불손하게 비치지 않았을까. 말 못 할 무슨 불만이 있었던 건 아닐까. 음식이 마땅치 않았을 수도 있다. 혹은 한복체험을 위하여 소개한 렌털숍에서 커미션이라도 받는 줄 오해했을지 모른다. 오히려 그런 불안감이 일었다.

미련을 떨어버리지 못한 나는 그가 남긴 메일로 슬쩍 떠보았다. 집에 잘 돌아갔는지 사진은 잘 받는지, 언제라도 좋은 소식 있으면 전해 달라 그런 의례적 인사였다. 그랬더니 몇 시간 지나지 않아 답장이 왔다. 그는 내가 무엇을 알고 싶어 하는지 대번에 알아챈 듯했다.

'I'm sorry for not responding your email. Unfortunately Airbnb is not available in my country'

아, 그렇구나! 그곳에서는 인터넷 연결이 어렵다는 게 아닌가. 나는 가슴을 쓸어내렸다. 일말의 배신감까지 느꼈던 그 서운함이 순전 오해로 빚어진 것이었다니. 우리에게 어떤 불만이 있었던 게 아니란 사실만으로도 안도가 된 것이다.

지금도 일을 하는 까닭은

부킹닷컴으로 재방에 두 번째 예약한 손님은 네 명의 내국인들이었다. 당연히 가족인 줄 알고 2인용 매트 2개를 준비했다. 그런데 저녁 무렵 들이닥친 손님들은 미즈들이었다. 젊고 발랄한 40대 또래들로 보였다. 들어서자마자 감탄을 하며 두리번거리는데 싱그러움이 느껴졌다. 이제 나보다 몇 살만

한옥을 더욱 운치 있게 만드는 목백일홍

어려도 그들은 청춘이다. 부럽지는 않더라도 이전 같지 않게 쉽게 인정하게 되는 사실이다.

온갖 초목으로 풍성한 정원

며칠 전 내린 소나기로 마사토의 마당은 하얗게 빛나고 정원의 중심부에선 목백일홍이 꽃망울을 터뜨리고 있다. 불두화는 한여름 열기에 점점 더 부풀어 오른 모습이다.

계주의 주자처럼 그 옆의 분꽃들이 이제 막 노랑, 빨강 꽃을 피워낸다. 작년에 마당에 떨어졌던 씨앗에서 저절로 싹을 틔우고 일어난 놈들이다. 남천 무리들은 제법 무성한 숲을 만들어 놓았다. 생육하고 번성하는 한여름의 기운이 말 그대로 여기에 부어진 듯하다. 눈을 뗄 수 없는 생명력이다.

손님들은 그곳으로 다가가 꽃나무들의 이름을 부른다. 손짓, 눈짓이며 재잘대는 소리가 그들을 간질인다. 이럴 때 이 애들은 너무 좋아한다. 목백일홍이 간지럼나무라 불리는 까닭을 알 만하다. 어떤 나무며 풀이 저 혼자 그냥 무의미하게 서 있거나 피기를 바랄까. 한 줌밖에 안 되는 초목이지만 우리 마당 것들은 유달라 보인다. 봄부터 시시때때로 정원을 가

여주가 등을 밝히듯 주렁주렁

꾼 뚱딱이의 손길 덕분이다. 이럴 때는 그가 요술이라도 부린 듯 기특하게 여겨진다.

나는 그렇게 먼저 마당의 나무들과 인사를 나누는 손님이 좋다.

뚱딱이 야심한 시간에 1층 거실로 내려가더니 한동안 올라올 기미가 안 보인다. 실내등과 보일러 사용법을 알려주려고 내려간 터. 그런데 꽤나 긴 시간 동안 이야기와 웃음소리까지 이어졌다. 이럴 때 10분이 내게는 1시간으로 여겨질 정도다. 뚱딱이가 무슨 엉뚱한 소리를 할지 걱정이 되기 때문이다. 내가 그의 별명을 뚱딱이라 한 까닭도 그렇다. 일을 그르쳐놓고 얼렁뚱땅 얼버무리기를 잘해서다.

방문을 살짝 열고 떠드는 소리를 들으니 얼씨구, 냉장고에 있던 안주며 간식거리까지 내주지 않았나. 일행이 맥주 몇 캔을 준비해 온 모양이었다. 내가 그에게 손님을 대할 때 신신당부하는 사항 중 하나가 '과잉친절'을 하지 말라는 것이다. 그런데 뚱딱이 생각하는 정도와 내가 가늠하는 정도의 차이가 무척 다르다. 거기서 종종 신경전이 펼쳐지곤 한다. 슬슬 부아가 일기 시작했다. 그런데 화제가 1층에서 2층으로 이어지는 계단참에 있는 가야금에서 비롯된 모양이었다. 내가 예전에 탔던 가야금을 보고 들을 수 없냐고 청하는 것. 드디어 나까지 끌어들일 모양이다. 꼬리가 밟힐까 슬쩍 겁이 난 나는 얼른 이불을 뒤집어쓴다. 손님들 방과 우리의 살림방이 위층, 아래층으로 분리되어 있다 보니 부부가 가끔 이런 숨바꼭질도 한다.

아침 식사하는 중 듣고 보니 이들의 심정을 이해할 만했다. 초등학교 선생님들인 이들은 모처럼 가족들과 떨어져 서울나들이 온 것. 당연히 여행의 자유로움을 만끽하고 싶었으리라. 그들이 선생님들이라는 사실을 알고 나니 금방 친밀감이 들었다. 나를 앞서간 선배 교사쯤으로 생각해주는 것 같아 기뻤다. 그런가 하면 호스트와 게스트란 거리를 유지해야 한다는 부담도 없지 않았다.

아니나 다를까. 후배 선생님들은 나의 선택에 대하여 궁금해하는 눈치다. 왜 명퇴를 하고 굳이 이런 힘든 일을 하느냐는 의문. 바꿔 말해 이렇게 힘들게 일할 거면 왜 명퇴를 했느냐는 뜻이기도 하다. 그러면 나는 속으로 답한다. '이런! 나이 든다는 걸 아직은 모르겠지요. 뜻밖에도 하루하루가 달라지는 시절이 온답니다.'

교단에 서서도 학생들에게 그런 우스갯소리를 하곤 했다.

"야, 이놈들아. 니들은 내가 원래 이렇게 생겼는지 알지. 나도 너희 같은 시절이 있었단다."

아이들은 깔깔 웃으며 정말 믿기지 않는다는 반응이었지. 세월이란 그런 것이 아닌가. 나이 들어가니 허리며 무릎관절이며 안 아픈 곳이 없고 백내장이 와서 눈도 침침해졌다. 그런 상태로 계속 학생들을 가르치고 있는 나 자신이 싫었다.

일에 대해서도 나는 이제 확실하게 결론을 내릴 수 있는 입장이다. 일하지 않고 있는 나 자신을 견디기 어렵다! 이 한마디랄까. 술은커녕 커피 한 모금 마시지 않는 내가 카페에서 멋을 내는 일은 상상도 못한다. 흔히 말하는 인생의 여유나 낭만을 모르는 그런 부류의 인간인 셈이다. 역설적으로 가수 최백호의 '낭만에 대하여'가 그렇게 좋은가보다. 그러니 지금 이 일이 아니더라도 어떤 일이든 하고 있을 것이다. 고령화시대 추세대로 이제 평생 일한다는 생각으로 살아가야 할까. 시아버님이 여든 넘으신 연세에도 아직 일을 하신다.

당신은 매일 기도하시길 '일을 그만두기 하루 전에 하늘나라로 데려가 달라'고 한단다. 워낙 재미있게 하시는 재담인 줄 알지만 오싹한 느낌도 든다.

서촌마을을 안내하다 들어간 스코프 빵집에서 우리들의 이야기는 계속됐다. 홍건익 가옥으로 해서 화가 이상범 생가, 영화 '건축학개론'에 나온 한옥을 둘러보고 무더위를 피하러 들어간 빵집이다. 선생님들이 빵과 음료를 함께 먹고 마시는 중이다. 나는 이들과 같은 40대 중반쯤에 학년부장으로 가장 열정적이고 보람찬 때를 보냈었다. 그때 정들었던 담임들을 아직도 가끔 만나고 있지만… 이들은 나를 다시 그 젊은 시절로 데려다준 듯했다.

뚱딱이는 우리가 움직이는 대로 땀을 뻘뻘 흘리며 스냅사진을 잡으려 애썼다. 어느 때보다 열성적으로 셔터를 눌러댔다. 그들에게 꼭 기념이 될 만한 좋은 사진을 전해주겠다고 한 터. 거기다 서촌투어 장면을 우리 홈페이지에도 올리고 싶다는 뜻을 전했다. 그러자 서로 잘 나오려고 신경 써 포즈를 취하는 모습이 재미있기도 하다. 네 사람의 표정과 움직임이 어쩌면 그렇게 생생한 느낌으로 살아나는지…. 일행이 수성계곡을 오르는 모습이며 계곡에 손을 담그고 어울리는 장면 또한 시원한 한여름의 풍경 그대로다.

그러나 우리는 이들 사진을 포토갤러리에 올리지 못했다. 이들은 돌아간 후에 아무래도 게시하는 건 곤란하다는 뜻을 전해 왔다. 학생들을 가르치는 처지에서 교문 밖 모습을 드러내는 게 싫어서였으리라. 충분히 이해하면서도 아쉬움이 남았다. 매우 정겹고 아름답게 보이던 동료들의 모습이었으니까. 내가 너무 손님들에게 가까이 다가간 게 아닐까. 어디까지 해도 되고 어디까지 하면 안 되는 것일까. 아직 그 경계에 대한 판단이 쉽지 않고 때론 두려운 마음도 든다.

뜨거운 여름날 서촌투어는 그렇게 기억의 사진으로만 남았다.

주말의 반나절 하이킹 코스로 인기 있는 인왕산과 겸재 정선의 인왕제색도로 유명한 수성동 계곡

재미난 서촌 한옥살이와 지구촌 손님들

알레프의 뮤직비디오 촬영

ACID 프로덕션이란 영상제작사에서 뮤직비디오를 제작하는 날이다. 그들은 에어비앤비를 통해 우리 집을 검색한 뒤 며칠 전 사전 답사를 왔다. 처음에 그런 제안이 왔을 때 부담이 돼 그냥 거절할까 했다. 이전에도 영화촬영 팀이 와서 작업을 하는데 온종일 번잡하고 새벽까지 뒷수습으로 정말 힘들었기 때문이다. 내가 이런 얘기를 전하니 뚱딱이는 그게 얼마나 좋은 기회인데 놓치느냐고 힐난이다. 비디오에 우리 집이 나오는 것 자체가 큰 홍보거리라는 것. 나는 사전 답사차 온 촬영감독과 교섭을 해 공간 사용료로 40만 원을 받기로 했다. 단체 손님 한 번 받는 셈 치자는 얕은 계산이기도 했다.

촬영 당일인데 제작진은 한나절이 다 간 오후 3시가 넘어 나타났다. 알고 보니 연희동 쪽에서 다른 장면을 찍고 오느라 늦었다는 것이다. 감독을 비롯해 배우와 스텝 10여 명이 한꺼번에 집안에 들어서 늦점심을 들며 북적였다. 마당에는 조명기구를 비롯하여 각종 촬영 장비들이 가득 놓였다. 뭔가 상당한 구경거리가 생긴 낌새를 알았는지 행인들이 열린 문 안을 기웃거린다.

처음에는 중학생 아이가 이층으로 오르는 계단에서 카세트테이프를 살펴보는 장면이다. 아역 배우는 tvN에서 '도깨비'에 출연한 적이 있는 조용진 군이라고 했다. 순수하고 앳된 모습에 얼핏 외로운 기색이 비친다. 어떤 곡일까. 은근 궁금해져서 물으니 툇마루에서 다른 작업 준비를 하고 있던 스텝이 들려준다. 알레프(ALEPH)란 신인 남성 듀오의 'No one told me why' 기타 소리에 맞춰 잔잔하면서도 감성을 자극하는 노래다. 굳이 장르를 말하자면 90년대 이후 영국의 모던 록을 지칭하는 브릿팝(Brit-Pop) 류라고 하는데 멜로디가 감미롭게 들렸다.

흥미로운 얘기지만 나의 관심은 역시 비디오의 배경이 되는 우리 집 풍경이다. 과연 우리 집의 이곳저곳 모습이 어떻게 담길까. 스텝들이 소품을 가져와 꾸민 건넌방을 살짝 엿보니 이전과 전혀 다른 분위기다. 중학생 교복이 벽에 걸려 있고 낮은 책상의 책꽂이에는 소설집 몇 권과 가요 책이 꽂혀있다.

촬영을 위해 옛날 소품들을 들였지만 이곳은 주로 어린아이나 학생이 쓰던 실제 그런 분위기의 방이었다.

벽에는 팝가수의 브로마이드를 비롯한 여러 가수들이며 배우들의 초상화가 덕지덕지 붙어 있다. 누구나 가졌을 법한 청소년기 꿈을 보여준다. 방 한가운데는 기타가 덩그러니 놓여 있다. 이제 이 방의 주인이 들어와서 금방이라도 기타를 칠 듯하다.

이와 달리 우리 집에서 가장 큰 재방은 그로테스크한 분위기를 풍긴다. 카세트테이프에서 풀어진 테이프와 겹겹의 영화필름이 천정의 샹들리에를 꼭짓점으로 사방으로 퍼져 내려와 방안에 수북하다. 원뿔형의 막사나 모기장 같은 모습이다. 그 어떤 소리방을 형상화한 것일까. 연무기에서 뿜어진 뿌연 안개로 그 모습은 더욱 신비롭다. 이제 막 촬영에 들어간 아이는 그 안에 갇혀 무슨 소리인가 들으려 애쓴다. 그러다 귀가 열리는지 환한 표정을 짓는다. 내가 관찰한 촬영 장면은 그러했다.

재방에서 촬영한 뮤직비디오 장면 한 컷

과연 저 영상에 우리 집 곳곳의 모습은 어떻게 비칠까 자못 기대가 됐다. 그렇지만 그 한 컷, 한 컷을 찍을 때마다 열댓 번씩 촬영을 반복하는 모습을 보니 내가 다 진땀이 나고 안타깝게도 보였다. 이들의 작업은 저녁을 먹고도 계속 이어져 새벽 1시가 넘어서야 끝났다. 제작진의 노고야 말할 것도 없지만 이를 지켜보는 나도 진이 다 빠질 지경이었다.

뚱딱이는 역시 '호기심천국'이다. 저녁 내내 구경꾼처럼 집 안팎을 오가며 촬영 장면을 살펴보며 열심히 사진도 찍었다. 우리 홈페이지에 게재하겠다는 얘기다. 그게 얼마나 선전이 되고 손님을 유치하는데 도움이 되는지 알 수 없다. 그렇지만 홈페이지에 뭔가 볼거리를 제공하는 것만은 틀림없다.

어느 날은 청년 영화감독인 손희송 씨와 그 어머니가 찾아왔다. 우리 집에서 특별한 프로젝트를 해보고 싶다는 것. 의례적인 장소 사용 협약을 마친 뒤 꼼꼼히 사전 점검을 하고, 또한 촬영 당일 일찍 와서 일을 거드는 어머니를 보니 마음이 짠했다. 말하자면 어머니가 매니저 겸 스텝 일을 다 하며 열성적으로 뒷바라지하는 모습이었으니까. 우리 부부는 나중에 충무로영화제에 가서 그녀가 제작한 단편영화를 보며 큰 박수를 치며 응원해주기도 했다. 영화를 보다보니 의외로 더 넓은 북촌 한옥이 배경이라 조금 샐쭉했지만 실제 우

3차원 VR 영상으로 잡은 서촌 한옥의 전체 실내 공간. 2018, 한국영화아카데미 KAFA+NEXT D 지원사업으로 제작된 손희송 감독의 작품. 흥미로운 360도 입체 공간에서 펼쳐지는 이야기가 담겨 있다.

리 집 내부를 VR 콘텐츠기법으로 만든 영상은 그 이상의 감흥을 주었다. 여기 실린 그 멋진 사진 한 컷을 보시라. 그야말로 펜트하우스 저리 가라, 할 정도니까.

다시 생각해봐도 우리 집에서 이런 일을 할 수 있다는 게 꿈 같다. 아파트에서 살았다면 전혀 상상할 수 없었던 일이니까. 뚱딱이가 이런 상황을 재미있게 즐기는 편이라면 나는 그저 받아들이는 편이다. 여러 가지 불편한 점도 많고 종종 힘든 일도 있지만 심심치 않아서 좋다. 그렇게 스스로 위안을 삼아야지.

공부하기
좋은
땅집

기와지붕에서 배우다

'어마!'

거실에서 아침 식탁을 정리하는데 방안에서 날카로운 비명이 들렸다. 순간, 벌레가 아닐까 싶어 달려갔다. 누군가 이불을 한쪽으로 치우며 부산을 떨었다. 뭔가 이제 막 벌어지기 시작한 일. 올려보니 서까래를 타고 줄줄이 떨어지는 빗방울이다. 가슴이 철렁했다. 벌레보다 무서운 놈들이 나타난 게 아닌가.

마침 화장을 하고 있던 아가씨들은 그래도 큰 동요 없이 내게 수습을 맡겼다. 잠자는 동안 벌어지지 않은 게 천만다행이다. 만약 그랬다면 이불을 다적시고 손님들 잠까지 다 망쳤을 테니까. 낭패일 뿐 아니라 한옥의 이미지까지 먹칠할 일이다. 손님들은 이전 날 방에 들어서며 서까래가 드러난 이 방의 아름다움에 감탄하고 편안한 잠자리를 기대했을 터다. 그런데 어딘가 구멍이 뚫린 듯 줄줄 비가 새고 있으니 당황스럽고 부끄러울 정도였다.

나는 일단 부엌에서 큰 대접을 가져다 비가 떨어지는 곳에 받쳐놓았다. 그리고 낑낑대며 얼른 트윈용 매트와 이불을 건넌방으로 옮겼다. 곰순 씨의 안색이 아예 먹물을 뒤집어쓴 듯 어둡다. 이태 전 대대적인 지붕 수리를 하며 겪었던 고생이 떠올랐기 때문이리라. 더 거슬러 올라가면 이전에 능동의 단독주택에 살면서 지붕이 새서 난리였던 트라우마가 있다. 지금과 같은 장마철에 몇 날 며칠 천장에서 물이 새서 생고생을 했으니까. 나중에야 위층의 수도관이 파열돼서 일어난 일로 밝혀졌지만 끔찍하긴 마찬가지다.

몇 년 전 이사 올 때 지붕 대수선을 해준 동네의 효자건축 사장님은 일을 끝내며 호언장담했었다. 앞으로 한 10년은 끄떡없을 것이라고. 혹시 문제가 나도 언제든 수선을 해줄 테니 걱정 붙들어 매란다. 그런데 겨울을 난 작년 봄부터 문제가 생기기 시작했다. 이곳저곳 수키와 아래의 홍두깨가 흐슬부슬 흘러내리는 모양이다. 얼었던 흙이 녹으며 벌어지는 볼썽사나운 꼴.

고맙게도 함께 걱정해준 손님이 떠나고 근심은 이어졌다. 비가 오락가락하는데 지붕에 올라갈 수는 없는 노릇이다. 비가 그쳐도 금방 어떻게 할 수 있는 일이 아니다. 미끄러운 기와를 밟았다간 사태를 더 악화시킬 수도 있고 안전 문제도 있기 때문. 나는 뒷집 골목으로 들어가 사다리를 챙에 걸쳐놓고 이리저리 살펴볼 뿐이다. 아무리 봐도 깨진 기와는 없고 어느 부위가 문제인지 알 수가 없다.

낙담이 되고 막막했다. 과장 같지만 이게 한옥을 살아가는 데 겪는 심리적 불안이기도 하다. 언제 어디서 뭐가 터질지 모른다! 더 큰 문제는 수리를 스스로 하기가 쉽지 않다는 사실. 대부분 전문가의 손을 빌어야 하는 일인 데다 그마저 여의치가 않다. 목공이며 와공 등 한옥 수리인의 인건비가 워낙 높고 부른다고 금방 올 사람도 없다. 마을이 노후화되며 이런 일을 도맡아온 장인도 점점 보기 힘들어지고 있다.

다행히 이튿날 해가 쨍 나고 기와가 바싹 말랐다. 그런 또 하루가 지난 아침 일찍 지붕 위에서 쿵쾅거리는 소리가 났다. 고개를 내밀고 보니 혹시 했던 효자건축 윤관 사장님이 아니신가. 사장이라고 하지만 사실 이 동네에서 50년을 넘게 기와를 올리고 수리해온 전문 와공이시다. 그렇게 반가울 수가! 무뚝뚝하기 이루 말할 수 없고, 시답지 않은 말이다 싶으면 오히려 호통을 치며 팽 돌아서는 이다. 이번에도 꽤나 애태우다 나타날 줄 알았는데…. 예상과 달리 조공 아저씨와

서촌으로 이사 오며 시행한 지붕 대수선

함께 재바르게 손을 놀리고 계신 것이다. 구세주가 따로 없다.

기와 한두 장을 드러내는 줄 알았는데 그는 비가 새는 곳이라 여겨지는 지점을 중심으로 기와 열댓 장은 족히 더 드러냈다. 그리고 새로 홍두깨흙을 짓이겨 넣고 백시멘트를 바르고 기와들을 꼼꼼 맞춰 넣었다. 이런 사태라면 이 골이 났다는 손놀림이다. 이번 장마철에도 여기저기 불러 대서 눈코 뜰 새 없

오래돼 삭고 누렇게 퇴색된 목재를 깎는 작업

이 지냈다고 한다. 우리 지붕은 그나마 양반이었단 말씀이시다.

　한바탕 이런 수선을 피운 며칠 뒤 또 폭우가 쏟아졌다. 그래, 얼마든 와라. 새면 막고, 또 새면 또 막고, 얼마든지 버텨나가야지. 근심일랑 버리고 조금 더 담대히 기와지붕을 이고 지내리라 다짐했다.

　이 난리를 쳤는데도 그때 다녀간 손님이 후기에 남다른 '한옥 찬가'를 남겼다.

　너무 만점짜리 숙소입니당…. 일단 한옥이 너무너무너무너무너무너무 무너무 예쁘고 편안하고 여름인데 너무 시원했어요. 아침에는 훌륭한 조식이 있습니다. 그리고 과일도 주시고 정말 행복하게 시간을 보내고 갑니다! 다음에 꼭 또 가고 싶어요. 겨울 때 눈 내릴 때 뵈어요!

이솝 이야기가 끝난 뒤

손님이 우리 집을 찾을 때 언제
나 먼저 알려주는 곳이 '이솝어린이
집'이었다. 노란 3층짜리 건물의 외
벽에 엠보싱 처리한 글씨로 '이솝어
린이집'이란 이름이 크게 드러나 있
어 멀리서도 금방 눈에 띈다. 건물
옥상의 돌출부는 동화 속의 성처럼
올록볼록하고 건물 모서리도 둥글
둥글해 정감 어리게 보인다.

우리 부부가 이 동네를 처음 둘
러볼 때도 이 건물을 중심으로 맴돌
지 않았던가. 큰길 가의 우리은행에
서 수성동계곡으로 1백 미터 정도
들어가다 오른편에 있는 건물이다.

동화 속 그림 같던 이솝어린이집

그러니까 그 뒷집이 서촌게스트하우스라고, 말하면 그만이다. 아이들 보기도 힘든 세상에 이런 어린이집이 있다니! 처음 이곳을 보았을 때 신기해 보이기까지 했다. 이제껏 본 어린이

이솝어린이집으로 넘어간 커다란 박이 계단에 의젓하게 자리 잡기도

집과도 상당히 다른 분위기였다. 이곳을 들락날락하는 부모들에 자꾸 눈길이 갔다. 우리 아이들이 고만고만할 때 다녔던 놀이방에 대한 아슴아슴한 기억 때문이기도 하다. 퇴근하고 데리러 가면 얼마나 쫑쫑대며 반겼던가.

몇 달 전 도로가 포장되며 이곳 어린이집 앞 구간은 다른 곳과 달리 붉은 색칠이 되었다. '어린이보호구역'으로 차량의 서행을 유도하고 어린이 안전을 상기시키기 위한 구역 표시다. 잿빛 도로를 걷다가 붉은 주단을 밟는 느낌이 나서 눈을 들어보면 거기 이솝어린이집이 있다. 꽃집과 생강빵집, 그리고 수공예 액세서리점 등이 포진해 그전까지와는 다른 골목 풍경이 펼쳐지기 시작하는 곳. 바야흐로 이솝의 이야기가 시작되는 풍경이다. '이곳에 차를 놓으면 차가 사라져요' 불법 주차를 막으려 벽에 써 붙였던 문구도 깜찍하게만 보였다.

그런데 어느 날 갑자기 이 정겹던 풍경이 사라졌다. 이솝어린이집 전체에 장막이 드리워진 것이다. 이 동네에서 요즘 심심치 않게 보았던 대로 건물 바깥쪽에 철근파이프들이 세워지고 가림막이 쳐졌다. 소문대로 리노베이션이

시작된 모양이었다. 물론 그 이전에 어린이집이 문을 닫는다는 소식을 들었고 부모와 함께 아이들이 빠져나가는 모습이 예사롭지 않게 보였다. 마지막으로 프랑스 부모와 함께 아침저녁으로 이곳을 드나들던 금발머리 아이들까지 사라지며 골목에는 짙은 그림자만 드리웠다.

그렇게 건물이 텅텅 비고 몇 달이 그냥 흘렀다. 들리는 얘기로는 임대료가 오르며 어린이집이 나갔다고 한다. 그냥 원장이 바뀌는 것이란 소문도 있었다. 주인이 직접 들어온다는 얘기도 들렸다. 과연 이솝어린이집은 무사할까? 아니면, 무엇이 들어올까. 궁금증과 호기심은 날로 커 갔다. 그도 그럴 것이 이 건물이 어떻게 되느냐에 따라 우리 집의 풍경이 사뭇 달라질 테니까. 분위기뿐 아니라 여러 사정과 이해관계도 크게 바뀐다. 길가의 큰 건물 뒤에 붙어 있는 집의 피치 못할 운명이다.

갑자기 커다란 보자기를 싼 듯한 건물 뒤에서 밤낮을 보내려니 갑갑하기 이루 말할 수가 없었다. 간판조차 장막에 가려져 길가에서는 찾기 어려운 지경이다. 어느 날 건물주가 음료수 박스를 갖고 찾아와서 공사에 대한 이해를 구했다. 그때까지도 사실 우리는 이웃이면서도 주인을 본 적이 없었다. 경위 바르고 빈틈없어 보이는 그는 이솝어린이집을 고쳐 다른 업소로 임대할 계획이라고 밝혔다. 그 순간 쿵, 하고 가슴이 내려앉는 느낌이 들었다. 아, 이솝의 이야기가 끝나는구나! 우리 집으로서는 더없이 조화롭고 재미있으며 낭만적이기까지 했던 이웃이 사라지게 된다는 얘기다.

며칠 뒤 공사업자가 찾아와 작업 중의 소음이라든지 여러 문제에 대하여 양해해 달라고 요청했다. 기왕 벌어지는 공사인데 피해를 최소화하는 게 상책이리라. 나는 무엇보다 기와지붕을 다치지 않게 해달라고 부탁했다. 이쪽을 보는 창문에 적당한 가리개 시설을 해달라는 주문도 빠뜨리지 않았다. 이웃집에서 행여 손님들을 내다볼 수도 있으니까. 걱정도 이만저만 아니고 은근 부아도 났지만 어쩌랴. 공사가 안전하게 빨리 끝나기 바랄 뿐이었다.

문득 건물 옆에 놓여 있는 커다란 화분까지 마음에 걸렸다. 우리가 이 골목 안 한옥으로 이사 올 때 주인의 뜻과 함께 자리를 차지한 것들. 1미터가 넘는 커다란 나무 상자와 대형 플라스틱 화분 두 개에는 측백나무와 남천이 자라고 있었다. 원래 그 화분들은 불법 주차를 방지하고 야간에 흡연자들이 모여 떠드는 것을 막기 위하여 설치한 것이다. 또한 건물들만 빼곡한 골목에 나무들이 있어 나름대로 조경으로서도 제 몫을 하던 터였다.

나는 건물주와 공사 감독자에게 사정을 했다. 골목이 공용도로이니 사실 그렇게 부탁할 일도 아니다. 그런데 골목과 그 집 경계상에 걸치듯 놓이는 화분이니 좋게 해결해야 할 수밖에. 처음에 완강하던 이들도 한발 물러서며 장차 들어올 상가 임대자와 협의하라고 했다. 얄량하게도 나는 뭔가 득을 본 듯 내심 안도했다. 일단은 나무 화분들을 원래 있던 그 자리, 게스트하우스 간판 아래 놓았다. 호랑이와 까치가 놀고 있는 벽화도 그제야 다시 생동감 있게 보인다.

러시아 국적의 화가인 미하일박이 벽면에 호작도를 그려주고 있다.

단체 손님들을 위한 특공작전

단체 손님들에 대해서는 심리적 중압감이 크다. 준비에서 마무리까지 특공작전을 펼치듯 해야 한다. 이번에는 C은행 강남 지점에서 가을 야유회로 이곳을 찾는다고 했다. 이전에도 다른 지점 행원들이 와서 행사를 가진 적이 있었다. 그때 시설 이용에 매우 만족해한 직원이 전체 사내게시판에 소개한 모양이었다.

모두 열두 명이나 된다니 받기 힘든 인원이었다. 그래도 곰순 씨는 덥석 예약을 받고 좋아했다. 단체는 최대 수용인원을 10명으로 하는데 인원을 추가하는 대신 요금을 더 받기로 했단다. 부족한 잠자리는 알아서 한다니 걱정 말라는 투다. 단체 손님 중에는 일부러 거실에서 자는 경우도 많다. 아마 그렇게 안내하고 실제 그리 되리라 예상했겠지. 곰순 씨의 돈벌이 수완이 느는 것 같다는 생각에 실소가 났다.

디데이 오전, 선발대의 행사 담당자가 미리 와서 이모저모를 살폈다. 그런데 행사와 관련한 이야기를 나누면서 우리가 준비해야 할 게 점점 늘어났다. 물론 좋은 행사를 위해 입을 맞추다 보니 그렇게 됐지만 은근 걱정이 됐다.

담당자가 말한 그날의 일정은 퇴근 후 볼링대회와 저녁 식사를 하고 와서, 인 왕산자락길의 전망대에 올라가 서울 야경을 보고, 내려와서는 마당에서 맥 주파티를 한다는 것. 그 짧은 시간에 여러 프로그램을 소화하기가 쉽지 않을 텐데 그는 한껏 욕심을 부리며 여러 주문을 했다. 술자리의 분위기도 좋아야 하고 와인도 챙겨오려는데 안줏거리도 최고였으면 한다고. 우리 부부도 같 은 마음으로 머리를 싸맸다.

작전 개시! 마치 이런 명령을 하달받은 듯이 곧 우리 부부는 각자 해야 할 일을 알아서 하기 시작했다. 곰순 씨는 장을 봐서 여러 음식을 장만해야 하고 나는 집안 정돈과 청소, 가구와 이불 세팅, 그리고 마당 행사를 준비하는 것 이다.

이제 더위도 가셨으니 거실과 방에 자리를 차지하고 있던 선풍기들도 치 워야 했다. 언제나 그렇듯이 선풍기를 해체해 날개나 보호망을 씻어 꼼꼼히 포장해 보관하는 게 여간 품이 드는 일이 아니다. 열두 명의 손님을 방방에 들일 수 있게 방의 가구며 이불도 새로 배치해야 했다. 우선 재방의 뒤주를 거실에 내놓고 문갑을 이리 놨다 저리 놨다 하면서 방의 공간을 최대한 넓히 기 위하여 용을 쓴다. 그리고 미 방의 서랍장도 우리 살림집인 2층으로 옮긴 다. 무거운 앨범들이 가득 들어있는 서랍장을 옮기려니 진땀이 났다. 집안 곳 곳 청소를 하고 각방의 수용 인원에 맞게 매트리스를 옮겨 맞추다 보니 어느 새 오후가 다 가버렸다. 쉴 틈 없이 몸을 움직여도 일은 끝이 없다.

마당에서 맥주 파티를 할 수 있게 준비하는 것도 큰일이었다. 화분들을 옮 겨 공간을 넓히고 눈에 거스르는 물건들을 뒤꼍에 몽땅 옮겨놓았다. 지하실 에 보관된 테이블이며 의자들을 꺼내 마당에 보기 좋게 배치하는데 날은 어둑어둑해진다. 다리가 후들후들 떨릴 지경이었다. 그래도 남은 할 일들로 마음이 다급하기만 했다. 그럴듯한 파티 분위기를 위하여 빔프로젝터로 영상물을 틀어주기로 했기 때문이다. 그러잖아도 새로 리노베이션을 한 앞집 건물의 후면 벽에 이런 시험을 해보려던 터였다.

빔프로젝터와 앰프를 이층의 베란다에 놓고 긴 의자와 상자들을 이용해 가까스로 받침대를 만들었다. 여기에 전원을 끌어들여 케이블을 연결하는데 이때부터 사달이 났다. 노트북과 빔프로젝터, 앰프를 연결해 영상물은 띄웠는데 아래층에 설치한 스피커에서 소리가 나지 않았다. 전선이 끊어진 것을 확인해 이어주었지만 여전히 먹통. 이때부터 기기와 씨름하며 위아래 층을 오르락내리락하기 시작하기를 수십여 차례. 정말 이때만큼 집요하고 미친 듯이 어떤 문제에 몰두한 적이 거의 없었다. 오죽하면 아내가 '저러다 병나겠다'며 혀를 내둘렀을까. 거의 좌절해서 널브러질 지경에 소리가 뻥 터졌다. 애초에 오디오 볼륨을 올리지 않은 단순 실수였다. 그만큼 나는 정신이 나갔다고 할 수밖에 없다.

드디어 바깥에서 볼링대회를 마친 손님들이 웅성거리며 집안으로 들어선다. 벽면에는 인왕산에서 바라본 서울시내 야경이 마치 실제 풍경처럼 비친다. 원래 일찍 오면 가기로 한 인왕산자락길 전망대에서 볼 수 있는 바로 그 야경이다. 일행들 가운데 가벼운 탄성이 인다. 이제 테이블과 툇마루에 빙 둘러앉은 손님들이 맥주 파티를 시작한다. 나는 오후 내내 곰순 씨가 만든 카나페며 샐러드, 맥주 안줏거리들, 어묵탕 등을 테이블에 날라주고 자리가 흐트러지기 전의 사진도 찍어주었다. 작은 뜨락이지만 깊어가는 가을밤의 고즈넉한 분위기에 이들은 한껏 기분이 좋아 보인다. 어떤 직장의 한 팀이 저렇게

멋지게 어우러질 수 있을까. 아니, 우리 한옥과 마당이 그렇게 담아내는 건지

마당은 작은 모임이나 워크숍으로 훌륭한 공간이기도 하다. 남명희 작가가 개최한 '김유정의 삶과 문학'

맞은 편 벽에 빔을 쏘아 만든 영상

도 모른다. 사실 그런 성취감도 들었다.

　나는 다시 2층의 베란다에 올라가 이전에 만들었던 영상물 한 편을 틀었다. 비가 오는 날 춘천으로 차를 몰고 가면서 스마트폰으로 작업했던 영상물이다. 그 어느 여름날, 나는 깊은 감상에 빠져 충동적으로 이 영상을 만들었다. 돌아보니 정말 위험천만한 짓이었는데 암만 봐도 괜찮은 작품이다. 차창의 윈도브로셔가 계속 빗물을 훔쳐내며 간간이 터널이 나오고 라디오에서는 팝송이 흐른다. 맨하탄스(Manhattans)의 'Kiss and Say Goodbye'. 참으로 시원하고 영화보다 실감 나는 장면이다. 다른 팝송이나 영화를 틀어달라는 손님들의 요청에 따라 그다음엔 아델(Adele)의 노래들을, 이어서 오래된 흑백영화 한 편을 틀어 놓았다. 오가는 맥주잔과 함께 끝없이 이어질 듯한 그들의 대화에 심심찮은 배경이 되길 바라면서.

어둠 속에서 나는 깊은숨을 내뿜었다. 오늘 하루 최선을 다했다는 안도감과 함께 피로감이 몰려왔다. 자정이 넘은 시간에 대충 뒷정리를 한 뒤 곰순씨와 나는 파김치가 돼 각자의 잠자리에 틀어박혔다. 나는 밤새 허우적거리며 무언가 잡으려 애썼다. 분명 나쁜 기분은 아니었다.

부킹닷컴의 첫 외국인, 크리스틴 가족

7월에 부킹닷컴으로 숙소를 등록하고 두 달 동안 내국인 세 팀을 받았다. 요즘은 우리나라 예약문화도 많이 발전하여 외국의 플랫폼을 이용하는 고객이 많아지고 있다. 특히 해외여행을 많이 하는 젊은 층의 경우 그렇다. 우리도 이러한 추세에 따라 부킹닷컴에 눈을 돌리지 않을 수 없었다. 특히 많은 유럽인이 이쪽을 이용한다는 얘기를 들었기 때문이다. 다른 게스트하우스의 소개로 우리 집에 묵었던 벨기에 손님은 마치 자기 일처럼 당장 부킹닷컴을 이용하라고 재촉하기도 했다.

이제나저제나 하는데 개설 후 두 달이 지났을 무렵 드디어 외국인의 예약 관련 문의가 왔다. 크리스틴이란 이름으로 명의자 옆에는 태국 국기가 떠 있는데 사용언어는 독일(German)로 돼 있었다. 태국에 사는 독일인이려니 생각했다. 아이가 둘이 딸린 네 명의 가족이 오는데 최대 세 명이 들어갈 수 있는 안방을 예약했다. 방을 등록할 때 분명히 트리플룸으로 표기했는데 어떻게 이런 매칭이 되었는지 우리로서는 알 수가 없었다. 의아했지만 일단 외국인이 문을 두드렸다는 사실에 설레는데 따질 게 무어랴.

우리로서는 그야말로 귀빈 같은 첫 손님을 맞아야 하는데 고민이 생겼다. 무엇보다 안(An)방에 네 명을 들이기에는 좁을 거란 생각이 들었기 때문이다. 원래 이방은 우리가 이사 와서 처음에 안방처럼 사용하던 곳이었다. 그러기에 8자 장롱도 충분히 자리를 잡고 어울렸다. 여기에 옷과 이불 등을 넣어두다가 손님방으로 쓰면서부터 요와 이불을 보관하는 장으로 쓰고 있었다. 그동안은 그냥저냥 손님들한테 양해를 구하며 2인이나 3인용 방으로 써온 터다. 그러면서도 늘 신경이 쓰인 것은 사실이었다. 손님을 위한 옷장처럼 보이는데 실제 이 방의 사용자에게는 불필요한 이불창고나 다름없다. 이참에 장롱을 치우고 손님방을 손님방답게 만들어야겠다는 생각이 들었다.

바로 그날, 일이 되려고 그런지 뒷집이 이사를 나가기에 다행히 남은 손을 빌릴 수 있었다. 장롱을 2층의 우리 부부 침실로 옮긴 것이다. 붙박이장에다 서랍옷장이며 심지어 책장까지 놓인 방에 그 큰 장을 또 갖다 놓으니 이건 방이 아니다. 겨우 더블사이즈 침대 하나 놓을 공간만 남고 말았다. '이제 우리는 본격적으로 영업을 하는 거야.' 그렇게 마음을 먹어도 나는 아내의 얼굴을 보기가 미안했다. 그러

서촌 집에서 중심이 되는 안(An)방. 뒷곁이 있어 시원한 개방감을 준다.

잖아도 좁은 우리 부부의 방이 피난 공간처럼 되고 만 것이다. 나중에 서랍장과 책장을 밖으로 내 놓고 숨통이 트였지만 그때는 우울한 생각을 떨칠 수 없었다.

그러나 막상 넓어진 1층의 안방을 보면 기분이 그렇게 좋을 수 없다. 곰순 씨와 나는 몇 번씩 넓고 환해진 방을 보며 기뻐하며 환호했다. 이젠 서너 명은 물론 가족과 단체까지 아무 걱정 없이 받을 수 있겠다는 기대다. 당장 이번에 오는 크리스틴 가족에게 당당하게 방을 내줄 수 있으니 얼마나 안심인지. 곰순 씨와 나는 자정이 넘도록 몇 번씩 방 청소를 하고 이런저런 정리를 했다. 벽에 그림을 걸고 문갑과 침구 배치를 새로 해보며 마치 어렸을 적 내 방을 마련한 것처럼 좋아했다.

곰순 씨가 잠든 후 나는 새벽에 예약 사항을 다시 살펴보았다.

이 투숙객에 대해 유의할 점

Approximate time of arrival: between 00:00 and 01:00 the next day

Dear sir or madam, we land in seoul late at night around 23.30 coming from bangkok. Could you arrange an airport transfer for us, please?

Thank you.

자정 무렵 공항에 도착해 이곳에 오는 교통편을 묻는 것이 아닌가. 이상하게도 'arrange'란 단어를 해독하기가 어려웠다. 혹시 교통편을 제공해달라는 것일까? 아니면 교통편을 알려달라는 것인가. 고민해 봐도 그 시간에 내가 공항에 간다는 것은 무리라는 판단이 들어 일단 집에 오는 교통편을 알려줬다. 그제야 나도 심야 리무진버스 이용법을 알고 서울역에서 이곳까지 택시비 등을 제대로 파악할 수 있었다.

　나름 최대한 성의 있는 답변을 했다고 생각했는데 아무런 반응이 없다. 며칠이 지나도 역시 무반응이다. 다시 노크를 해야 하나, 기다려야 하나 고민이 됐다. 곰순 씨는 '노쇼(No-Show)'라고 단정했다. 주변에서 부킹닷컴은 노쇼가 많다는 얘기를 들었단다. 한 주가 넘어도 대답이 없으니 그런 생각이 당연할 듯 싶었다. 그런데 왠지 나는 그럴 리가 없다는 믿음에 사로잡혀 있었다. 그만큼 기다림이 커서일까. 그러다 예약일이 거의 다 됐을 때 메시지가 왔다.

Re: Ihre Buchung in der Unterkunft Seochon Guesthouse

Hello, thank you for your message and sorry for the late reply.

We have taken note of your description and will try to do as told.

We will arrive late (23.35 with flight XJ702 from Bangkok) with two little children and might not have Internet or telephone connection in Korea as we might not be able to buy a sim card first thing.

So we will head straight to your place and hope that we can meet you there... it's probably not a good idea to ring the bell when we arrive?

Should we ask the taxi driver to give you a call? Which number would be best?

If we have Internet at the airport we will try to get in touch with you. Do you have LINE or What's app (you could find me via +66 94253 0000)

I am sure it will work out somehow. We are really looking forward to this trip and to meeting you :)

　　Best wishes, Christine

　　정말 반갑고 뛸 듯이 기뻤다. 단순히 예약 손님의 응답을 받았다는 정도를 넘어 믿고 기다린 데 따른 보상을 받은 기분. 크리스틴은 매우 정확하게 내가 보낸 안내 메시지를 파악하고 신중하게 답변했다. 심야에 찾아오니 집의 벨을 누르지 않겠다는 뜻도 알렸다. 얼마나 사려 깊은 마음인가.

　　나는 즉각 독일어 인사말 한마디에 서투른 영어로 답변을 보냈다. 택시 안에서 전화를 하면 곧장 나가서 집 앞에서 기다리겠노라고. 나와 아내는 이날 자정이 넘은 시간 잔뜩 설레며 스마트폰에 촉각을 곤두세웠다. 그런데 예상 밖에 초인종 소리가 들렸다. 나와 곰순 씨는 화들짝 놀라 부리나케 1층으로 뛰어 내려갔다. 현관 불도 꺼지고 다른 손님들은 이미 깊은 잠에 빠져 있는 듯했다.

　　크리스틴(Christine)과 그녀의 남편 안드레아스(Andreas), 그리고 남녀 아이 둘이었다. 일견해보니 여행객이라고 보기에는 너무 단출한 행장이다. 캐리어 하나 없고 어른들이 배낭만 매고 있는 모습이 마치 잠깐 소풍 온 모습이다. 아무려나 너무 반갑고 한편 메시지를 못 봤나 의아해하며 급히 그들을 방으로 들였다. 이튿날 메시지함을 확인해보니 우리가 제대로 수신을 못한 것 같았다. 그런 우여곡절 속에 VIP 가족은 넓어진 우리 안방에 묵게 된 것이다.

　　아침을 먹은 뒤 경복궁을 가기로 하여 내가 따라붙었다. 가까운 거리니까 보통은 거기까지 안내를 해주곤 했다. 보통 이때 우리 집 근처의 교통편과 교통카드 사용법을 알려주기도 한다. 고궁박물관 옆의 쪽문을 통해 들어가는데 크리스틴의 걸음이 바빠졌다. 그러면서 수문장교대의식이 언제 있느냐고 물었다. 나는 이전에 우연히 보았던 대로 대개 12시나 2시쯤 있다고 대답했다. 그런데 외국인이 삼삼오오 급하게 발걸음을 옮기는 게 예사롭지 않았다. 광화문 뒤쪽 광장에 이미 구름 같은 관광객들이 모여 있다. 이런! 나는 크리스틴에게 미안하다고 했지만 창피스러웠다. 그녀는 이미 수문장 교대의식을 체크하고 그것을 보려고 서둘렀던 게다.

광화문과 흥례문 사이의 넓은 마당에 구경꾼들이 겹겹이 서 있는 가운데 웅성거리는 소리가 잦아들었다. 드디어 큰북 소리가 들리며 취타대를 앞세우고 수문군과 기수들이 깃발을 휘날리며 등장한다. 크리스틴은 아들이 조금이라도 더 잘 볼 수 있도록 키드존 앞으로 내세운다. 안드레아스도 자신의 어깨 위에 딸을 목말 태우고 행렬이 다가오는 모습을 쳐다본다. 우리네 부모들처럼 아이들에게 뭔가 더 보여주고 싶어 하는 마음이 그대로 읽힌다. 나는 이 모습을 얼른 스마트폰에 잡았다. 가족들이 나란히 서서 행렬을 바라보는 장면이 참으로 행복해 보인다. 수문군의 복장과 움직임을 호기심 어린 눈길로 쳐다보는 아이들의 모습도 천진난만하기만 하고.

우리도 아이들이 저만할 때 꽤나 많은 여행을 다녔었다. 아들, 딸과 부부의 네 가족 구성도 똑같다. 주로 국내 여행이었지만 그때 아이들과 함께 다니며 본 풍경은 아직도 뇌리에 생생하다. 돌아보니 저 때가 가장 젊고 행복한 시절이 아니었던가. 크리스틴이 가족을 리드하는 모습이 무엇보다 인상적이다. 어느 여름날 곰순 씨는 우리 가족을 용인의 에버랜드로 데려간 적이 있다. 그때 얼마나 씩씩하게 돌아다니며 많은 것을 구경시켜주었던지. 그때 나

경복궁의 수문장교대식에서 크리스틴 가족

는 아이들과 함께 곰순 씨의 또 다른 어린아이처럼 졸졸 따르며 신나지 않았
던가. 크리스틴 가족과 헤어져 돌아오며 나는 그와 같은 옛 추억을 떠올리며
달콤한 감상에 젖었다.

저녁때 돌아오면 이들의 무용담을 들을까 했는데 여의치 않았다. 북촌으
로 해서 인사동을 다녀오며 저녁도 잘 먹고 온 모양이다. 처음 보았을 때 이
가족의 행장을 의아하게 여겼듯이 이들은 짬짬이 여행의 달인처럼 보였다.
아니나 다를까 슬쩍 물어보니 태국에서 외교관 생활을 6년여 하며 주말을 이
용해 아시아 국가들을 두루 돌아다녔다는 것. 서울서 방콕까지 5시간이나 걸
리는 비행시간을 아무렇지 않게 생각한다. 그래서 비행시간과 출발, 도착에

더 신경 쓰는 모양이었다. 이번에도 이른 시간 비행기를 타야 한다고 일찍 잠자리에 든다.

아침 일찍 아래층에서 두런거리는 소리가 기상을 알리는 알람처럼 들린다. 곰순 씨는 크리스틴 가족에게 기어이 라면을 끓여준 모양이었다. 나는 얼른 세수를 하고 그들이 출발 준비가 끝났다 싶을 때 아래층으로 내려갔다. 공항 리무진을 타는 버스정거장까지 가서 배웅해줄 참이었다. 그때 그녀가 퍼뜩 생각난 듯 "수중에 현금이 얼마 없는데 카드도 되느냐"고 물었다. 곰순 씨가 당연히 그렇다고 말해줬다. 나 역시 물론 그럴 거라고 장담하고 앞장서 정거장으로 향했다.

공항리무진은 정확한 시간에 정거장에 도착했다. 크리스틴 부부가 버스에 먼저 올라타 요금으로 카드를 내는데 운전기사님이 손사래를 쳤다. 현금이나 교통카드만 된다는 얘기였다. 내가 버스에 뛰어올라가 사정을 하는데도 막무가내다. 심지어 내리라고 하는 게 아닌가. 크리스틴은 어쩔 줄 몰라하며 얼굴을 붉혔다. 기사님과 나를 둘러보며 "아임 쏘리(I'm sorry.)"를 연발했다. 그리고 진짜 내리려고 하는데 어쩌랴. 나는 그녀가 갖고 있는 현금이 얼마인지 묻고 모자라는 돈 이만 원을 보태 계산해줬다. 바지주머니에 돈이 있었기에 망정이다. 그런 과정에서야 나는 13세 이하 청소년 요금은 8,000원이라는 사실도 제대로 알게 됐다. 버스가 떠난 뒤 가슴을 쓸어내리며 나는 얼마나 자책했는지 모른다. 어제 경복궁 안내에서의 실수처럼 버스요금 처리에 대해 얼렁뚱땅 알려준 게 너무 부끄러웠던 것이다.

사람은 자신의 잘못을 쉽게 잊는 모양이다. 그러고도 며칠이 지난 뒤부터는 혹시 부킹 사이트에 그녀의 이용후기가 올라오지 않을까 기대를 한다. 사정을 모르는 곰순 씨도 은근 기다리는 눈치였다. 처음 호스팅을 하고 이용후기가 무엇보다 중요하다는 얘기를 들었기 때문. 시간이 지나며 나는 오히려 불안하기도 했다. 그런 잘못 말고도 그녀와 가족에게 뭔가 마음 상하게 한 일이 있지 않았을까. 아니, 외교관이라니까 진짜 바빠서 이런 일까지 챙기기 어려울 것이다. 나는 빨리 잊으려 했다.

영어보다 삶을 가르쳐주는 마틴

사상 최장인 10일간의 추석 전후 연휴가 이어지던 끝날, 저녁을 같이하기로 약속한 대로 마틴(Martin)이 집에 왔다. 그는 곰순 씨와 나의 페이스북이나 홈페이지에 영문으로 글을 올릴 때 도움을 주고 있었다. 가급적이면 정확한 문장을 올리고 싶어 나는 종종 그에게 일종의 감수를 요청하곤 했다. 그에 대한 감사의 뜻도 있고 추석을 혼자 보내고 있을 그를 위로하고 싶기도 했다.

마틴은 우리가 추석 선물을 건네기 전에 먼저 무언가를 내놓았다. 나무로 만든 둥그런 과일받침대였다. 여러 겹으로 이뤄진 동심원 문양의 접시 같았다. 바닥에 놓으니 납작한 접시인데 테두리를 잡고 쭉 올리니 우묵한 바구니가 된다. 마틴은 마술을 보여주듯 이것을 시연해 보이며 득의양양한 웃음을 보였다. 과연 신기하고 재미있는 데다 꼭 필요한 용기다. 그러잖아도 얼마 전에 바나나걸이를 사려고 잡화점에 갔다가 마땅한 걸 찾지 못한 터였다. 뜻밖의 선물이 정말 고마웠다. 우리는 준비한 올리브유 기름 세트를 그에게 건넸다. 그도 직접 요리하길 즐기는데 잘 쓰겠다며 상당히 좋아했다.

마틴의 식견과 지혜는 유머와 버무려져 내게 늘 신선한 자극을 준다. 그는 오래전 대학의 강사직을 마치고 서울 생활을 하고 있었다. 요즘은 피아노를 들이려는 계획에 몰두해 있다고. 그러면서 '라라랜드'에 나오는 테마곡 '별들의 도시(City of stars)' 악보를 보여주기도 했었다. 그 어떤 젊음보다 열기에 가득 찬 표정이다. 그가 여태 엄청난 열정으로 매일 에세이를 쓰고 있다는 점도 새삼 놀랍게 여겨졌다. 얼핏 본 적이 있는데 해독조차 힘든 논문과 같았다.

그가 단순히 영어를 가르치는 강사가 아니라는 사실은 잘 알고 있었다. 그런데도 만날 때마다 그의 모습이 왜 그렇게 신선하게 느껴질까. 나이 들어도 언제나 책을 끼고 살며 젊은이들과 어울려서일 수도 있겠다. 언제나 긍정적으로 세상을 보고 그 어떤 두려움도 없는 듯하다. 아직도 그 독한 카멜 담배를 하루 한 갑씩은 피우는 모양이니! 마틴이야말로 온 세상을 주유하는 진정한 여행자가 아닐까. 서울에 잠깐 머물다 갈 손님이란 생각도 든다. 언제까지 머물듯 해도 훌쩍 떠나고야 마는!

우리는 커피를 마신 뒤, 새로운 음식을 먹어보자며 집 근처에 새로 난 비건 카페를 찾아갔다. '소이로움'이라는 이 카페는 요즘 유행인 채식과 자연 먹거리를 주 메뉴로 하는 곳이다. 그는 언제나 그렇듯 특유의 호기심 어린 기대를 내비쳤다. 우리는 야채초밥과 버거, 두유라떼 등을 주문했다. 기다리는 동안 오래 밀린 이런저런 이야기를 나눴다. 지나가는 투로 우리 집에 손님들이 많이 오는지 무슨 색다른 이야깃거리는 없는지 묻는다. 예의 게스트하우스 운영과 관련한 도움말도 곁들인다. 때는 이때다 싶어 우리는 최근에 왔다 간 독일인 가족에 관한 이야기를 들려줬다.

손님이 우리와 잘 지낸 듯한데 막상 떠난 뒤에 리뷰가 없어 실망스럽단 고백이다. 리뷰가 중요하다는 것을 알았기에 더 그렇다는 속마음도 비쳤다. 마틴은 의외라는 듯이 그렇다면 그런 뜻을 전해보지 않았냐고 되물었다. 그렇게 하고 싶지만 부탁해서 받기는 싫고, 혹시 그녀가 기분 나빴는지 모른다는 걱정도 피력했다. 소심의 극치라 할지…. 마틴은 끝까지 우리 이야기를 듣더니 당장 메시지를 보내라고 조언했다. 심지어 메모지를 가져오게 하여 그녀에게 보낼 말을 적어보라는 것이다. 마틴은 내가 반신반의하며 적었던 몇 마디를 바로 잡아주었다.

How are you doing? We were very happy to welcome you. You and your family were such interesting and charming guest. Can't wait to read your review. And, don't forget, welcome back someday soon.

다시 봐도 단순하면서도 간절한 표현이다. 그뿐 아니라 어떻게든 우리를 돕고 싶어 하는 마틴의 마음이 읽혔다.

돌아보면 사실 마틴만큼 게스트하우스 운영에 도움을 준 이도 없다. 처음에 그를 우리 집에 초대한 까닭은 영어 회화 실력을 높이기 위해서였다. 가족이 함께 1주에 한 번씩 영화 감상을 비롯하여, 음악, 음식, 문화, 역사, 시사 등 여러 토픽에 대하여 자유롭게 이야기를 나눴다. 물론 미리 내어준 과제나 텍스트를 주제로 프리토킹을 하는 것이었지만 그때그때 즉흥적인 대화도 많이 나눌 수 있었다. 마틴은 수업 전에 우리 각자에게 지난 주말에 무엇을 했는지 정리해 표현하게 했다. 말할 것도 없이 대부분 게스트하우스에서 일어난 일들이다. 이야기를 나누며 미리 준비한 내용에 대한 검토를 받으면 그게 바로 영문 홈페이지나 페이스북에 올릴 만한 콘텐츠가 됐다. 뿐만 아니라 판

마틴 선생이 진행한 '미드와 미국문화'

소리 공연이며 프레스펠로
십 등 행사에 단골로 참석
해 함께 즐기며 외국인들과
스스럼없이 이야기를 나누
곤 했다. 그러니까 마틴은
여러모로 우리의 서포터이
자 카운셀러인 셈이다.

캄보디아, 이집트, 인도네시아, 라오스, 미얀마, 필리핀, 타일랜드 등 언론인 대상의 프레스펠로십 (언론진흥재단 주관, 2015.11)

카페에서 곰순 씨를 먼
저 보낸 후 마틴과 나는 이상의집 맞은편 술집에 들렀다. 마틴과 마지막 수업
으로 헤어진 뒤 몇 달 만의 만남이었다. 길거리로 면한 테라스에서 마틴과 나
는 어묵과 함께 노가리를 시켜 소주 두 병을 마셨다. 그렇게 많이 마신 적이

없었는데 마틴은 사뭇 기꺼워하며 많은 이야기를 했다. 보름달이 어느덧 둥실 떠올라 골목 어귀를 환하게 비춘다.

마틴은 예의 담배를 빼물고 "정말 멋진 밤이다(It's a lovely night!)"라고 외쳤다. 나 역시 그 말에 맞장구를 치며 흔들거렸다. 추석 연휴에 누구를 만난 것보다 가장 즐겁고 기쁜 순간이었다. 그가 선생이라든가 현자라기보다는 더없이 소중한 친구로 느껴졌다. 나이 차가 커도 마음이 통하면 서로 친구처럼 여기는 서구식 감정이입이랄까.

마틴과 헤어진 후 한동안 손님이 뜸했다. 그의 조언으로 크리스틴에게 리뷰를 받으려 했던 시도도 물거품이 된 듯했다. 그저 부킹닷컴을 통해 다시 손님이나 잘 받았으면 하는 마음뿐이었다. 그러던 어느 날, 긴 영문의 후기를 발견했을 때 느낀 반가움이란! 바로 크리스틴이 띄운 것이었다. 리뷰 난 옆에는 막대그래프로 표시된 '우리 숙박시설 후기 평점'이 드러나 있었다. '직원 친절도' '부대시설' '청결도' '편안함' '위치' '가격 대비 가치' 등 평가요소에서 모두 10점을 받았다.

처음 리뷰를 받기 시작해 5개 이상 돼야 후기박스가 드러나는데 크리스틴의 후기로 이런 조건이 충족된 셈. 그와 동시에 그녀의 반응을 보게 된 것이다. 나는 즉시 칭찬을 받고 싶은 직원처럼 이를 사장인 곰순 씨에게 보여줬다. 그리하여 무슨 콘테스트에서 수상이라도 한 듯 함께 하이파이브를 하고. 뒤미처 단어 하나하나의 뜻을 파악하며 감동했다. 그녀의 따뜻하고 진솔한 마음이 와 닿았기 때문.

Christine, (Bangkok, Thailand)

lovely homestay in the heart of Seoul

Our stay in Seochon Guesthouse was most remarkable, although we could only stay for two nights travelling through.

Our host were very attentive. We arrived past midnight due to a late flight and they both had stayed up to welcome us and make us feel comfortable right from the stay. They cooked an amazing Korean style breakfast for us (although we got up early in the morning) and explained their life and the sights in Seoul. They even showed us the way to the palace where we could witness the change of the guards (very close to the Guesthouse).

The location of the guesthouse is perfect with close proximity to major sights, the traditional village with beautiful shops and architecture. There was a handicraft market when we were there. Several galleries are walking distance as well as the metro, bus lines (direct link to the airport) and shopping center. the house is quiet at night, in the little road are however several excellent dining options. All in all, it was the perfect stay and we long to go back asap.(2017. 10. 31.)

즐기며 공부하는 대만과 일본 자유여행

이런저런 기회로 그저 남들 다니는 만큼은 해외여행을 다녔지만 우리 부부에게 스스로 짐을 꾸려나가는 여행은 언제나 두려움과 선망의 대상이었다. 대부분 공무로, 혹은 단체로 나가는 패키지투어이거나 남이 만들어준 스케줄에 따라간 경우였기 때문이다.

부끄럽지만 외국으로 출·입국하는 절차나 숙박업소를 찾고 예약하는 법, 심지어 비행기 티켓을 예매한다든지, 면세점을 잘 이용하는 요령 등도 잘 모르고 공항만 가면 울렁증이 일곤 했다. 하긴 우리 나이라면 부끄러울 것도 없다. 처음 해외 나갈 때 관광교육원에 가서 세 시간짜리 교육까지 받아야 했던 세대니까.

누구에게나 그렇듯 세계여행은 늘 설레는 꿈이다. 내가 곰순 씨와 처음 만나자마자 꼬드길 때도 "언젠가 당신과 자메이카로 여행을 가겠노라"며 굼베이댄스의 'Sun of Jamaica'라는 곡을 들려줬었다. 아직도 집에 있는 그 턴테이블로 당시의 LP판을 가끔 듣곤 하지만 자메이카는 여전히 버킷리스트의 하나다. 그저 사부작사부작 이웃나라부터 찾아봐야지.

마침 환갑이라는 적당한 구실이 생겨서 우리는 타이완을 여행지로 선택했다. 새해 8일부터 12일까지 타이베이와 화롄을 중심으로 한 4박 5일 일정. 이번에야말로 공항 울렁증을 떨쳐내고 자유여행이 어떤 건지 알고 싶었다. 해외로 나가는 첫 관문이자 도전거리처럼 여겨졌다. 아날로그 세대답게 우선 서점에 가서 여행 책자들을 열심히 살펴보고 몇 권 챙긴다. 확실히 알지 않으면 직성이 풀리지 않는 성격 탓이기도 하다. 인터넷을 뒤져 여행담도 보지만 왠지 커닝하는 기분이 들어 그 경험담을 좇고 싶진 않다. 여행사의 패키지투어도 살펴보며 주요 관광지나 여행 코스를 비교해 본다.

그러다 서울 한복판에 타이완관광청 사무실이 있다는 걸 알게 되었다. 부리나케 그곳에 가보니 웬만한 타이완 관광 자료가 다 구비돼 있다. 전국 각 지역의 명소나 꼭 가볼 만한 곳, 교통편, 먹고 놀 거리 등등…. 허겁지겁 각종 책자며 브로슈어, 할인 쿠폰까지 챙기니 한 보따리다. 한쪽 테이블에 앉아 관련 서적까지 뒤져보니 책을 산 게 아까울 정도였다. 집에 돌아와 며칠간 열심히 자료들을 살피고 매일 새벽까지 일정을 짠다.

비행기 티켓을 예매하는 것만큼 설레는 일이 없었다. 일부러 국적기가 아닌 중화항공(China airline)을 선택했다. 조금이라도 저렴한 비용으로 다녀오고 싶었다. 아, 나도 이렇게 떠나는구나! 그렇게 두려워하는 일을 온라인으로 하는데 의외로 수월했고 E티켓까지 금방 손안에 넣으니, 앗싸! 이런 우쭐한 기분도 든다. 그만큼 내게는 신기하고 낯선 세계에 들어서는 기분이었고 이어지는 일련의 과정이 일종의 성취감까지 선사하는 것이다. 곧바로 타이베이의 숙소를 예약하는 일도 그러했다.

솔직히 나는 대만 여행의 목적을 관광보다 체험에 두고 있었다. 아니, 체험이라기보다 공부란 표현이 더 맞을까. 외국인들이 다니는 서울의 주요 관광지며 명소란 어떤 것일까. 어떤 마음으로 그곳을 찾을까. 나 스스로 다른 도시를 돌아다니며 그런 여행자의 마음을 읽고 싶었다. 첫술에 너무 과한 욕심일지 모른다. 무엇보다 호스트에서 게스트로 바뀌면서 내가 겪게 될 입장과 환경 변화가 궁금했고 또 그걸 직접 비교해보고 싶었다.

우리 집을 선택하고 찾아오는 외국인들은 보통 서너 달, 혹은 열 달 전에도 예약을 한다. 얼마나 많은 사전 조사를

한때 세계 최고 높이를 자랑했던 타이베이 101층 빌딩

하고 기대를 하고 오는 것이랴! 이들은 어떻게 그 많은 게스트하우스 중에 서촌 우리 한옥을 찾아오는 걸까? 타이베이 수많은 숙소를 찾다 보니 저절로 이런 궁금증이 풀렸다. 우리 역시 교통이 편한 중심가를 뱅뱅 돌며 기왕이면 대만의 전통 분위기가 풍기는 집을 찾고 찾았으니까. 우리가 찾은 집의 호스트는 오스트리아에서 살다 온 여성으로 영어는 물론 한국어도 구사하는 것으로

소개돼 있었다. 우리 부부는 이곳과 아울러 이와 유사한 숙소를 비교하며 수십 건의 후기를 읽고 또 읽었다. 역주변의 엇비슷한 집들의 사진만 보고서는 정말 어디가 좋은 곳인지 판단이 안 섰다.

이때서야 우리는 손님들의 리뷰가 얼마나 중요한지 실감했다. 후기에는 호스트가 어떤지부터 숙소의 온갖 장단점이며 시설과 편의성, 주변 환경 등을 비롯한 각종 정보가 숨겨져 있었다. 누구나 다 아는 사실일 터지만 막상 그 정보의 해독은 쉽지 않다. 우리가 선택한 집에서 나의 주의를 끈 리뷰는 많은 고객들이 불만처럼 내비친 'unique'한 경험들이었다.

예의 호기심과 학습욕구가 동했다. 그러니까 나이 들어가면서도 어떻게 계속 공부를 할 것인가. 삶의 재미를 발견하고 스스로 마음에 맞는 삶을 살까. 늘 그런 공부거리에 사로잡혀 있으니까. 모래 한 알에서 우주를 보라고 한 어느 시인의 말이 있다든가. 어떤 일이든 두려워하지 않고 시도해보는 것이다. 한 번을 경험해도 충분히 미루어 짐작할 일들이 많다. 그 한 번이라도 족하지 않을까.

타오위안 공항에서 공항철도를 타고 타이베이역에서 내린 뒤 전철 반난(Bannan)라인으로 갈아탄 뒤 쭝샤오둔화 역 근처 숙소까지 찾아가는 길은 스릴에 넘쳤다. 우리도 할 수 있다는 용기도 났다. 서울에서는 거의 쓰지 않았던 구글 지도도 처음 사용하기 시작했다. 요즘 손님들이 우리 집을 어찌 그렇게 쉽게 찾아오는지 내가 직접 확인해보고 싶었다. 그런데 거기까지 의기양양했지, 실제 손님이란 어떤 처지일 수 있는지 혹독한 대가를 치러야 했다.

역에서 내리니 빗발도 굵어지고 바람도 거셌다. 한동안 비를 맞으며 버티다가 결국 우산을 사야 했다. 호스트 K가 알려준 설명대로 숙소를 찾는데 골목을 몇 번씩 돌고 돌아야 했다. 통화를 하고 메시지를 주고받는데 신경질이 날 정도였다. 나중에 알고 보니 멍청하게 집 앞을 몇 번씩 지나쳤던 것. 그러다 겨우 호스트를 만났을 때 느낀 반가움이란! 우리는 아무 소리 못하고 고개를 주억거리며 그녀를 따라 쪼뼛한 건물 위층으로 올라갔다. 사진에서 본 외관과는 딴 판으로 아파트 형태란 게 당장 실망스러웠다.

개인 가옥을 예약했다가 묵게 된 아파트 형태의 숙소

거실에는 이런저런 마네킹 같은 것과 인형들 그리고 작업대 위에 장난감들이 널려 있었다. 살짝 열린 문 안의 창고에는 옷감 같은 물품이 켜켜이 쌓여 있었다. 그때서야 외국인들의 리뷰가 떠올랐다. '작업장 같은 유니크한 장소' 묘한 분위기였고 뭔가 잘못된 게 아닌가 싶기도 했다. 영어 설명으로 '다른 이웃이 손님에 관하여 물으면 이 집 친척이라고 대답하라'는 게 아마 정식 숙박업소로 보이지 않았다. 한국말은 안 통했다. 우리말을 할 줄 안다는 K라는 호스트는 나타나지 않았다. 우리를 안내한 여성이 이 집의 매니저인 듯했는데 우리가 묵는 동안 거의 볼 수 없었다. 새벽녘에 화장실에 누군가 다녀간 듯했고 맞은편 방에서 인기척도 났다. 저 사람들은 이곳의 손님들일까, 아니면 기거하는 이들일까. 아무튼 집에 들어가서 나올 때까지 2박 3일 동안 모든 게 수수께끼였다. 이를 통해 우리 집에 손님이 오면 참고로 숙박 환경에 대하여 잘 알려줄 필요를 절감했다.

공부를 하려 했으니 제대로 해야지. 나는 곰순 씨가 힘들어하건 어떻건 하루하루 계획한 일정을 다 소화하려 애썼다. 우리가 외국 손님이 오면 T머니 카드나 전철 카드를 쓰라고 권하듯 이곳에서 Easy Card, Fun PASS, IC토큰 등을 사용하며 이곳저곳을 다녔다. 다니면서 손님들이 어떤 점을 불편해할지, 잘못하기 쉬운지 생각해보았다. 타이베이에서 각종 먹거리가 풍성한 야시장을 둘러보는 것은 필수 코스. 우리는 이곳에서 가장 오래되고 크다는 화시제, 스린, 닝샤 야시장 등에 가서 길거리 음식을 즐기며 도처에 널려 있는 발마사지도 받아보았다.

자유여행의 매력은 역시 눈길 가는 대로, 발길 닿는 대로 마음껏 원하는 일을 할 수 있다는 점. 한가지, 패키지투어처럼 누군가 이곳 명소며 풍물 등에 관한 이야기를 곁들여주면 얼마나 좋을까 하는 아쉬움은 있었다. 야시장에서 그곳 술을 몇 잔 마시고 싶었는데 끝내 마땅한 곳을 찾지 못했고 아직도 나는 대만 사람들이 술을 즐기지 않는 것으로 알고 있다. 그런 점에 비춰볼 때 우리 집에 오는 손님은 다행일 수 있다는 생각도 들었다. 아침 식사를 한 후 투어를 가는 곳이나 음식, 즐길 거리에 대한 설명을 원하는 대로 해줄 수 있고 때론 안내까지 해줄 수 있으니까.

타이베이 시외로 나가 바닷가인 예류 지질공원에 가서는 비가 오는 데다 으슬으슬 살을

스린 야시장, 대만에서 처음 자유여행을 시도하는 이들에게 가장 알맞은 여행지일 듯.

파고드는 한기로 곤욕을 치렀다. 그렇다! 아침에 우리 손님이 나갈 때면 날씨며 현지에서의 옷차림에 대한 팁을 줘야 한다. 이런 생각도 새로 몸에 붙은 직업근성이랄까. 유명 관광지에 가면, 우리나라 관광 환경과 비교를 한다든지 여행자들의 물색을 유심히 살피게 된다.

예류에서 소금커피를 마시며 한기를 피하는데 택시 기사가 인근 유명 관광지인 스펀, 진과스, 지우펀에 이르는 투어를 싸게 해주겠단다. 한나절에 버스로 이곳을 다 돌기 어렵다 싶어 2,300 대만달러를 냈는데 우리 돈 10만 원이 채 안 된다. 기사는 가이드처럼 스펀에 가서 그 유명한 풍등을 날리는 일을 거들어주거나 곳곳에서 사진을 찍어주기도 했다. 여행에서 볼거리, 즐길 거리가 얼마나 중요한지 스펀에 가보면 여실히 알 수 있다. 궂은 날씨를 마다하지 않고 그곳에 갔는데 과연 우리나라 어디에서도 볼 수 없었던 장관이었다.

코스가 복잡하고 이동시간이 길지 않은 경우라면 역시 택시가 그만이다. 사전에 각종 교통편에 대해 충분히 조사는 했지만 막상 현지에 가서는 임기응변의 대처가 역시 중요하다. 띄엄띄엄 오는 버스 시간을 맞추기가 쉽지 않은 데다 이곳저곳 꼼꼼히 둘러보기도 어렵다. 이럴 때는 그저 돈을 쓰는 것이 현명한 듯하다. 게스트하우스에서 숙소를 호텔로 옮긴 경우도 그렇다고 할까. 우리는 이미 부킹닷컴을 통해 예약한 대로 타이베이역 근처 호텔로 가서 이틀을 보냈다. 잠자리가 편하니 다시 의욕과 활력이 샘솟았다. 화롄에 가서 시원한 리위탄 호수며 치싱탄 해변을 거쳐 그 어마어마한 타이루거 협곡을 돌아보는 데도 택시투어가 절대적이었다. 굽이굽이 협곡을 누비며 천길 아래 흐르는 강물을 굽어보는 일은 스릴 그 자체였다.

진과스의 황금박물관은 일제가 금을 채굴하다가 폐광한 광산을 관광지로 활용한 경우. 지우펀 역시 폐광되었다 관광으로 다시 살아나 흥성거리는 곳이다. 산언덕을 넘으니 멀리 검푸른 바다가 보일 듯 말 듯 한다. 점점 어두워지는 산비탈 골목골목으로 사람들이 줄지어 들어간다. 우리도 사람들의 꽁무니를 따라 좁은 골목에 들어선다. 아기자기한 갖가지 기념품 가게들, 김이 모락모락 올라오는 샤오롱바오,

화롄 타이루거 협곡

우육면 등의 음식점들, 버블티며 빙수를 파는 카페, 산더미처럼 쌓인 펑리수며 크래커 상점들…. 눈이 휘둥그레지고 코가 벌렁거린다. 마술피리와 같은 골목에선 연이어 가늘고 긴 형태의 소리와 은은하고 감미로운 차향이 뒤섞여 피어나고 있다.

몇 걸음 더 옮겨 비탈 아래쪽으로 내려가니 눈앞에 붉은빛이 일렁거린다. 비탈을 따라 길게 늘어진 홍등에서 내뿜는 불빛이다. 조붓한 골목 양쪽으로

는 낡고 오래된 집들과 상점들이 나란히 늘어서 있다. 참으로 아름답고 낭만적인 풍경이다. 우리 부부는 탄성을 지르며 가파른 계단을 하나하나 내려갔다. 붉은 기운이 땅바닥에도 질펀히 번져 있다. 우리를 위해 깔아놓은 주단 같다. 살짝 비가 듣는 거센 바람에 홍등들이 더욱 붉게 흔들리며 소리를 낸다.

지우편의 비탈길로 늘어선 풍등들

　　우리 부부가 일본의 교토와 오사카 여행을 하게 된 것은 일본에서 우리 집에 두 번이나 묵었던 재일교포 김화자 손님 덕분이었다. 2019년 여름, 그녀는 친구들 셋과 이곳에서 지낸 뒤 만족해하며 딸과 함께 추석 때 재방문한 적이 있었다. 한국을 자주 왔다 갔다 하는데 무엇보다 싼 항공요금 덕분이라며 LCC 비행기 편을 알려줬다. 비행시간도 1시간 40분 정도면 된다니 귀가 솔깃할 수밖에. 그녀는 교토로 여행 오면 자신이 사는 오사카에도 한 번 들르라고 신신당부했다. 그즈음 일본인 미치루(Michiru)도 한 번은 혼자, 또 한 번은 딸과 함께 우리 집을 찾았는데 역시 서울을 쉽게 오가는 모습이다. 우리가 교토 여행에 관해 관심을 표하자 그녀는 알기 쉽게 5박 6일짜리 여정을 안내해주었다.

비행기를 타고 조금 꿈지럭거리다 보면 일본 근해로 들어선다.

사정이 이러니 가만있을 뚱딱이가 아니다. 대만을 통해 자유여행에 자신을 가졌으니 복습을 하고 싶어 하는 눈치. 뚱딱이 앞장서 일을 추진하니 나역시 은근 기대가 됐다. 당시는 일본의 반도체 수출규제와 이에 따른 우리 국민들의 일본상품 불매운동이 한창일 때였다. 신경이 쓰였지만 사실 이때도 일본인들이 우리 집에 오는 상황으로 우리가 일방의 입장일 수는 없었다. 뿐만 아니라 비성수기에 비용을 최대한 줄이고 가려면 이때가 적기란 판단이었다.

뚱딱이는 이번에도 사전에 각종 자료를 구하고 항공표와 숙박 예약 등을 주의 깊게 해나갔다. 그런데 나중에 내가 살펴보니 오사카까지 티웨이항공 왕복요금이 44만 원이 넘었다. 수십 번 이곳저곳 찾아봤다지만 뚱딱이의 허술한 계산과 연구가 영 미덥지 못했다. 손님들이 말하길 제주 다녀오는 정도라 했는데 내가 너무 억측을 했나. 거기다 교토 중심가에 위치한 H 게스트하우스에 대한 실망은 이만저만 아니었다. 사진으로 봤던 것과 달리 시설이며 서비스가 기대 이하였다. 3박에 2만 7000엔(약 287,900원)이 적었던 것일까.

채광이 잘 안 되는 방에 다
다미는 플라스틱 제품이고
매트와 시트는 따로따로 놀
며 옷을 걸어 놓을 곳조차
없었다. 변기를 비스듬히
놓을 정도로 화장실은 좁
았고 샤워하기도 힘들었다.
이게 이층짜리의 10개 룸이
있는 이 집에서 가장 좋은

자유여행에서는 현지의 교통편과 지도를 잘 숙지해 가는 게 기본. 그런
뒤 현지에서 온라인맵을 이용하면 훨씬 자신감이 생긴다.

패밀리룸이라니! 아침은 따로 비용을 지불해야 했고 주방을 보니 그냥 건너
뛰고 싶었다.

뚱딱이도 풀이 죽어 내 눈치를 살폈지만 어쩌랴. 꾹꾹 참고 며칠 묵으며
나는 뜻밖의 공부를 해야 했다. 이러면 안 되겠구나, 저러면 안 되겠구나 하
는 반면교사의 반성이랄까. 방안에 걸터앉을 의자 하나 없어 쩔쩔맸는데 우
리 집에 온 손님도 그렇지 않았나. 옷걸이도 많이 놔주어야겠구나. 주방은 항
상 깨끗하고 언제나 그릇이며 조리기구들이 가지런히 제자리에 있어야겠네.
그런저런 자기 점검이다. 그런 한편 우리 서촌집이 가격에 비해 그래도 환경
이나 시설, 서비스가 그렇게 나쁜 편이 아니라는 위안도 가질 수 있었다.

다행히 교토 여정은 뚱딱이가 계획한 대로 잘 풀려 갔다. 그는 떠나올 때
열심히 공부한 지도를 스마트폰의 구글맵과 비교 점검해가며 다녔다. 스마
트 기술만 진보하는 게 아니라 인간도 그에 맞춰 약빨라지는 모양이다. 이런
상황을 보며 앞으로 우리가 손님들에게 일일이 관광지까지 안내하는 일은

미시마 유키오의 소설로 잘 알려진 킨카쿠지(金閣寺)

삼가야겠다는 생각도 한다. 찾아가는 모험도 여정의 일부니 재미있고 혹시 잘못 돌아간대도 다른 수확이 있지 않은가.

교토에서 첫날은 키요미즈데라(淸水寺)로 시작해서 산넨자카(産寧坂), 기온(祇園) 거리 구경과 은각사로 해서 '철학의 길' 산책, 헤이안신궁(平安神宮) 관광과 도게츠교(渡月橋)까지 다녀온 일정이었다. 둘째 날은 이조성과 금각사가 주요 여정으로 이조성은 이른바 도쿠카와이에야스 쇼군시대의 역사적 맥락을 엿볼 수 있었고 금각사는 미시마 유키오의 동명소설로 잘 알려진 그 찬란하고 아름다운 누각의 모습이 일품이었다. 오후에는 교토역에서 킨테츠전철을 타고 나라(奈良)로 가서 토다이지(東大寺) 관람과 사슴이 방

목되는 나라공원을 돌아다녔다. 특히 동대사의 규모란 우리의 상상을 뛰어넘어 내가 일본에 대하여 뭔가 잘못 알고 있는 것은 아닐까 하는 착각마저 불러일으켰다. 셋째 날에는 교토에서 한큐교토선의 가라스마역을 출발, 오사카 우메다역까지 가서 전철로 갈아탄 다음 남바역에서 내려 숙소인 예약한 호텔로 그럭저럭 찾아갈 수 있었다. 이날의 공부 포인트는 길 찾기. 중간에 뚱딱이가 가방을 두고 내려 혼비백산했다가 가까스로 되찾은 일도 지나고 보니 공부였고 추억이다.

여장을 풀자마자 우리는 역으로 나가 이코카(ICO-CA) 카드에 2천 엔 정도 충전을 해서 JR선을 타고 히메이지로 직행, 그곳의 최고 명소이자 유네스코 세계문화유산으로 지정된 히메이지성(姬路城)을 관람했다. 이곳에서 만난 자원봉사 안내자인 야요이(Yayoi)는 상냥하고 재미있는 설명으로 놀라운 이 성의 이모저모를 알려주는데 그렇게 고마울 수가 없었다. 성 초입에서 따라붙는 그녀에게 우리는 시간이 없다며 안내를 마다했기 때문. 뒤미처 관광지에서 왜 현지 가이드의 설명을 따

유네스코 세계문화유산으로 지정된 히메이지성

르는 게 유익한지 절감했다. 더구
나 우리 드라마며 대중문화를 좋아
하고 우리말을 유창히 하니 정감이
가고 오히려 우리가 미안할 정도였
다. 그녀는 히메이지성 옆에 위치
한 코코엔(好古園)까지 동행 하며
우리와 많은 이야기를 나눴다. 한
국에 와 본 적도 없다면서 우리에

히메이지성 자원봉사 가이드인 야요이는 한국에 한 번도 와
보지 않았지만 유창한 우리말로 다정다감하게 많은 이야기
를 들려주었다.

대한 이해가 밝고 그렇게 다정다감하게 대하다니. 고마운 마음에 저녁이라
도 살까 하니 극구 사양한다. 한일 양국이 이렇게 어려울 때 히메이지를 찾아
줘서 고마워할 사람은 자기라고 말하는 그녀를 보며 콧등이 시큰했다. 언젠
가 그녀를 우리 집으로 초대해 따뜻한 식사라도 대접할 수 있다면 얼마나 좋
을까.

히메이지역에서 밤 열차를 타고 오사카로 돌아오는데 늦게 퇴근하는 샐
러리맨들이라든가 학생들의 체취가 물씬 풍긴다. 우리네 서울 인근 도시의
늦저녁 풍경과 다를 바 없이 정겹게도 비친다. 마치 오이도쯤에서 인천을 거
쳐 서울로 가는 열차를 탄 기분이랄까. 그냥 서울로 직행하기에는 뭔가 아쉬
운 느낌이 들었다. 우리 부부는 고베(神戶)의 산노미역에서 급작이 내렸다.
그리고 항구로 내려가 레스토랑에서 저녁을 먹으며 형형색색 불빛으로 빛나
는 바닷가 야경에 빠져들었다.

고베에서 오사카로 돌아오는 열차에서 만난 일본인 모녀와의 따뜻한 만
남도 잊을 수 없다. 엄마나 아이나 모두 한국 드라마며 아이돌 스타의 열렬한

팬으로 띄엄띄엄 우리말도 들려준다. 그리고 고등학생인 아이가 대학을 가면 꼭 서울에 가고 싶다며 연거푸 기대 섞인 희망을 내비친다. 우리가 목이 말라 하니 초면인데도 무알콜 맥주를 전해줬고 우메다역에서는 가던 길을 돌아서서 환승 방법까지 자세히 안내해줬다. 얼마나 고마웠는지!

참으로 많은 것을 경험하고 느낀 교토 여행이었다. 오래전부터 가보고 싶었던 곳을 아주 특별한 때에 가봤다는 의미도 크지만 무엇보다 우리가 대했던 그 숱한 일본 손님들을 더 깊이 이해한 경험이 소중하게 느껴진다. 이전에 김화자 씨가 오사카에 오면 들르라는 이야기가 떠올라 우리는 떠나기 전날 전화를 해보았다. 바쁜지 통화가 안 돼 우리는 대신 그녀의 이메일로 여행 중 찍었던 사진을 보내줬다. 그런데 새해가 되어 엽서와 선물이 왔다.

오사카에서 김화자 씨가 보내온 편지와 선물

"보내주신 사진 너무 예뻤어요. 한 장은 고베 야경이지요? 사진 속의 모습이 참 좋았습니다. 저는 남편이랑 같이 그런 곳에 가 본 적이 없거든요. 그래서 부러웠습니다."

왠지 또 한 번 먹먹한 기분이 들었다. 하루하루 바쁜 일에 쫓기며 돌아가는 그곳 일상을 깊이 체감했기에 더욱. 다음에 다시 오면 어떻게 하든 더 잘해드려야 할 텐데….

치맥으로 열어간 말길

　이번에도 또 노쇼는 아닐까, 염려하면서 중국의 왕잉 가족을 기다리는 오후. 입춘인데 영하 10도를 밑도는 추위가 여간 아니다. 너무 추워서 오다가 혹시 다른 곳으로 가지는 않을까. 그런 노파심까지 들었다. 그렇게 걱정할 만한 까닭도 있다. 부킹닷컴을 통해 지난해 12월 15일 예약을 받았는데 아무런 메시지를 주고받지 않았기 때문이다. 중국인으로는 흔치 않은 4박 5일 손님이다. 그렇게 큰 고객인데도 우리는 2월 1일에야 처음으로 환영 메시지를 띄웠었다. 그것도 영어로 했으니 얼마나 무성의하게 비쳤을까. 저쪽에서도 두 달이 가까워져 오도록 아무런 반응이 없긴 마찬가지.

　그래도 느긋하게 기다려봐야지. 어쩐지 올 것 같다는 쪽으로 기대를 실었다. 두 달 전에 5박을 예약했다면 여행에 앞서 그만큼 꼼꼼하게 일정을 짜지 않았을까. 그것도 서울 여행 내내 우리 집에 머물 계획일 텐데 진중한 사람일 게 틀림없다. 그런데 해가 뉘엿뉘엿 기울기 시작하면서 조바심이 일었다. 곰순 씨의 핸드폰에 깔아놓은 펄스로 다시 메시지를 띄웠다.

您好！

You're supposed to come this afternoon. When can you check-in?

We are looking forward to see you soon. 欢迎光临。

그리고는 다시 이곳저곳을 점검하는데 답변이 왔다.

回复：您在Seochon Guesthouse的订单

我们在地铁上，正在去酒店

지하철에 있다는 게 아닌가. 일단 안심이 돼서 곰순 씨와 한담을 나누다가 다음 메시지를 놓쳤다. 그것도 한참 뒤에나 안 사실이었다.

您好，我们马上做地铁到首尔站，然后做1711公交对吗

그러니까 서울역에서 이곳으로 오는데 1711번 버스가 맞느냐는 물음이었는데…. 나는 뒤늦게 답변하고 허둥지둥 우리은행까지 나가 한참을 기다렸다. 길이 엇갈린 듯해 집에 돌아가 보니 한참 짐을 들여놓고 있는 중.

왕잉(Wang Ying)은 단아하며 빈틈없는 선생님 같았고 그의 남편인 샹(Shang)은 머리를 밀고 다부진 체격에 무뚝뚝해 보였다. 왕잉과는 영어로 그래도 말이 통했는데 샹과는 아예 불통이다. 함께 온 아들의 이름을 얘기해 주는데 발음하기도 쉽지가 않다. 힘들게 부르니 아이가 아예 자신의 이름을 '케이븐 Kavin'이라고 부르란다. 아마 영어 학원에서 지어준 이름 같았다.

하루 이틀도 아니고 며칠 동안 어떻게 함께 보낼지 지레 걱정이 앞섰다.

무조건 잘 해주자. 말길은 막혔어도 최대한 잘해주면 진심이 통하겠지. 그래서 우리가 우선 신경 쓴 게 난방을 최대한 올려준 일이었다. 안방은 원래 보일러 배관이 먼저 통과하는 방으로 겨울에도 따뜻했다. 그렇게 신경 쓴다는 게 오히려 화근이 된 모양. 다음날 아침에 샹은 밤새 더워서 혼났다는 뜻을 전했다. 얼굴에 아직 땀방울이 송송 돋아 붉게 익어 보이는 게 웃음이 날 지경. 물론 부인을 통해서 하소연한 말이다. 그러면 다른 불편한 점은 없었는지 묻지 않을 수 없었다.

우리 부부는 이때부터 본격적으로 구글 번역기를 사용하기 시작했다. 여태 그 효능을 잘 모르고 별로 쓰지도 않았지만 '궁즉통'이란 옛말이 맞다. 번역기로나마 의사소통을 할 수 있으니 두려움이 사라졌고 서먹서먹함도 옅어졌다. 우리는 즉시 안방에서 재방으로 방을 업그레이드시켜주겠다고 제안을 했다. 재방은 천장에 서까래가 노출돼 있어 보기도 좋고 값도 더 비싼 편이다. 왕잉 부부는 뭔가 신세 지는 것을 부담스러워하면서도 우리 뜻을 받아주었다.

다음날 그들 가족은 아침을 맛있게 먹고 명동으로 관광을 나섰다. 거기 가서 정말 좋고 만족할 만한 시간을 가져야 하는데…. 그들의 여행이 남의 일 같지 않게 신경 쓰였다. 오전에 명동을 나가면 한산해 말리고 싶었지만 환전 등 볼일도 있다는데 어쩌랴. 며칠 서울에 있는 바에야 통째로 관광 스케줄을 짜주고 싶은 마음이 들 때도 있다. 그들이 나간 뒤에 우리는 집안 청소와 이런저런 뒷일을 처리하며 금세 한나절을 보냈다. 사실 손님이 있는 동안은 쉬어도 쉬는 것 같지 않다. 한 주 동안 같이 지낼 사이이고 보면 친척보다 더 가까울 수도 있는 관계다. 얼굴이라도 익혀야 한다는 생각이 굴뚝같다. 우리 마음을 읽은 듯 왕샹 부부는 저녁 식사 후 늦지 않게 들어왔다. 우리는 용기를 내어 그들에게 치맥을 하지 않겠냐고 제의했다.

배달한 BBQ치킨과 맥주를 테이블에 펼쳐놓자 샹이 기다렸다는 듯이 방에 들어가 뭔가를 가져왔다. 중국산 술 두 병이었다. 그냥 신세를 지고 싶지 않다는 마음이 읽혔다. 샹은 그 술이 여러 약초를 넣어 만든 약술이라고 했다. 알코올 도수가 35도나 됐지만 싸하게 입안을 감돌다 넘어가는 향이 그만이었다. 식구들은 양념과 프라이드가 반반씩 섞인 치킨을 맛있게 먹었다. 명색이 치맥인데 주구장창 중국술로 달리면 안 되겠지. 왕잉과 아내도 맥주로 가볍게 분위기를 맞췄다. 술을 마시며 이야기를 나누려니 번역기가 바빠지기 시작했다. 우리와의 소통을 왕잉에게 맡겼던 샹도 자신의 스마트폰으로 대화에 본격 끼어들었다. 그야말로 술

눈이 살짝 덮인 인왕산 정상에 오른 샹의 가족

로 말길을 열고 있는 셈.

술이 다 떨어질 무렵 나는 지난달 타이완에서 사온 뒤 남겨두었던 진먼주를 내놓았다. 중국술과 타이완 술이 테이블에 놓여 있는 모습을 보니 묘한 기분이 들었다. 술 이야기야 얼마든 좋지만 이런 술김에 자칫 오버했다가는 나중에 후회하기 십상이다. 조심, 또 조심해야지! 다만 궁금증이 일어서 도대체 중국의 보통 사람들은 분단된 한국의 모습을 어떻게 보는지, 특히 통일에 대하여 어떤 관심이 있는지 알고 싶었다.

"중국은 어느 나라보다 우리의 통일에 대하여 도와줄 수 있는 나라다. 그런데 실제 중국 사람들이 우리에 대하여 그런 마음이 있는지 궁금하다" 곰순씨와 나, 왕잉과 샹은 무슨 국제회의에라도 참석한 듯이 거의 각자의 스마트폰을 써가며 이런 대화를 주고받았다. 샹이 왕잉과 먼저 말을 나눈 뒤 스마트폰에다 입을 대고 사뭇 진지하게 얘기한다. 빠른 중국말에 맞춰 번역기가 바쁘게 우리말 배열을 이리저리 바꾸더니 정리된 내용을 보여줬다.

"우리는 남한에 미군이 상당히 많이 들어와 있는 것을 알고 있습니다. 우리가 바라는 것은 외세에 의한 남북한 통일이 아닙니다. 우리는 북한과 남한이 스스로 자력으로 통일하기를 바랍니다."

중국 관영매체를 통해 익히 들어온 말 같다. 그런데 또한 생생한 그들의 목소리로 전해졌다. 그의 표정과 어투가 그렇게 진중해 보였기 때문이다. 역시 이런 화제는 피해야 했는데…. 우리의 통일이 얼마나 어려운 과제인가 새삼 일깨워준 말이기도 했다.

떡국 한 그릇 대접 못 했지만

이전에 우리 집에 묵었던 재한 외국인들 중 몇몇에게 언제 한번 초대하겠다고 한 적이 있었다. 베트남의 틴(Thinh)과 페루의 가비(Gaby), 그리고 스페인 마리아(Maria) 등이다. 틴은 처음 보는 아내를 동반해서 왔다. 우리는 4일간의 설날 연휴가 끝나며 손님도 다 나가서 부담이 없었다.

게스트하우스를 운영하며 설날과 추석을 제대로 쇨 수 없게 됐다. 이때 중국이나 일본도 긴 설날 연휴로 우리나라로 여행 오는 경우가 많으니까. 요즘 우리나라 사람들도 역으로 그렇지 않은가. 이러다 보니 집안 맏며느리인 나로서는 시댁에 가기도, 안 가기도 더욱 눈치가 보이고 때론 애먼 뚱딴이만 잡기 일쑤다.

더구나 이번 설날 연휴는 평창 동계올림픽과 겹친 때여서 많은 방문객이 오가는 통에 정신이 없었다. 중국 상하이에서 온 어느 국내 가족은 며칠 동안 이곳에 머물며 고향에 다녀오는 모습이었다. 고향을 가거나 친지를 만나도 이곳을 거점으로 다니는 게 낫다는 얘기다. 설날을 전후해 손님들에게 나는 주로 떡국과 만두를 대접했다.

서촌집을 찾았다 서로 알게 된 스페인의 마리아, 페루 가비, 베트남 틴 부부 등이 설날을 함께 하며 우정을 나눴다.

　　정작 틴을 비롯한 이들이 왔을 때는 명절 음식이 다 떨어진 마당. 미안한 마음도 들었지만 서울에서 지내는데 설마 떡국 한 그릇 못 먹었을까. 뚱딴이 이런 사태를 모면하려는지 퀴즈를 낸다.

　　"세상에서 가장 위험한 음식이 뭔지 알아요?"

　　우리말을 웬만큼 하는 편이니 모두 눈을 반짝이며 머리를 굴린다.

　　"힌트를 말하면 바로 요즘 설날에 먹는 우리나라 대표적인…."

　　그러자 금방 떡국이란 답이 나오고 그 이유를 궁금해한다.

　　"그거 한 그릇을 한 살로 치니까."

　　우스갯소리에 가벼운 웃음이 터진다. 그만하면 한국어 실력이 제법 늘었다는 뜻이기도 하다.

　　우리 부부의 의도는 무엇보다 젊은이들끼리 이런 날 서로 알고 즐거운 시간을 가졌으면 하는 바람이었다. 한 번 우리 집에 묵고 간 뒤 끝이 아니라 이 런저런 이유로 연락을 주고받던 관계였으니까. 심지어 틴 부부는 딸아이를 자신들의 집에 초대해 직접 요리한 베트남 음식을 맛보이기도 했단다. 마리 아 역시 어버이날 때 우리를 찾아와 감동을 준 적도 있었다. 이러니 우리가 가만있을 수 있나. 설날 풍습대로 선물은 꼭 하고 싶었다. 그래서 우리 부부 는 이들이 당장 쓸 수 있게 큰 방울이 달린 뜨개질 모자를 준비했다. 뜻밖에 이들도 파인애플이라든가 과자 세트 등을 챙겨왔다.

내가 고구마 맛탕과 함께 한과와 식혜를 내놓는 동안 뚱딱이가 서로를 소 개해주며 이야기 멍석을 펴도록 돕는다. 서로 어떻게 서촌집에 오게 됐으며 한국에서 어떻게 지내는지, 또는 한국말과 문화 등등에 대하여…. 특히 마리 아가 우리 집에 와서 3개월간 지냈고 요즘 한국인 남자친구를 만나 사랑을 나누고 있다는 깜짝 뉴스는 모두의 관심을 끌기에 충분했다.

이들은 과연 우리 한국에 무엇을 배우러 오는가. 그리고 나중에 무엇을 할 것인지. 한국이 그들에게 어떻게 비치는지…. 가끔 우리가 궁금한 것을 묻다 보면 대화가 사뭇 진지하고 토론을 하듯이 번진다. 몇 달 전에 세종대 대학원 에 입학한 틴으로서는 우리 문화에 썩 잘 적응해 보이는 가비와 마리아가 부 러워 보이는 듯하다. 특히 가비의 한국어 구사능력은 빼어났다. 워낙 활달한 성격에 말이 빠르니 웬만큼 한국말을 하는 외국인으로서는 알아듣기 힘들 게 뻔하다. 틴과 그의 아내를 위해 이들은 간간이 영어로 이야기했다.

마리아와 가비는 스페인어로 이야기하는 게 더 편할지 몰랐다. 스페인이 페루를 비롯한 남미의 많은 나라를 지배한 적이 있지 않은가. 모두 한국어 배 우는데 열심이지만 이런 자리에서까지 서로 띄엄띄엄 말을 주고받는 게 어색하다. 나는 둘에게 편한 언어로 마음껏 얘기 해보라고 했다. 그랬더니 기다렸다는 듯이 마구 떠들기 시작한다. 마치 객지 나와서 고향 사람을 만난 듯한 모습이다. 나라와 생김생김은 전혀 달라도 같은 언어로 저렇게 금방 가까워질 수 있다는 게 새삼 부럽게 느껴진다. 팡팡 웃음꽃이 피어나는데 쳐다보는 우리는 그냥 기분이 좋다.

이런 분위기 속에서 틴의 아내가 수줍어하며 조심스럽게 나섰다. 한국에 있는 동안 나가서 어울릴 사람이 없어서 외로웠다는 말. 그들 부부는 일전에 우리가 없을 때도 이곳에 놀러 왔다가 허탕을 쳤단다. 그때 딸아이에게 베트남 전통과자류를 놓고 갔었다. 우리는 다식 같은 그 과자를 즐겨 먹으며 그들에게 답할 수 있기를 바라왔던 터. 고맙다는 뜻을 표하는 그녀의 얼굴이 발그레 상기돼 있다.

다과를 나눈 뒤 우리는 밖으로 나가 스테이크와 부대찌개로 저녁 식사를 했다. 나는 우리 아이들 챙기듯 각자의 앞 접시에 음식을 담아 넘겨주었다. 숙주나물과 함께 굽는 스테이크가 역시 젊은 입맛을 사로잡는 듯했다. 부대찌개의 칼칼한 맛에 곁들여져 김치만두도 이런 날 제격으로 보였다. 혹시나, 하고 물었는데 뜻밖에 그들은 이번 설날에 떡국을 먹어보지 못했단다.

이런! 다시 안쓰러운 마음이 일었다. 뚱딱이가 또 나를 위한 변명을 곁들인다.

"떡국 안 먹었으니 올해 한 살 더 안 먹은 거"라고. 정말이지 그들이 한국에 있는 동안 건강하고 늘 젊고 잘되길 바라는 마음이다.

평창 동계올림픽 방문객들

일본인 아오이(Aoi)와 리에(Rie)는 평창 동계올림픽에 다녀오는 길이라고 말하며 아직 들뜬 표정이었다. 평창올림픽이 개막되고 이런저런 경기가 한창 펼쳐질 때였다. 그곳의 시원한 바람을 몰고 온 듯했다. 그러니까 두 사람 모두의 밝은 웃음이 그랬다.

한국을 좋아해 몇 번 왔다 갔다는데 특히 아오이는 우리말을 썩 잘했다. 한국 드라마를 즐겨보고 한국말을 공부하며 가끔 이곳을 오가는 한류 팬. 그녀는 도쿄 인근에서 살고 리에는 가고시마에 사는데 이곳 서울을 여행하다 친구가 됐단다. 한류가 그들을 친구로 맺어준 셈이다. 그러니 더욱 반갑고, 마음 편하고, 고맙기 그지없는 일이다. 무엇보다 언어의 장벽이 사라졌기 때문이다. 서양인과 달리 중국인이나 일본인들이 우리말을 하면 이웃이라는 사실 그대로 가깝게 여겨지고 금방 친밀감을 느낀다.

우리의 화제는 당연히 평창올림픽에서 시작해서 한국 드라마며 스타들에 관한 이야기, 일본의 일부 혐한 분위기 등등으로 이어졌다. 정치적 사안을 피하려 해도 가끔 불가피할 때도 있다. 그래봤자 돌다리 두드리며 건너듯 가벼

서촌의 상징적인 명소 '이상의집' 앞에서

운 터치라 할까. 특히 서로의 여행 경험담은 언제 해도 즐겁고 안전한 화제. 우리 식구가 큐슈여행을 다녀왔고 부부가 한 번은 쓰시마를 가봤다고 하니 의외로 그때 여행이 어떠했는지 궁금해한다. 진지하게 듣는 모습에 나는 이윽고 안방 서랍장 깊이 넣어두었던 앨범까지 꺼내 보여준다. 이사 와서 한 번도 펼쳐본 적이 없던 사진첩이다. 함께 잘 아는 추억 속의 여행지로 돌아간 기분이다.

불고기를 주 메뉴로 한 나물반찬의 아침상에 대해 그들은 사진을 찍고 감탄하며 조리법에 대해 차근차근 물었다. 심지어 어묵을 볶고 간을 하는 방법까지 꼼꼼히 챙긴다. 식사 후에는 곰순 씨의 얼굴화장법을 배우고 싶다고 하여 함께 메이크업을 한다. 곰순 씨의 피부가 나이에 비해 꽤나 희고 말끔하다는 것. 엊저녁에 그 비결을 알고 싶다고 간청한 주문이었다. 무언가 한국의 멋과 맛을 제대로 알고 싶어 하는 그들의 마음이 살갑게 전해진다. 아내는 아내대로 신바람이 나서 그들에게 하나라도 더 알려주려고 애쓴다. 아내에게 여동생들이 있었다면 바로 저런 모습이 아니었을까.

아오이가 보여준 평창올림픽 사진을 보며 반짝 아이디어가 떠올랐다. 만약 이런 외국손님들의 사진들을 모아보면 어떨까. 조그마하나마 포토갤러리를 만들 수 있을 것 같았다.

올림픽이 한창일 때 이번에는 평창으로 가는 손님들이 찾아왔다. 홀로 여행객인 중국인 황팡팡(Huang Fengfang)은 이름 그대로, 우리 식 표현을 빌면 '방방' 뛰는 듯 활기 넘치는 손님이었다. 오자마자 선물이라며 붉은 종이 두루마리를 펼쳐 보이는데, 바로 입춘첩이었다. 봄이 오는 입춘 즈음에 맞춰 대문에 붙이는 기원문이다. 春滿乾坤福滿門(온 천지에 봄이 오니 문 안엔 복이 가

황팡팡(왼쪽에서 두 번째)이 보내온 사진

득차네). 능숙한 영어로 그 뜻을 설명해주는데 그러잖아도 해독이 가능한 글귀다. 일부러 자신의 붓글씨 선생님께 받아온 선물이란다.

그녀가 나간 새 나는 그 입춘방을 대문에 잘 붙였다. 우리네 춘첩은 보통 흰색 한지에 짧은 글귀를 쓰는데 비해 그것은 붉은 바탕에 글자도 많다. 잘

아는 이가 보면 어색해 보일지도 모른다. 그렇지만 우리 집에 오는 손님들에게 이것은 멋진 환영인사가 되지 않을까. 손님들이 부디 다가오는 봄을 즐겁게 맞으며 우리 집도 경사스럽기를 바라는 마음이다.

황이 나간 새 지난주 급히 예약한 미국인 케빈(Kevin)이 도착했다. 그도 평창올림픽에 가기 위하여 일단 이곳에 하룻밤을 묵는다고 했다. 그는 이전에 브라질 리우데자네이루 올림픽에도 가보았는데 정말 재미있어서 이번 올림픽경기도 벼르고 별러 왔다고 했다. 미국보건연구원에 근무하고 있다는 그는 업무차 세계 각 곳을 다니며 여행도 많이 한 듯 보였다. 한국에 처음 왔지만 이참에 차를 빌려 8일간 대구 경주 부산 등지를 돌아볼 계획이란다. 그는 올림픽 때문에 차를 빌리는 데 상당한 어려움을 겪고 있다며 우리에게 집 근처 렌터카 센터를 알아달라고 했던 터다.

케빈이 나간 뒤에는 또 인도네시아의 크리스나(Krisna)가 남자친구인 루리(Ruly)와 함께 왔다. 이들은 함께 부산의 동아대학교에 재학 중으로 루리는 크리스나의 가족이 오는데 공항으로 마중 나가러 왔다는 것. 우리말을 유창하게 해서 적잖이 안심이 됐다. 하룻밤에 미국, 중국, 인도네시아 세 팀을 한꺼번에 대하려니 짧은 영어가 걱정이었던 탓이다. 손님방 넷중 재방, 미방, 난방이 손님으로 다 찬 셈이다. 차를 마시고 이런저런 얘기를 나눈 후 그들이 공항을 나간 새, 주변 관광을 한 황이 들어오고 늦게 케빈이 들어왔다. 밤 10시가 넘어 크리스나도 어머니와 쌍둥이 동생을 데리고 들어왔다. 밤늦게까지 손님들이 들락날락하며 북적이니 이 집이 과연 게스트하우스로 제대로 자리 잡아 가는 모양새다. 자정 넘어 2층 베란다에서 마당을 내려다보며 나는 그런 뿌듯함을 느꼈다.

아침 식사는 닭볶음탕에 가정식 메뉴로 케빈과 황이 한 테이블에 합석토록 하고 크리스나 가족은 교자상에 차려주었다. 각자의 음식 차림을 앞에 두고 마주 앉은 황과 케빈은 식사를 하며 이런저런 이야기를 즐겁게 나눈다. 물론 평창올림픽에 대한 관심을 빠뜨릴 수는 없는 듯. 기왕이면 함께 그곳에 가도 좋겠는데 차편을 장담하기 어렵다. 식사를 마치고 나서 다 함께 기념사진을 찍고 각자 짐을 꾸린다. 황은 시내 관광을 한 뒤 내일 열차편으로 내려간단다. 나는 케빈과 함께 충정로에 있는 렌터카 센터로 향했다. 국내에 입국해 차를 빌려 여행을 하는 방문객은 사실 이번이 처음이다. 나는 케빈과 함께 AJ렌터카로 가서 그가 예약한 대로 차를 빌리는 것을 흥미롭게 지켜보았다. 단지 내비게이션에 의지해 평창을 거쳐 전국으로 돌아다닐 그의 장도가 부럽기만 했다.

동계올림픽행사에 우리가 이렇게 자원봉사자 못지않게 바쁠 줄이야! 곰순 씨는 아침마다 매일 다른 메뉴와 반찬으로 손님들에게 색다른 기쁨을 주었다. 식사 후에는 함께 이런저런 이야기를 나누며 마치 함께 여행하는 즐거움을 느꼈다.

네덜란드 손님인 디난트(Dinand)와 안네(Annet) 커플은 평창동계올림픽의 자국 응원을 위해 평창에서 며칠 묵고 오는 길이라고 했다. 둘 다 두툼한 방한복을 입고 큰 캐리어를 끌고 대문을 들어서는데 시원한 활기가 느껴졌다. 집안에 들어온 그들에게 뚱딱이와 내가 동계올림픽 강국인 네덜란드를 치켜세우자마자 그들은 방안에 들어가서 옷을 갈아입고 나왔다. 노란 셔츠에 스카프를 둘러맨 응원복 차림에 뿔이 달린 모자를 쓰고 두툼한 장갑을

평창의 여러 경기장에 다녀온 뒤에도 네덜란드 디난트 커플은 TV를 보며 자국 선수들에 대한 응원을 멈추지 않았다.

낀 모습. 그들은 아주 자연스럽게 2층으로 올라가는 계단에 앉아 손뼉을 치며 그들의 말로 신나게 함성을 외쳤다. 큰 얼굴에 고집스러워 보이는 노인이지만 표정과 웃음은 천진난만해 보였다. 평창에서의 감흥을 계속 발산하려는 기세다. 매일 방송을 통해 보고 느끼던 올림픽의 열기가 내게 그대로 전해진다.

우리는 당연히 디난트와 안네를 부부로 여겨 더블사이즈 매트를 제공했다. 그런데 디난트 말로 둘은 사랑하는 사이고 전처와 사이에 세 아들을 두었다고 했다. 장남은 아프리카에서 의사로 일한다고 은근 자랑스러워했다. 자신은 초등학교 선생으로 있다가 오래전 정년퇴임을 하여 연금을 받고 있고 안네는 아직 일을 한단다. 프라이버시 같은 사항도 그는 스스럼없이 드러냈다. 내가 은퇴자라고 하니 동병상련의 마음을 나누고 싶었을까.

이튿날 이들이 투어를 다녀와서 인도네시아에서 온 크리스나 가족과 나

인도네시아에서 온 크리스나 가족과 네덜란드 손님들이 마치 오랫동안 만나온 이들처럼 이야기를 나누고 있다.

눈 정담은 훨씬 특별했다. 하루 늦게 가족과 합류한 크리스나의 아버지는 다부진 체격의 군인으로 아내와 쌍둥이 딸을 끔찍이 챙겼다. 이번 여행도 크리스나의 한국에서의 대학교 졸업을 축하하기 위해 왔다는 것.

그는 우리나라의 경제 상황과 특히 연금제도나 복지에 관하여 관심을 보였다. 우리가 생각하는 것 이상 동남아 국가에서는 한국을 선진국이며 여러모로 앞서 있다고 여긴다. 많은 손님들이 우리의 수입이나 노후 대책, 혹은 자녀들의 직업과 미래 등에 대하여 노골적으로 묻곤 한다. 크리스나의 아버지도 가족을 부양하고 미래를 걱정하는 마음이겠지. 딸이 중간에서 영어와 인도네시아어를 번갈아 가면서 통역하는데 조심스럽기만 하다. 실상 우리 자신도 잘 모르고 지내온 사실이 많기 때문. 이럴 때 뚱딱이는 열심히 인터넷을 뒤지곤 한다. 오히려 손님을 통해 우리의 현실과 심지어 우리 처지까지 알게 되는 쪽. 손님이 우리에게 몰랐던 상식을 넓혀주기까지 한다.

우리들 대화 사이에 뚱딱이가 디난트에게 혹시 인도네시아에 대하여 잘 아느냐고 물었다. 그렇게 잘 모를 거라는 지레짐작일 듯싶었다. 아니면 단순 무식이었을까. 그랬더니 뜻밖에 반응이 나왔다.

"알다 뿐이겠는가. 우리나라는 예전에 역사적으로 인도네시아에 좋지 않게 했던 과거를 갖고 있다."

짧고 명료한 말 그대로 들렸다. 그리고는 고개를 까딱이며 크리스나 가족에게 미안하다는 뜻을 표했다. 오래전 그의 국가가 저지른 역사적인 문제에 대하여 피해 국가 국민에게 사과한다는 것. 그것이 과연 어떤 의미일까. 아무튼 참으로 인상적인 모습이 아닐 수 없었다.

네덜란드가 1602년부터 인도네시아를 식민지 삼아 근 350년이나 통치했다는 사실을 나중에야 알았다. 그제야 예전에 우리가 세계사에서 배웠던 동인도회사 관련 내용이 떠올랐다. 나는 당장 뚱딱이에게 이야기했다. 손님이 오기 전에 그들 나라에 대한 공부부터 하자고. 그보다 더 중요한 건 입조심해야 한다는 사실이겠지만.

가이드는 아무나 하나

러시아의 시베리아에서 온 손님, 올렉(Oleg)과 알비나(Albina) 부부와 보낸 일주일은 모험의 연속이었다. 그 자체로 정말 스릴 있는 일들이지만 게스트하우스를 운영하는 데 새로운 이정표를 세운 듯도 하다.

올렉은 우리 한국인과 모습이 거의 똑같아 러시아의 고려인 동포쯤으로 알았다. 그런데 그의 선조인 야쿠트 민족은 사하공화국에서 오랜 세월 살아온 토박이였다고 한다. 이에 비해 알비나는 부친이 체코슬로바키아 출신으로 피부나 체형이 올렉과 사뭇 달랐다. 이런 부부관계부터가 우리에게는 신기하기만 했다.

그들은 일주일 일정으로 왔는데도 애당초 여행 계획을 잘 짠 것 같지 않았다. 먼저 동네를 돌아본다며 수성계곡으로 해서 인왕산 중턱까지 다녀왔다. 그리고 어디부터 어떻게 돌아봐야 할지 망설였다. 이참에 내가 가이드로 나서봐야겠다는 생각이 든 까닭. 원하면 며칠 관광 안내를 해주겠다고 하니 너무 좋아한다. 그래서 이튿날 10시 경복궁 수문장교대식을 시작으로 경복궁 관람, 국립민속박물관, 궁중박물관으로 해서 청와대, 북촌으로 이어지는 일정이 술술 이어졌다. 이 '짝퉁' 가이드가 잘할 수 있는 일도 있다. 카메라로 부부의 스냅 사진을 자연스럽게 찍어주는 일. 딴에는 가는 곳마다 짧은 영어로 설명도 잘 해주려고 애썼다.

올렉은 시골 청년처럼 순박해 보였지만 호기심과 학습의욕이 남달랐다. 말하자면 뭔가 하나라도 더 알고 싶어 하고 건지려(!) 했다. 그만큼 자기 생각을 드러내는데도 거침이 없었다. "한국의 대통령은 어떻게 뽑나." "러시아에서도 민주적으로 선거를 하지만 정말 잘 되는 건지는 알 수 없다." "한국은 왜 미국과의 유대를 중시하나." "한자로 되어 있던 옛날 한국어와 중국어의 차이가 무언가." "한국의 음식은 왜 그렇게 매운가." 등등. 너무 물어 대서 내가 답하기 곤란하기도 했다. 인사동에서 늦은 점심을 먹기까지 세 시간을 넘는 동안 쉼 없이 말을 주고받으며 걸었다. 그는 알비나에게 내게 들은 이야기를 다시 러시아로 전해줬다. 조계사에 들러 한국인의 종교에 대해서나 불교의식 등을 물을 때는 더욱 난감했다. 예컨대 유교는 종교가 아니지 않느냐는 송곳 같은 질문도 있었다. 아무튼 고궁박물관에서도 이런저런 설명이 어려워 번역기를 자주 써야 했던 터였다. 가이드를 아무나 하는 게 아니라는 사실을 다시 한번 절감했다.

그렇지만 말값도 못하고 금방 돌아설 수 없는 노릇이다. 일단 T머니카드를 사도록 해서 전철로 종각역에서 동대문역까지 갔다. 인파 속을 거슬러 동대문 DDP가 잘 보이는 곳에서 이쪽저쪽 시장을 알려준다. 저쪽이 동대문시장, 그 맞은편은 평화시장, 그리고 저 위쪽으로는 광장시장…. 쇼핑을 하든가 구경을 하고 집에 돌아올 때는 왔던 노선과 반대로 돌아오라. 혹은 이 아래 청계천을 따라 걸어올 수도 있다고. 저녁 5시였다. 올렉은 헤어지며 연신 고맙다는 말을 했다. 나 역시 그나마 뿌듯한 마음이 들었다.

다음 날은 남산골한옥마을이었다. 손님들에게 한옥의 멋을 알려주고 여러 체험을 할 수 있도록 하기에는 안성맞춤인 곳. 엊그제 단비가 지나간 뒤, 날은 화창하고 따뜻하다. 마을 위에 위치한 삼각산 도편수 이승업 가옥에 들어서니 매사냥 체험 거리가 있다. 올렉 부부는 그곳 운영자에게 사냥 법에 대해 묻고 참매와 황조롱이를 직접 만져보며 신기해한다. 놈들도 처음 보는 이방인의 파란 눈동자에 또록또록 눈망울을 맞추는 듯했다.

이곳 남산골에서 그 어떤 것보다 한복체험만큼 근사한 일이 없다. 올렉 부부는 주저 없이 왕과 왕비 의상을 골라 입고 신이 나서 마을산책에 나선다. 나는 그들을 앞서거니 뒤서거니 하며 초점을 맞춘다. 곤룡포를 입은 올렉의 모습은 정말 기품 있어 보였고 왕비 차림의 알비나는 외국인 같지 않게 옷매

남산골 한옥마을에서 올렉 부부의 다정한 포즈

무새가 잘 어울렸다. 나는 절로 흥이 나서 연신 셔터를 누른다.

남산골을 둘러본 뒤 충무로역에서 회현역까지 전철을 타고 간 곳은 남대문. 국보 1호 남대문을 그냥 지나칠 수는 없다. 그 위쪽으로 올라가면 그들이 오늘 밤 가보려는 남산과 N타워다. 어디를 가도 근처의 다른 명소나 또 다른 길로 이어지는 길을 알려줘야 한다. 안내를 하며 터득하게 되는 요령이다. 이런 일은 손님에게 부여된 특별한 미션에 비하면 사실 아무것도 아니다. 저녁 늦게 알비나가 서울에서 가운 잘 맞추는 데가 어디냐고 묻는다. 가운이라니? 생소한 물음에 내가 고개를 갸웃하자 유니폼이라고 고쳐 말해준다. 서울 오면 꼭 하려던 일이 그것이라니 귀를 쫑긋하고 들을 수밖에. 그때서야 올렉은 알비나가 병원에서 물리치료사로 근무하며 곧 박사과정에 들어갈 거라고 자랑이다.

다음날 나는 올렉 커플을 미아리 쪽의 가운 제작업체로 안내했다. 밤늦게까지 전문업소를 검색해둔 터였다. 올렉 커플은 러시아에서 우리나라 여성들의 바느질 솜씨와 수예공품이며 품질 좋은 옷감이 유명하다고 했다. 당연히 옷 맞춤도 전문가가 직접 손으로 만드는 곳을 원했다. 밤늦게 지인들에게 그런 데를 알아보고 결국 온라인으로 찾아보는데 머리에 쥐가 날 정도였다. 마침내 물어물어 찾아간 업소의 안으로 들어가니 안도가 됐다. 사무실 안쪽에 가내 공장까지 갖추고 직접 제작을 하는 곳이었으니까.

알비나는 아주 꼼꼼히 원단을 살피고 품질이며 촉감까지 체크했다. 맘에 드는 색상을 고르고자 올렉과 몇 번씩 의논을 하며 색감을 비교했다. 결국 감청색 두 벌을 맞추기로 하고 재단사가 치수를 재는 동안 알비나는 설레는 표정을 감추지 못했다. 20년을 넘게 재단을 해왔다는 이곳 사장님도 단골손님

보다 더 신경을 쓰는 듯
했다. 옷맵시를 어떻게
할지, 옷깃과 허리라인
이며 주머니 형태, 안감
까지 하나하나 친절하
게 묻고 주문을 받는데
살갑게 보였다.

알비나가 전문 맞춤복집에서 자신이 입을 유니폼을 맞추고 있다.

"누가 알아요? 러시아에서 주문이 쏟아져 들어올지…."

허긴 그 말씀이 맞다. 입소문이란 게 무서운 줄 우리도 알고 있으니까. 명함을 받아 쥐며 나 또한 언제든 이런 가이드 거리가 생기면 자신 있게 나서야 겠다고 생각했다.

가봉할 때는 올렉 부부가 알아서 그곳을 다녀왔고 최단시간의 제작을 요청했다. 떠나기 전 입어보고 OK를 해야 한다고. 완성품이 나온 뒤 나중에 한 번 더 손질을 받고 알비나는 크게 흡족해했다. 그 가운은 사실 오늘 생일을 맞은 알비나를 위하여 선물하는 것이란다. 모르면 모를까 알고 나서는 가만 있을 수 없는 노릇. 그날 저녁, 우리는 케이크를 준비해 함께 축하해줬다.

곰순 씨는 늘 그렇듯이 매일 다른 아침을 준비한다. 첫날은 불고기를 주 메뉴로 하고 둘째 날은 비빔밥, 셋째 날은 떡국, 그다음은 카레로 해서 오삼 불고기, 닭볶음탕까지 이어지는데 올렉 부부는 아침을 거의 남김없이 잘 먹었다. 입맛에도 맞아보였지만 한국 음식을 제대로 음미하고 싶어 하는 눈치다. 아내는 맛있다는 말에 반찬을 하나라도 더 만들어주려 했다. 심지어 올렉이 신기해하며 길거리 노점에서 사 온 더덕도 식사 때 맞춰 맛깔나게 무쳐주

생일을 맞은 알비나를 위하여

니 '땡큐' 연발이다.

며칠 지나 올렉 부부가 이번에는 우리 국악 공연을 보고 싶다고 했다. 매일 가이드를 나가던 내가 꼬리를 사리고 있을 때였다. 어, 이건 새로운 일이고 어떻게든 소개해 봐야겠는데. 나는 또 이런저런 국악 행사며 공연들을 찾아보았다. 마침 이전에 판소리 공부를 같이 했던 멤버가 소개한 공연이 눈에 띄었다. 국립국악관현악단이 '브런치콘서트'란 이름으로 여는 정오의 음악회. 올렉 부부에게뿐 아니라 우리 부부에게도 좋은 나들이 거리였다.

이제 고백하지만 나는 뭔가 꾸준한 일을 못한다. 쉬 싫증을 내고 변덕이 심하니까. 천성이 그러니 어쩔 수 없는 일. 가이드라고 나선 노릇도 그러했다. 수고비라고 처음으로 약간의 비용을 받긴 했지만 점점 부담만 될 뿐이다. 내가 좋아 게스트들을 몰고 다니면 신이 나는데 비용을 받으면 힘들어진다.

그야말로 노동이 되는 것. 이때부터 마음으로 다짐했다. 게스트가 원하거나 내가 좋아 나서지 않는 한 관광가이드 행세는 하지 않겠노라고. 이렇게 말하면 죄송한 표현이지만 '제 멋대로' 가이드인 셈이다.

국립극장 해오름극장에서 올렉 부부와 우리 부부는 나란히 앉아서 공연을 즐겼다. 브런치콘서트란 성격에 맞게 가볍게 맛볼 수 있는 여러 국악은 물론 일본의 가야금인 고토도 등장했고 전문가의 해설이 곁들여졌다. 외국인을 위한 설명이나 자막이 없다는 게 아쉬웠지만. 신쾌통류의 거문고산조는 물론 그런 불만을 잠재우고 남을 만한 감흥을 줬다. 해설을 통해 알게 된 이 신쾌통류는 선이 굵은 가락이 많고 남성적인 산조라고. 이날 '이 음악이 좋다' 코너의 초대 손님으로 나온 한영애 가수의 '조율'은 국악과도 잘 어우러졌다. 국악 뿐 아니라 유명 가수의 노래까지 듣게 된 올렉 부부는 더욱 신났다. 관객이 떼창으로 조율을 부르는데 맞춰 우리 곰순 씨도 한껏 목청을 높였다.

"잠자는 하늘님이여 이제 그만 일어나요
 그 옛날 하늘빛처럼 조율 한번 해주세요~~~"

그때부터 2년여가 지난 지금 출판을 준비하며 뚱딱이의 원고를 보니 마음이 짠하다. 우리 부부가 어떻게 그만큼 열정적이었을까. 조율의 가사에 나오는 대로 '가는 곳 모르면서 그저 달리고만 있었던' 게 아닌가. 그래도 그렇지…. 지금은 코로나바이러스로 손님이 뚝 끊긴 때다. 하늘님은 이 사태를 아시는지 모르시는지! 적막감마저 드는 집의 툇마루에 앉아 조용히 읊조린다.

"잠자는 하늘님이여 이제 그만 일어나요
 그 옛날 하늘빛처럼 조율 한번 해주세요~~~"

손님에게 싹싹 빌고 싶을 뿐

하루 늦은 봉당 공사가 또 한나절을 넘어가며 쉬 끝날 것 같지 않았다. 이 번 공사를 맡은 업체 사장이자 실제 일을 도맡아 하는 석공이 보통 꼼꼼한 분이 아니다. 다른 때 같으면 반길 일이건만 지금은 속이 터질 지경이다.

작업 상황을 슬쩍슬쩍 눈여겨보니 그럴만한 사정도 있었다. 우툴두툴한 돌 기단의 뒷면을 절단하는데 꽤나 애를 먹고 있다. 옛날의 석재라도 그렇게 단단한 줄 몰랐다고 한다. 거기서 예기치 않게 시간을 많이 뺏긴 모양이다. 그는 전동드릴의 커터를 몇 번이나 새로 갈며 툴툴거렸다. 칼날이 돌아가며 내뿜는 돌가루 분진이며 소음에 소름이 끼쳤다.

"빨리…. 제발 빨리, 단 한 시간이라도 빨리 끝나야 할 텐데…"

그렇게 초조하게 현장을 지켜보는 까닭은 오늘 예약해서 오기로 한 손님 때문이었다. 징(Jing)이란 이름의 중국인으로 부부와 아이 둘로 구성된 가족이다. 그것도 오늘부터 5박을 묵는데 숙박요금이 70만 원을 넘는다. 예약 사이트로는 그만큼 받아본 적이 없는 장기 손님이다. 몇 번 메시지까지 주고받아 꼭 오리라 확신한 터.

봉당을 시멘트 바닥에서 화강석으로 바꾸고 협소한 댓돌 대신 장대석으로 바꿔놓는 공사

마당은 시멘트 자루들이며 절단한 돌무더기를 비롯해 여러 잡동사니로 어지럽다. 그런가 하면 봉당 쪽은 전동드릴로 온통 파헤쳐져 폭격을 맞은 듯했다. 시멘트를 깔고 돌을 붙여놓은 곳만 겨우 반듯한 모양으로 자리를 잡아가고 있다. 그래봤자 금방 발을 디딜 수 없지만 급하면 발판이라도 놓게 할 생각이었다.

그러나 작업은 내내 생각만큼 진척이 안 됐다. 슬슬 걱정이 되기 시작했다. 임시방편으로 손님을 쪽문으로 들어갈 수 있게도 준비했다. 이를 위하여 안방에 머무는 홍콩의 손님들에게 미리 양해를 구해두기도 했다.

"제발 손님들이 밤에나 도착했으면…."

아예 이런 헛된 바람까지 한다.

그렇게 4시쯤이 되었을까. 작업자들에게 줄 커피를 사서 오다가 문 앞에서 캐리어를 끌고 두리번거리는 가족을 보게 됐다. 한눈에 보아도 예약한 그

각 방 앞에 화강석 댓돌을 놓은 뒤의 모습

손님 가족이 틀림없었다. 나는 얼른 아는 체를 하고 우선 미안하다는 말부터 했다. 그리고 집 안에 있는 곰순 씨를 불러냈다. 그사이 활짝 열린 문을 들여다본 징의 아내가 놀라며 뒷걸음질 친다. 마침 전동 드릴이 돌며 엄청난 소음이 뿜어져 나오고 있었다.

"어제 끝날 공사가 비 때문에 늦어져 오늘 끝나게 됐습니다."

나는 머리를 조아리며 변명했다. 영어로 대화가 가능한 손님이었기에 그나마 빨리 내 뜻을 전할 수 있었다. 공사업자가 석재 준비로 하루를 까먹었지만 날씨 탓도 사실이기도 했으니까. 그들은 그럼 언제 끝나느냐고 물었다. 두 시간 정도면 끝난다. 그 정도 다른 데 가서 기다리면 안 되겠냐고 부탁했다. 무모한 얘기였지만 절박한 사정이기도 했다. 두 시간이면 작업이 정말 끝나겠지만 뒷정리까지 하자면 쉬운 일은 아니었다. 시멘트가 굳으려면 봉당도 하루 정도는 마음대로 다닐 수 없을 것이다. 난감해서 어쩔 줄 몰라 하는데 징의 아내가 일단 방을 보고 싶다고 했다.

집안을 보고 부부는 어느 정도 양보를 하려는 듯 보였다. 곰순 씨는 곰순 씨대로 궁여지책으로 오늘 하루만이라도 이들을 다른 곳에 숙박할 수 있도록 알아보고 있었다. 어쩌면 이 순간을 잘 넘길 수도 있지 않을까. 그런데 갑자기 아이들의 모습을 보더니 돌변한다. 쌍둥이 아이들이 자꾸 딴 데로 가자고 보채는 모양. 모두가 여독에다 실망으로 뒤집어진 기색이다.

문밖에 나선 부부는 우리에게서 떨어져 한참 실랑이를 벌였다. 그러다 징의 아내가 다시 우리에게 다가와 따졌다.

"왜 미리 이야기를 하지 않았냐"고. 이 지경에 이르자 더 할 말이 없었다. 당연히 어제 끝났어야 하는 공사였고 이 점에 대해서 업자에게도 신신당부했던 터였다. 오늘만 하더라도 체크인 이전에 끝날 줄 알았던 공사였다. 결국 안이한 생각이 큰 잘못을 만들고 만 것이다. 쥐구멍에라도 숨고 싶다는 얘기가 이런 경우겠지. 나는 창피하고 무렴해서 그냥 꼼짝 못했다. 벌을 서는 자세로 굳어버렸다고 할까.

넋을 잃은 상태에서도 눈가에 어린 그녀의 눈물이 보였다. 그 어떤 분노와 억울함, 황망함이랄까. 모르긴 몰라도 아마 그 어떤 기념이라든가 특별한 계기로 이곳을 예약했던 게 아닌가? 그런데 달뜬 기대가 완전 실망으로 뒤바뀐 이의 표정이다. 아이들은 엄마를 붙들고 계속 칭얼거린다. 징의 아내는 우리가 뭐라 제시하는 대안에 귀를 닫았다. 더이상 우리를 거들떠보지도 않는다. 아니, 마음을 쾅 닫고만 표정이다. 그리고 징과 어떻게 할지 다급하게 의논을 한다. 당장 아이를 쉬게 하고 싶은 바로 그 엄마의 절절함이 묻어났다.

스마트폰으로 당장 이곳저곳을 알아본 징은 결심한 듯 호텔을 얘기했고⋯. 결국 H호텔로 가겠다고 했다.

'아, 그래도⋯. 그렇게 하는 건 너무⋯.' 다른 결정이고 더 이상 어떻게 해볼 도리 없이 만드는 일인데, 그들은 단호한 태도였다. 그들이 감수할 고가의 호텔비가 문제 아니었다. 한순간 자존심이 와르르 무너지는 기분이랄까. 우리 집을 호텔 이상으로 평가했던 손님들도 있지 않았나. 그런 평판이 사상누각처럼 사라질 판이다. 행여 누가 볼까 두려울 정도였다. 어쨌든 나의 안이하고 엉터리없는 욕심이 불러온 결과다. 욕이라도 실컷 먹으면 차라리 마음이 편할 텐데. 그저 마음으로라도 싹싹 비는 수밖에!

이윽고 그들이 든 큰 캐리어를 대신 끌고 골목길을 나서는데 나는 한 마리 늙은 소가 된 기분이었다. 그나마 이 짐이라도 끌어줘야 겨우 제값을 할 상황. 그들을 위해 택시를 잡고 짐들을 실어주고 나니 완전 맥이 빠진 듯했다. 겨우 고개를 들어 다시 미안한 마음을 표하는데 징이 악수를 청한다. 뜻밖에 따뜻한 피가 통하는 큰 손의 느낌. 첫 인상 그대로 참으로 호방하고 멋진 사내였다.

재미난
골
이야기

그래도, 여전히 재미난 골

얼마 전, 이 집에 오래 살았다던 이가 우리 집을 와보고 싶다고 연락을 해왔다. 무슨 일일까 궁금했는데 예고한 대로 오후 4시쯤 찾아왔다. 작년 이맘때도 그런 일이 있었다. 이 동네에 우연히 왔다가 자기 살던 집이 궁금하다며 어떤 중년 여성이 우리 집에 들렀던 것. 알고 보니 이 초로의 남자는 그녀에게서 이 집에 대한 이야기를 전해들은 오빠였다.

"여기가 연탄을 때던 부엌이고 저쪽이 할머니가 계시던 방이었는데…. 신기하네, 이 방은 원래 마루였는데…."

그가 숨 쉴 틈 없이 이곳저곳을 둘러보며 기억을 더듬고 물어댔다. 자못 흥미로워하는 모습이 보물을 찾으러 동굴에 들어온 모험가 같다. 아니, 소풍을 와서 보물찾기를 하는 모습같이도 보인다. 남편의 손에 이끌려 온 듯한 그의 아내 역시, 죄송한 표현이지만, 초등학교 짝꿍처럼 보였다. 그렇다! 열심히 공부하다가 소풍을 나온 분들 같았다. 겉으로 보이기에는 이미 중년에 들어선 쪽으로 가늠된다. 앞이마가 드러나 있고 머리칼도 희끗희끗하여 우리 부부 또래 혹은 몇 살 그 아래로 보였다.

"그럼 이곳에 사신 때가…."

"30년도 훨씬 넘었죠. 고등학교 때인가…. 부모님을 따라 목동으로 이사 간 뒤 대학 졸업하고 결혼해서도 줄곧 거기 살다 지금은 수서 쪽에서 살고 있고요."

그쯤 말하니 이 사내의 나이나 살아온 대강의 이력에 대하여 감이 잡혔다. 보통 우리네 부모들이 살아온 대로 단독주택에서 함께 살다가 결혼하여 분가하고 집을 늘리고 때론 신도시나 강남으로 이주하는 그런 삶의 여정 말이다. 아니나 다를까. 지금은 아파트에 산다는 이야기도 내비쳤다. 아이들도 대학을 다니거나 마쳤고 각자 미래를 준비할 때인 모양이다. 그쯤이면 우리와 같이 생의 한고비를 돌아 과거를 돌아보는 때가 아닐까.

곰순 씨가 내온 차와 과일을 들며 그는 가쁜 숨을 몰아쉬었다. 높은 음조와 빠른 말투가 꼭 뉴스를 전하는 듯도 했다. 아무래도 반갑고 놀라워하는 눈치다. 수십 년 전 자신이 살던 집이 그대로 있다니! 과연 놀라운 일이다. 이 시대에 아직 고향의 집을 갖고 있는 사람이 몇이나 될까. 논과 밭이며 과수원 조차 갈아엎어져 아파트로 뒤덮이는 판에…. 그런데 이 사내는 서울 한복판에서 자신의 고향 집을 보고 있는 것이다. 옆에서 보는 내가 보통 행운이 아니다 싶었다. 통통 튀는 그의 반응에 끌려들어 가며 나도 뭔가 돕고 싶은 마음까지 들었다. 그런데 자못 흥분이 돼서 하는 그의 이야기를 듣다 보니 슬슬 불안해졌다. 우리가 여태 몰랐고 굳이 알 필요 없는 사실까지 기어이 드러낼 기세니까. 일테면 이 집의 단점이나 취약점 같은 것.

마루였다는 곳은 천장에 서까래가 노출돼 지금은 주로 가족을 받는 방으로 쓰이고 있다. 다른 방에 비해 그래도 넓은 편이고 높은 천장과 아울러 벽

한옥과 양옥이 조화롭게 잘 어울리는 서촌집

면 격자무늬의 긴 창문, 전면에는 출입이 가능한 미닫이문까지 있어 밝고 시원한 개방감을 준다. 이곳에 한지 등이나 물건을 놓을 수 있는 문갑 등 고가구를 배치하니 아늑한 한옥 객실로 운치도 있다. 처음 우리가 이 집을 둘러보았을 때 특히 신기하게 보았던 대로 많은 손님들이 이 방의 독특한 분위기를 좋아한다.

남자의 눈길이 그쪽으로 자주 간다. 한옥의 구조로 볼 때 그곳은 원래 방과 방 사이의 대청이었던 게 틀림없다. 그는 어렸을 적 그곳에서 뛰놀며 할아버지, 할머니 그리고 부모님으로부터 많은 사랑을 받고 자랐을 것이다. 때론 배를 깔고 뒹굴뒹굴하며 책도 보고 무슨 잘못을 저지르곤 어른 앞에 무릎을 꿇고 꾸지람을 들었을지도 모른다. 가족들과 함께 교자상에 둘러앉아 밥을 먹으며 도란도란 이야기를 나누기도 했을 것이다. 그곳을 그윽히 쳐다보

밤이 되면 '섬골'이라 불리던 이 골목은 정적에 잠긴다.

는 그의 시선에 추억거리들이 대롱대롱 매달려있는 듯하다.

　더구나 그 오래전 연탄을 때던 시절까지 불러들이지 않나. 아마 지금의 주방 옆자리가 부엌이었을 테고 두어 개의 아궁이 불이 ㄷ자형 한옥 양쪽 방을 덮혔을 듯싶다. 그가 말하는 대로 상상을 하니 깊이 파였을 그 부엌에 부뚜막이며 찬장과 살강까지 그려졌다. 내 어렸을 적 부엌 구조가 그렇고 부모님이 연탄을 갈던 일까지 다 그러했으니까.

　차를 마신 후 이층을 올라가던 그가 다시 가벼운 탄성을 흘렸다.

　"야! 이 기다란 나무 판넬 벽은 예전 모습 그대로네! 이층이 생기고 나서 좋아라 하고 이 계단을 많이 오르락내리락하며 놀았는데…."

그의 뒤를 따르던 내 귀에 곧장 이층이 생겼다는 말이 걸렸다.

"그럼 이 이층은 한옥이 있던 한참 뒤에 지어졌다는 건가요?"

"아, 그럼요. 내가 아마 중학교를 졸업할 때쯤이던가⋯."

한 대 얻어맞은 것처럼 머리가 띵했다. 그러니까 한옥과 별개로 증축된 건물이란 뜻이 아닌가. 그는 또 딴 쪽에 의아함을 표했다.

"여기 이층 방이 무척 컸었는데⋯."

"어렸을 때였으니 그렇게 보였겠죠."

나는 심드렁하게 대꾸했다. 고이 간직한 뭔가 소중한 것이 일순 깨진 듯한 기분. 이렇게 독특한 가옥 구조가 원래부터 그런 줄 알았는데⋯.

그가 돌아간 뒤에도 한동안 허탈한 기분이 이어졌다.

"네, 참 재미난 모양의 집이죠." 누구에게나 우리 집에 오는 이들에게 늘 추임새로 놓던 말. 때로는 이층으로 해서 베란다까지 보여주는 게 일이었다. 물론 그 재미난 형태가 없어지거나 의미가 사라진 건 아니다. 그런데 원래부터 그렇게 지어진 집이 아니라는 사실. 그게 아쉽게 되새겨진다.

그렇다면 이 집의 후면부인 양옥은 정확히 언제 건축된 걸까. 나는 이전에 등기소에서 떼 허투루 보았던 서류들을 떠들쳐보았다. 폐쇄등기부 증명서라는 문서에 1985년 '목조 및 연와조'로 증축을 했다는

이 집의 출생과 증축 기록인 폐쇄등기부 등본

기록이 보인다. 어, 그래도 상당히 오래전에 만들어진 건물이네. 아직 멀쩡한 모습으로 남아있는 것만도 다행일 수 있지. 나는 스스로를 위안하며 베란다로 나갔다. 맞은편의 한옥 마을이 고즈넉이 눈에 들어온다. 대부분이 고기와로 덮인 지붕들이 더없이 아름답게 보인다. 마치 이층 누각에 올라서서 내려보는 느낌.

용의 비늘 같은 기와들은 하루종일 다사롭고 환한 봄 햇살을 머금었다가 저녁 무렵인 이제 막 날숨처럼 뿜어내고 있다.

봉당에 꿈의 툇마루를 놓다

우리 한옥에 툇마루를 설치해야겠다는 생각은 비교적 최근의 일이다. 봉당에는 원래 인조잔디가 깔려 있었고 그 위에 댓돌이 있다. 인조잔디의 경우, 보기에 시원하고 관리가 편해 좋았지만 그것이 한옥과 부조화를 이룬다는 점은 두 말 할 필요 없다. 그래서 이사 온지 두 해쯤 돼서 걷어내 버렸다. 차라리 시멘트 바닥을 그대로 노출시키면 나름 멋스럽기도 하리라 예상했기 때문. 그리고는 그냥저냥 잊고 지냈다.

봉당의 댓돌도 편리하고 보기에 좋았다. 그것을 딛고서야 가뿐히 실내나 방안으로 들어가는 게 아닌가. 마당에서 집안으로 들어가는 징검다리처럼 보이기도 했다. 그런데 게스트하우스로 이곳에서 손님을 받으며 문제가 드러나기 시작했다. 무엇보다 적재 면적이 너무 작은 데 있었다. 길이와 폭이 가로 1미터, 세로 30센티미터밖에 되지 않아 신발 서너 개만 올라가도 꽉 찼다. 그러니까 그 이상 사람들이 오면 댓돌 아래 신발을 놓아야 했다. 거기다 이곳을 딛고 오르내리려면 남의 구두나 운동화를 밟게 되는 것이다. 올려진 신들이 툭툭 떨어지는 것도 다반사고 특히 외국인들은 보통 댓돌 아래서 신을 벗느냐고 찔찔 맸다.

툇마루를 설치하면 그 아래에서 신발을 벗는 줄 잘 알게 될 것이다. 신들도 가지런히 놓을 수 있을 법했다. 물론 툇마루의 고유한 기능도 살리고 싶었다. 신발을 벗지 않고 걸터앉아 일을 보거나 이야기를 나눌 수 있는 공간. 마당과 면해 있으니 뜰의 꽃나무를 감상하거나 빗소리를 듣고 눈 내리는 모습도 볼 수 있다. 햇빛 좋은 봄, 가을에는 해바라기 하기도 좋을 테고 밤이면 달맞이도 좋겠지.

이럴 줄 알았으면 봉당에 화강석을 깔 때 아예 댓돌을 걷어내고 툇마루를 설치했어야 했다. 점점 후회가 일기 시작했고 그 후회는 화가 날 정도로 나를 압박했다. 왜 그렇게 미련스럽게 돌고 돌아 정답을 찾게 되는 것일까. 곰곰 생각해보니 여기에는 두어 가지 큰 이유가 있겠다. 하나는 이 집의 본래 모습을 지키려고 했기 때문이다. 댓돌은 아주 오랫동안 그 자리에 있던 모양으로 모서리가 깨지는 등 닳고 닳은 모습이다. 그러니 어떻게 쉽사리 바꿀 수 있겠는가. 둘째는 경비 문제로 우리 집의 경우 제대로 툇마루를 놓는데 어림잡아 300만 원은 든다고 했다. 이전에 봉당을 새로 화강석으로 까는데도 적잖은 비용이 들었었다. 아내는 특히 이 점에 대해서 거의 노이로제에 걸려 있었다. 어디든 한 번 손을 대기 시작하면 끝을 보기 어려운 땅집이니까. 이전에 우리 집을 손보며 누군가 '한옥에 살려면 적당히 눈 감고 게을러야 한다'고 귀띔했었다. 그런 지혜를 배워가며 제 형편대로 적응하려 애썼다.

정작 내 고민은 또 다른 데로 가지를 뻗고 있었다. 과연 어떻게 하면 현재 우리 한옥에 맞는 툇마루를 제대로 앉힐 수 있을까 하는 문제. 그것이 오래된 우리 집의 전체 분위기와 조화를 이뤄야 하는데 그 점도 장담할 수 없었다.

주변에서 가끔 한옥을 지으며 툇마루를 만드는 모습을 보면 그렇게 썩 마음에 들지 않았다. 아주 밝은 태깔의 규격화된 나무 널이 딱딱 잘 맞춰져 있는 마루 모습은 오히려 격을 떨어뜨리는 듯 가벼워 보였다. 알아보니 그 주된 이유가 기계적인 작업 공정과 아울러 수입목재를 쓰기 때문이란다. 기왕에 하려면 제대로 해야지. 이것이 이제껏 툇마루 작업을 차일피일 미루게 한 요인이기도 했다.

이제 결정을 한 이상 바쁘게 움직여야 했다. 무엇보다 고재를 써서 툇마루가 이 한옥의 완전한 일부가 되도록 해야 하겠다. 덧붙이는 게 아니라 원래부터 있었을 법한 모습으로 복원하는 것. 그러니까 이 한옥의 생살과 같은 목재를 써야 하지 않을까. 나는 인터넷을 뒤져 오래된 툇마루를 구할 수 있는 곳이 없나 살펴보았다. 그러다 경기도 남양주시 쪽에 한옥 고재를 전문적으로 다루는 목재소를 발견했다.

아내와 함께 일단 구경삼아 그곳에 가보니 과연 해체된 한옥에서 나온 온갖 건축 자재들이 산더미처럼 있었다. 대들보며 서까래 도리 등 목재는 물론 기와며 주춧돌 등 석재까지도 커다란 창고와 야외에 그대로 널려 있다. 뽀얀 먼지가 켜켜이 쌓여 있는 이들 모습이 마치 말라비틀어진 한옥의 유해 같았다. 서울과 시 외곽 도처에서 얼마나 많은 한옥들이 사라지고 있는지 짐작할 수 있는 일이다. 이중 일부가 새로운 한옥으로 재탄생하지만 대부분 신축 건물이나 상가 인테리어용으로 쓰인다는 게 이곳 목수들의 말이다. 특히 고재의 경우 자연스런 나무 무늬와 결을 살려 빈티지풍의 카페를 꾸미려는 수요도 꽤 많단다.

창고를 돌아보며 그래도 상태가 괜찮은 고재들을 보니 식탁처럼 그저 욕심이 났다. 좌우지간 일단 몇 개라도 챙겨봐야겠다. 길이 약 2미터짜리 중보 여덟 개를 켜는 데 100만 원의 견적이 나왔다. 주워들은 대로 우물마루를 설치하기 위한 귀틀과 널, 그리고 다리에 필요한 제재. 이것도 ㄱ자 봉당 전면에 툇마루를 설치하려면 어림없는 양이다. 만약 고재를 일괄해 모두 여기서 조달하면 목수의 작업비까지 하여 모두 400만 원은 훌쩍 넘을 듯싶었다. 아무래도 큰 부담이다. 나는 견적 받은 양만 주문하고 집으로 돌아왔다. 시골 농로를 따라 들어간 거기서 옛날 고리짝 냄새를 맡고, 추억을 떠올리게 하는 탈곡기며 절구까지 본 것만으로 만족할 소풍이었다.

그다음에는 다시 부암동의 한옥재생센터로 눈을 돌렸다. 이전에 댓돌을 구할 때 그랬던 것처럼 며칠 동안 그곳에서 사는 것이다. 사전에 집 근처 누하목재소로 가서 김만옥 목수님에게 정식으로 툇마루 제작을 의뢰했다. 그 전에 신발장 등 소소한 작업을 부탁했던 적이 있던 이웃분이다. 등잔 밑이 어둡다고 했던가. 김 목수는 그깟 게 무슨 대단한 일이냐고 퉁바리다. 평생을 이 동네에서 살면서 주로 그런 한옥 관련한 일을

평생 이곳 서촌에서 살아온 누하목재 김만옥 목수가 전통방식으로 툇마루를 제작하여 봉당에 설치하고 있다.

했다는 것. 내가 자못 의심 어린 말로 작업을 부탁했으니 얼마나 괘씸했을까.

한옥은행이라고 통칭하는 이 센터는 종로구 일원에서 해체되어 나오는 한옥 부재를 보관하고 재활용하도록 지원하는 곳. 다행히 이곳의 담당자인 최종운 씨는 이 분야에 전문 식견을 갖고 도움을 아끼지 않았다. 이곳 창고에도 대들보며 각종 보와 널들, 대문, 창호 등 적잖은 고재들이 가득하다. 그는 수십 겹으로 쌓인 중보 더미 속에서 용케 내가 필요로 하는 툇마루용 홍송을 찾아주었다. 그리고 깊이 박힌 대못까지 빼주는 수고도 마다하지 않았다. 이런 상태로 잘못 켜면 톱날이 부러지거나 사고가 날 수 있다는 얘기다. 자신이 하는 일에 대한 애정과 사명감이 없인 가능한 자세가 아니리라.

이곳에서 알았지만 흔히 목재를 재는 단위로 1치란 3.03센티미터, 1자란 30.3센티미터를 말한다. 그리고 1재는 1치×1치×12자를 일컫는데 원래 이 1재 가격이 5000원~8000원이란다. 깐깐히 높은 가격을 부를 줄 알았던 담당자가 2미터 아래 중보 하나 값을 7000원으로 친다. 이전에 다녀온 개인 목재소에 비해서

'한옥은행'에서 고재를 고르며

툇마루 설치를 위하여 댓돌을 걷어내는 공사

몇 배나 싼 가격이다. 나는 이전처럼 욕심이 나서 열심히 고르고 면장갑을 낀 손으로 두꺼운 먼지 더께를 열심히 닦아냈다. 내친김에 마당에 놓을 평상 거리까지 장만해야겠다는 심산이다. 평상으로 사용하다가 여차하면 난방에 침대용 받침대로도 쓸 수 있는 용도로. 그런 상상까지 하니 너무 신났다. 이마에서 송골송골 땀이 났다. 이 순간만큼은 세상의 누구보다 횡재를 얻은 것 같은 기분이다. 누가 엿보고 빼앗아갈까 일을 서두른다.

　누하목재에 이 고재들을 가져다주니 김 목수는 자기 일처럼 좋아한다. 어수룩해 보이는 내가 그런 좋은 재료를 물어오는 게 신통해 보이는 모양. 그리고 당장 작업에 돌입한다. 이미 집에 와서 툇마루를 놀 위치며 크기 등을 살펴보고 간 후였으니까. 그는 이 마루가 처마에서 얼마만큼 들어가야 비를 맞지 않을지, 넓이나 높이는 얼마만큼 해야 편하게 걸터앉을지, 재료는 어떻게 효율적으로 쓸지 꼼꼼히 살폈을 것이다. 이전에 경험해서 깨달았지만 작업에 들어간 다음에는 되도록 그의 눈앞에 어른거리지 않는 게 상책이다.

며칠 뒤 누하 목재 앞에 몇 사람이 웅성거리는 모습을 먼발치에서 보았다. 비탈에 놓여 아침의 은은한 햇살을 반사하는 그것은 미끈한 카누처럼 보이기도 했다. 나는 숨을 죽이고 그곳으로 걸음을 옮겼다. 가끔 그 목재소 앞을 지나며 본 여러 물건 중에 단연 최고라 할 만한 작품이었으니까.

한옥의 멋을 알고 극찬한 발레리

미국인 발레리(Valerie)가 지난번 약속한 대로 7월 초에 다시 찾아왔다. 그녀는 코스트코에 근무하며 대만을 오가는 길에 가끔 서울을 들른다고 했다. 이번에도 출장길에 짬을 냈단다. 그러니까 두 번 다 짧은 이틀, 사흘짜리의 일정. 그녀가 바람처럼 우리 집에 등장했을 때 기억이 생생하다.

예약 때부터 발레리, 하니 금방 발레리나가 떠올랐고 우리말로 발랄하다는 의미가 연상됐다. 처음 보았을 때 인상이 정말 그렇고 멋졌다. 대문을 들어서면서 풍기는 자유분방한 분위기란! 아주 가볍고 밝으며 자신만만해 오히려 호스트를 압도하고 남았다. 그때까지 손님이라면 뭔가 조심하며 이쪽에 더 고개를 숙이는 듯했으니까. 이것 역시 편견이겠지만 발레리는 대번에 이런 그릇된 의식을 깨부수듯 했다.

베지테리언(vegetarian)이라니 나로서는 조금 더 긴장됐다. 내가 손님들에게 자신만만하게 내놓는 게 불고기나, 닭볶음탕 따위 육류였다. 카레는 물론 비빔밥에도 고명으로 보통 소고기를 쓰니 더욱 그렇다. 장을 보는데 여간 고민이 아니다. 그야말로 풀떼기만 제공할 수 없는 노릇인데…. 그래도 결국 아침 식사로 시금치무침, 겉절이김치, 숙주나물 등 나물 위주로 차릴 수밖에 없었다. 대신 즉석에서 무치고 참기름과 깨소금 등 양념을 아끼지 않았다. 특별히 잡채와 부침개도 준비해 고기를 빼고 맛을 내는데 정성을 기울였다. 그런데 맛있다고 감탄하는 발레리의 반응이 보통이 아니다. 고래도 칭찬하면 춤을 춘다는데…. 뜻밖에 얼마나 신이 났는지 모른다. 그렇게 나는 금세 그녀와 가까워질 수 있었다.

음식에 대해서만 그런 반응이 아니다. 그녀는 우리의 한옥에 대하여 끊임없는 찬사를 보내며 그때그때 좋은 감정을 그대로 터뜨렸다. 혼자서 패밀리룸인 재(Jae) 방을 쓰니 더욱 편하게 그런 분위기를 느낄 수 있었을 것이다. 예컨대 서까래가 노출된 천장이며 한지 등이며 방에서 바라본 정원 등을 카메라에 담기도 하고, 때론 툇마루에 앉아서 감상에 젖어 있기도 했다. 나는 가끔 과일이며 차를 내다주고 심심해하는 듯하면 동네 구경도 시켜주었다. 그러면 또 기대 이상의 반응이 돌아온다. 마당에 피어있는 꽃보다 훨씬 크고 발랄한 표정으로.

그러니 뚱딱이도 가만있을 수 없었겠지. 그녀가 한복 체험을 하고 싶다고 하니 남산골 한옥마을로 안내를 했다. 내가 다른 일로 함께하지 못했지만 안 봐도 훤히 알만했다. 얼마나 빨빨거리며 돌아다녔는지 녹초가 돼서 돌아왔으니까. 나중에 발레리가 노란 한복을 입고 한옥골을 돌아다니며 피리를 불어본다든가 향을 피우는 사진 등을 보여줬는데 샘이 날 지경이었다. 뿐만 아니라 그곳으로 가며 전철 안에서 잡았다는 장면까지 보니 더 놀라웠다. 한편 가상한 마음이 들고 딱하기도 했다. 그렇게 하고 남대문시장에서 잡채 호떡 하나를 얻어먹었다고 좋아하는 뚱딱이라니!

비가 온 뒤 물이 불어난 수성동 계곡에서 맨발의 발레리

봄에 만나 한층 더 가까운 사이로 발레리와 우리 부부는 이제 무르익은 여름의 풍성함을 누린다. 수성동계곡으로 해서 윤동주언덕까지 산책하러 가는 길, 비가 온 뒤 물이 불어난 계곡에서 그녀는 다시 환호한다. 서울 한복판에 이런 산이며 계곡이 있다는 사실이 도무지 믿어지지 않는다고. 사진을 찍어 달라며 멋진 포즈를 취하는데 이유가 있었다. 그전에 중국의 어느 맥주회사의 모델을 한 적이 있었다는 얘기. 어쩐지 외모며 말투, 풍기는 체취가 남다르다 했더니…. 뚱딱이는 발레리와 자신의 스마트폰 셔터를 번갈아 가며 눌러댔다.

산책에서 돌아오는 길에는 통인시장에 들러서 호떡과 식혜 등으로 출출함을 달랬다. 요리가 취미라는 그녀는 우리 전통음식에 큰 관심을 보였다. 이번에는 잠깐이라도 쿠킹클래스에서 요리를 배워보고 싶단다. 그래서 오후에 푸드아카데미에 예약했다는데 바로 우리 집 근처였다. 시장에서 요기를 한

톳마루에 앉아 한옥의 아름다움을 물감으로 채색하며

우리는 그녀를 그곳까지 데려다주었
다. 그녀가 원한 일정과 우리가 도울
수 있는 것이 찰떡처럼 들어맞는 모
양이다. 이럴 땐 기분이 좋기만 하다.

저녁 무렵 수업을 끝내고 돌아온
발레리가 짐을 꾸리며 우리에게 그
림을 내민다. 아침에 톳마루에 앉아
자신의 스케치북에다 물감으로 그린
수채화. 처마 아래로 기러기가 날아
드는 멋진 상상이 곁들여 있다. 그림
그리기 또한 그녀의 특기라고 하니

이 집에 날아드는 기러기 한 쌍이 꾸는 꿈을 그린 듯하다.

우리를 놀래키려고 호주머니에서 하나씩 재능을 끄집어내는 듯하다. 나로서는 탐나는 그림이지만 선뜻 받아들기 어려웠다. 한 묶음으로 된 화첩인 데다 차라리 그녀가 간직하는 게 낫지 않을까. 뚱딱이 역시 고마워하면서도 사진을 찍어 간직하겠노라 한다.

발레리는 우리가 눈 깜빡할 새 아주 가벼운 날갯짓으로 처마 위로 날아갔다. 꼭 그렇게 상상되고 언젠가 짝꿍과 함께 또 찾아올 듯하다.

발레리는 이 집에 두 번을 묵고 두 번 다 평점을 10점으로 매기며 최고의 찬사를 아끼지 않았다. 얼마나 길고 과분한 내용인지 다시는 그런 칭찬을 들을 수 없을 정도로! 오로지 우리에게 이런 기회를 준 이 땅집 서촌 한옥에 공을 돌리고 싶다.

10/Valerie, US
2018년 5월 5일

직원 10 / 청결도 10 / 위치 10 / 부대시설 10 / 편안함 10 / 가격 대비 가치 10

If I could give it 11 out of 10 stars I would! I work for International Department of world's 18th largest company and I travel internationally all the time, so I had been staying in PLENTY of hotels in my life but Seochon guesthouse was my absolute favorite. It surpassed any marble-clad 5 star luxe hotels I had stayed in Europe - in character, comfort level, beauty and feeling welcome. It has the spirit of the historic traditional Korean home. I loved the wooden beams, little charming chandelier and adorable sliding soji doors to my room. I had the deluxe room with garden access, it was very clean and cozy (and looked exactly like the rooms I had seen in historic Korean dramas). Sleeping on the traditional Korean bed rolled on the heated bamboo floor was very comfortable.

My guesthouse owner cooked the most delicious breakfast and she kindly made adjustments for me being vegan. The location is perfect, it was like 6 min walk to the King palace and 2 min walk to the charming historic neighborhoods with the most famous food street in Seoul. As the other reviewers had mentioned, the best part was the guesthouse owners. They were warm, welcoming and incredibly helpful. They walked me to the king palace and shown me the best vegan restaurants in the neighborhood. They shown me the how to use the subway and made a special trip to hanok village taking absolutely stunning pictures of me in hanbok. They walked me all the way to my taxi to return to the airport.

It was the welcome above and beyond any place I had stayed in. It felt more like visiting long time friends in Korea instead just being in a hotel. The stay in Seochon had many great memories and this is the hotel I will return to when I travel to Korea gain.

(Bad:) Wow I cannot list anything. It was absolutely perfect.

(주: 위는 좋은 점, 아래는 나쁜 점을 쓰는데 나쁜 점이 전혀 없다는 내용)

노르웨이, 프랑스, 멕시코 손님들과 함께

스테판(Steffen)은 블라디보스토크를 거쳐 서울에 처음 왔다는 노르웨이인이다. 우리 집에도 노르웨이인으로는 처음 온 손님이었다. 그가 방문 한날, 역시 멕시코인으로 처음인 미레야(Mireya)와 프랑스에서 온 클라우디오(Claudio)가 함께 묵게 됐다. 스테판은 20여 일 휴가를 냈는데 한국에서 10일가량을 보낼 예정이라고 했고, 미레야와 클라우디오는 전주에서 열린 콘퍼런스를 거쳐 원주 박물관을 들렸다가 왔단다. 세계 지도를 놓고 이들이 온곳을 찍어보면 큰 부등변 삼각형이 그려질 법하다. 그들 모두 세계 여러 나라의 먼 곳에서 왔다는 사실이 내게는 그렇게 상상이 됐다.

그들은 만나자마자 서로 인사를 하고 편하게 이야기를 주고받았다. 아마영어로 충분히 소통할 수 있었기 때문이고 그만큼 모두 개방적으로도 보였다. 이튿날 아침 식사를 한 후, 나는 그들에게 괜찮다면 함께 관광하지 않겠냐고 물었다. 첫날의 일정이 대개 경복궁일 텐데 그들을 따로 안내한다는 건생각할 수도 없었다. 그랬더니 흔쾌히 동의했다.

태풍 콩레이(KONG-REY)가 북상하며 전국에 많은 비가 내리는 때였다.

아침 식사 후 서촌집에서 만난 손님들은 서로의 여행 계획을 나누며 하루를 시작한다. 노르웨이에서 온 스테판과 멕시코의 미레야, 그리고 매니저가 이런 대화를 주고받고 있다.

서울에도 아침부터 장마 때처럼 비가 세차게 내리고 있었다. 그래도 머뭇거릴 수 없는 게 여행자의 입장이리라. 경복궁 서쪽 옆문으로 들어서니 비가 더 쏟아져 우리는 고궁박물관으로 들어섰다. 보통은 수문장교대식을 보고 곧장 궐내로 들어가지만 이번에는 오히려 잘 됐다 싶었다. 클라우디오는 프랑스 몽뻴리 지역의 박물관에 근무하고 미레야는 역시 다른 나라의 문화, 예술에 관심이 많은 교수다. 그런가 하면 스테판은 옛 유물들이며 빈티지 제품에 흥미를 갖고 수집도 한다고 했다.

그들이 고궁박물관을 돌며 우리 왕조의 이런저런 유물을 보며 호기심 어린 관심을 갖는 게 나 역시 보기 좋았다. 미레야는 어보들을 보며 처음 보는 듯이 그 모양들과 쓰임새 등에 대해 자세히 묻는다. 그리고 일반인도 그런 것을 만들어 쓰는지 궁금해했다. 그녀는 대학 강단에 서 있으며 핸드메이드 북바인딩을 하는 아티스트로 활동하고 있단다. 이미 어디서 들었는지 자신이

제작한 작품에 낙관 같은 것을 사용하고 싶었던 모양이다.

비록 비를 쫄딱 맞으며 경복궁 관내를 돌았지만 그들은 감탄을 연발했다. 나 역시 비 오는 날 궁궐의 모습을 보기는 오랜만인 듯싶었다. 늘 그렇듯이 근정전에 들러 왕좌와 일월오봉도를 배경으로 한 정전 내부의 웅장한 모습을 본다. 언제 보아도 또한 그렇듯 금방이라도 왕과 신하들이 들어설 듯 신비한 현실감이 든다. 그들이 돌아 나오자 근정전 뒤쪽으로 가서 북악산을 배경으로 사진을 찍는다. 돌올한 정전의 추녀가 걸린 근사한 풍경이다. 비가 제법 많이 내리는데 미레야는 우산을 걷어치우고 연거푸 포즈를 취한다.

강녕전을 거쳐 교태전으로, 그리고 그 뒤쪽의 아미산이라 일컫는 후원으로 갔다가 다시 샛문을 빠져나와 향원정과 집옥재를 거쳐 경복궁의 북문인 신무문 쪽으로 살짝 나가면 청와대 정문이 보인다. 사

청와대가 보이는 경복궁의 신무문 앞에서

실 이렇게 청와대로 가는 방법을 아는 이가 의외로 많지 않다. 그렇기 때문에 외국인 중에는 다시 궁궐을 나가 담을 끼고 돌아가거나 포기하고 만다. 기념사진을 찍을 때 나는 청와대 본관이 잘 보이는 포토존보다 신무문 밖으로 보이는 청와대를 배경으로 구도를 잡았다.

이곳을 들르는 경우, 요즘 외국인들이 꼭 묻는 게 있다. 최근의 핵문제를 둘러싼 남북 관계의 변화와 과연 북한이 핵개발을 포기할 것 같냐는 질문이다. 물론 쉽지 않게 이어질 문제고 짧은 영어로 이에 대해 쉽게 대답할 수도 없다. 늘 쓰던 얘기를 그저 반복할 뿐이다.

"우리나라는 중국이며, 러시아, 일본, 멀리 미국까지 정말 대단한 강대국들에 둘러싸여 있다. 당신 나라는 우리를 도와줄 수 있다."

때론 손을 잡고 "도와 달라"(Help us!)고 한다. 그러면 백이면 백, "당연하지(Why not?)" 하며 어깨를 으쓱한다.

"대통령이 정말 부럽다. 저렇게 큰 한옥에 사니…."

내가 실없는 농담을 던지니 스테판이 한술 더 뜬다.

"못할 것 뭐 있냐. 대통령이 되면 되지."

그리고 되치기를 하는 게 아닌가.

"당신이 이 집에 살게 되면 내가 에어비앤비로 꼭 찾아오겠다."

동행한 미레야와 클라우디오가 함께 웃는다. 이럴 땐 전혀 외국인 같지 않고 그저 먼 데서 놀러 온 친구들 같다.

우리의 다음 목적지는 광장시장이다. 요기를 해결하기도 그만이지만 어제부터 미레야가 비단이며 한지 살 곳을 찾았던 터다. 시장을 돌며 그들은 역시 새로운 세계에 대한 호기심과 관심을 드러냈다. 이곳에 오면 그 많은 옷감이며 각양각색의 용구들, 식료품, 액세서리, 채소, 생선들과 먹거리 장터로 눈이 돌아가게 마련이다. 이곳에 올 때부터 비단 천을 사겠다고 벼르던 미레야는 비단옷감 집에 들어서서 눈이 휘둥그레져 어쩔 줄 모른다. 동굴 속에서 무슨 보물단지를 발견한 듯한 표정이다. 거기 매료돼 시간을 끌던 그녀는 아무래도 내일 다시 와야겠다며 발을 뗀다.

광장시장에서 빼놓을 수 없는 게 녹두 빈대떡을 비롯한 각종 전과 가자미 구이, 그리고 이런 먹거리와 썩 어울리는 막걸리가 아닌가. 시장통 안 포장마차를 돌며 어묵과 식혜를 먹고 사진도 찍다가 우리는 장터 식당에 들어가 본격적으로 점심 요기를 한다. 물론 녹두 빈대떡과 전 모둠이며 가자미를 메뉴로 하여 막걸리를 시켰다. 이것도 문화 체험이라면 체험이겠지.

미레야가 클라우디오와 스테판 사이에 즐거운 대화를 연결해주며 많은 이야기를 이끈다. 원유시추와 관련한 배에서 엔지니어로 일하는 스테판은 흥밋거리 자체다. 한 잔 두 잔 막걸리가 오가던 참에 분위기가 자못 숙연해진 듯했다. 그가 뭔가 고민에 쌓인 이야기를 털어놨기 때문. 그는 아내와 목하 이혼을 생각하고 있단다. 그런데 막상 결행하기 쉽지가 않다며 그 이유를 말하는데 여기서 말을 옮기기는 적당치 않으리라. "그렇다고 그 상태를 계속 유지해 갈 수 없는 게 아니냐"고 미레야가 동정의 뜻을 전한다. 더 마실까 말까 하던 우리는 이윽고 소주까지 시켜 위로의 잔을 부딪친다. 스테판은 담담하니 술잔을 들이킨다. 답답하지만 어쩔 수 없는 현실을 토로하고…. 마치 어느 영화 속의 한 장면 같이 느껴진다.

사실 여기까지 내 역할은 끝났다 싶었는데 미레야의 한지 타령은 멈추지 않았다. 결국 인사동까지 비를 추적추적 맞으며 함께 걸어갔고…. 그 수고가

인사동 한지가게에서 미레야

헛되지 않았음을 미레야의 환한 표정으로 확인할 수 있었다. 인사동 초입의 한지공방에서 그녀는 아까 비단 포목점에서 그랬듯이 홀린 듯이 한지를 살펴보고 고르기 시작했다. 마치 금광의 금맥을 발견한 광부와 같다고나 할까. 핸드메이드의 책 표지, 바인딩 예술을 한다는 그녀에게 한지는 그렇게 귀한 재료일 듯싶었다.

클라우디오와 스테판은 마침 그곳에 들러 한지에 난을 치는 화가의 작업을 흥미롭게 살펴본다. 몸을 반쯤 상점 바깥쪽에서 걸치고 비를 맞으며 안을 기웃거리는 나 역시 관광객의 한 사람일 뿐이다.

스테판과 오른 북한산 백운대

스테판은 원래 10월 4일에 와서 이틀 묵는 것으로 예약했다. 그러나 지내는 동안 이틀을 더 연장했다가 다시 또 이틀을 늘려 12일 떠났다. 그리고 이듬해 같은 때 재방문을 했는데 그만큼 우리 집을 좋아했고 지내는 동안 많은 손님들과 어울리기도 했다. 클라우디오와 미레야가 떠나며 그들과 진한 석별의 정을 나누는 것도 보기 좋았다. 곰순 씨와 나는 이런 게스트를 누구보다 환영했다. 그만큼 우리가 신경을 덜 써도 되니까. 특히 자국어와 영어는 물론 독일어, 러시아어 등 몇 개 국어를 할 줄 아는 그가 새로운 손님과 중간에 있으면 안심만심이다.

스테판은 누구보다 등산을 좋아했다. 바다에 몇 달씩 살다 보니 얼마나 산이 그리울까. 그러니 여행지에서도 즐겨 산에 오른다고 한다. 그 이유 때문만이 아니라 원래부터 등산 매니아라고. 어렸을 적부터 고향의 뒷산을 오르내리는 게 취미였단다. 그가 보여준 고향 마을(Stadlandet)은 시원한 바다를 내다보며 뒤에는 높은 산을 끼고 있는 곳이었다. 드론으로 촬영한 그 영상은 마치 새의 눈으로 잡은 풍광 같아서 가슴이 탁 트이고 아찔한 기분까지 들었

다. 내가 언제 함께 가 볼 수 있겠냐고 물으니 어깨를 으쓱한다. 쉽지 않겠지만 꿈까지 못 꾸랴!

그러니 인왕산 정도야 단숨에 다녀올 수도 있겠지. 스테판과 나는 우리 동네 뒷산부터 정복(!)하자고 집을 나섰다. 가을로 들어서는 10월 초라 날씨도 화창하고 상쾌했다. 일부러 친구들을 불러 가기도 하는데 얼마나 즐거운 일인가. 며칠을 같이 있다 보니 말도 통하고 호흡도 잘 맞는 듯했다. 스테판은 무엇이고 서두르지 않는 편이고 말은 물론 행동도 느릿느릿한 편이다. 도저히 30대라 여겨지지 않을 정도로 노숙하기까지 하다. 그러니 내게는 오히려 얼마나 고마운 일인가. 아무튼 그의 보폭이나 걸음이 그렇게 빠르게 느껴지지 않았다. 콧노래를 부르며 인왕산 성곽길로 접어들 때까지만 해도….

그런데 월요일이라 인왕산은 입산 금지였다. 아차, 싶었다. 고궁과 같이 월요일을 휴식일로 정해 온 줄 진작 알았으면서 깜빡했던 것. 그러면 북악산을 가자며 인왕산 자락길로 돌아 윤동주언덕까지 30분 정도를 걸어갔다. 이때만 해도 역시 여유작작하며 기분 좋은 산책이었다. 그런데 아뿔싸, 창의문 앞에 당도하니 이곳에도 폐쇄 팻말이 붙어있다. 이런 낭패가 있나. 기껏 마음먹고 나선 산행이었는데 연거푸 허탕을 치다니…. 애써 태연한 척하는 스테판의 표정을 보니 미안하기만 했다.

그때, 어떻게 그런 용기가 났는지 모른다. 차라리 북한산으로 가자! 스테판도 북한산을 알고 있었고 다음에 한국을 다시 방문하면 그곳에 가보자고 한 터. 아예 이참에 가면 되지. (나중에 재방문했을 때는 실제 인왕산으로 대신했지만) 이미 11시를 넘은 시각에 어떻게 그런 용기를 냈는지, 돌아보면 참으로 겁 없는 짓이기도 했다. 혼자 올라가겠다고 했으나 도저히 안심할 수 없는 노릇. 당연히 함께 올라가야 한다는 책임감도 발동했다. 버스를 타고 구기동 등산로 입구에서 내려 냉면으로 요기를 하고 본격 등산에 나선 게 1시쯤. 그때만 해도 보현봉이나 문수봉, 또는 승가사 정도나 다녀올까 했었다. 점점 가을 해가 짧아지는 때였으므로.

가을 숲은 역시 생명을 다해가는 것들로 하여 애잔한 감상을 불러일으킨다. 구불구불 조붓한 오솔길을 걸을 때마다 바스락거리며 밟히는 낙엽이며 건듯 부는 바람에 떨어지는 솔방울과 도토리들, 그리고 언뜻 비껴가는 햇살조차 흘러가는 시간의 잔해처럼 느껴진다. 스테판과 나는 그렇게 사라지는 시간을 거슬러 오르듯 가끔 담소를 나누며 한 걸음 한 걸음, 보이는 대로의 이정표를 따라갔다. 내심 언제든 돌아설 복안도 생각한 것이다. 저 젊은 체력과 긴 다리에 비해 나는 너무 노쇠하고 최근 운동도 별로 안 한 편이다. 결코 무리하면 안 되지. 속마음은 사실 그랬다. 결국 도저히 안 되겠다 싶어 스테판에게 앞장서도록 했으나 그는 한사코 나를 앞세웠다. 그게 얼마나 큰 배려이며 어려운 일인지, 프로 등산가는 알 것이다.

뒤에서 그는 나를 앞장서고 있었다. 꼭 그런 느낌으로 슬금슬금 결국 산 정상을 향해 가는데 노적봉 아래까지 세 시간은 족히 걸렸을 것이다. 대남문에서 대성문, 보국문, 대동문, 동장대, 용암문, 노적봉 앞까지….
이제 더는 힘들겠다 싶지만 돌아 갈 수도 없다. 이곳에서 사진도 찍고 한참을 쉬며, 그래도 자존심은 있어 아직 멀쩡한 듯 웃음을 지었다. 사실은 온몸이 욱신거리고 팔다리가 저리며 한계상황에 다다랐다.

헐떡거리며 백운대 앞에서는 거의 널브러질 지경이었다. 스테판이 나를 안심시키며 혼자 올라갔다 오겠다고 한다. 그래도 여기까지 와서…. 나는 다시 이를 악물고 가파른 암벽을 타기 시작했다. 그때도 스테판은 내게서 눈을

북한산 정상 백운대에서 스테판

떼지 않고 믿음직한 마음에 로프가 돼 주었다. 마침내 정상에 올라 스테판과 함께 나눈 그 성취감과 기쁨이란! 얼결에 싸간 김밥까지 진짜 꿀맛이었다.

어둠을 헤치며 겨우겨우 더듬으며 내려온 하산 길에 대해서는 더 말하지 않는 게 낫겠다. 손님을 위한다고 나선 내가 오히려 손님에게 짐이 됐으니. 돌부리에 걸려 넘어지고 갑자기 나타난 들개에 질겁했어도, 그는 찬찬히 나를 안심시키고 이끌어주었다. 참으로 고맙고 평생 잊지 못할 산행이었다.

정작 하산을 하고 나눈 뒤풀이는 잊고 싶고 지금도 얼굴이 화끈거리는 일. 마침 포루투칼 리카르도와 이탈리아인 카타리나 부부가 남태평양으로 허니문을 갔다 오며 우리 집에 묵게 됐다. 저녁때가 돼 괜찮은 한국식 바비큐 식당을 소개해달라는데 마침 스테판과 가려던 곳을 추천했다. 이러면 대개 재미난 사건(!)이 벌어지게 마련. 스테판과 몇 마디 인사를 나눈 그들은 아주 당연하다는 듯 한 팀이 된다. 삼겹살과 소갈빗살을 바비큐로 하는 고깃집에서 곰순 씨는 고기에 파절이를 넣고 쌈을 싸는 법을 열심히 알려준다. 때는 이때다 싶게, 나는 스테판과 신나게 잔을 부딪치고.

그러다 또 무계획에 무모한 달리기를 하고 말았다. 소주에 맥주에다 폭탄주까지…. 몇 병을 마셨는지 알 수도 없다. 사실은 스테판과 리카르도가 경쟁적으로 마시긴 했지만 중간에 내가 이를 말리기는커녕 부채질한 꼴이었으니.

다음날 관광은 고사하고 일어나지도 못하는 리카르도를 보며 나는 정말 머리를 쥐어뜯었다. 밤비행기로 떠난다는데 이런 사고가 어디 있나. 나는 곰순 씨에게 직사게 욕을 먹었고 스스로 욕을 먹어도 싸다고 생각했다. 카타리나에게 싹싹 빌고 쥐구멍이라도 찾아야 할 판. 그 정도가 아니라 일꾼으로도 당장 목이 잘릴 판이 아닌가.

곰순 씨가 고깃집에서 리카르도 부부와 스테판에게 쌈 싸먹는 법을 알려주고 있다.

이들이 점심때쯤 겨우 몸을 추스르고 밖에 나가는 모습을 보며 나는 가슴을 쓸어내렸다. 숙취로 얼마나 고생을 하고 또 나를 얼마나 원망을 할까. 한편 애꿎게 스테판에게도 살짝 책임을 떠넘기고 싶은 비겁한 마음까지 들었다. 사실 이만큼 마음 졸이고 깊이 반성한 적도 여태 없다. 그들의 표정이 뜻밖에 밝고 떠날 때쯤은 완전 180도 바뀐 듯해서 다행이었지만. 더욱 뜻밖에도 돌아간 뒤에 리카르도 부부는 재미난 사진에 고마워하며 여기 있었던 일이 '허니문의 평생 잊지 못할 추억이 됐다'고 전해왔다. 그렇지, 모든 지난 일은 아름다운 것이려니.

안나의 재방문과 즐거운 동행

아침에 목욕탕을 다녀오니 한바탕 소동이 일었단다. 벨기에에서 안나(Anna)가 왔기 때문이다. 모든 방의 손님들이 식사하던 참인데 그녀가 아침 일찍 등장한 것.

한 달여 전 그녀는 페이스북 메신저로 재방문 의사를 전했고 우리는 정말 뛸 듯이 기뻐하며 기다린 터다. 그동안 몇 번의 연락을 주고받았고 어젯밤에도 마지막 메시지를 보내 왔다. 예약한 대로 그녀는 행랑채인 난방에 여장을 풀고 곧장 잠을 청했다고 했다.

우리에게는 정말 잊을 수 없던 손님 안나였다. 그러니까 2년 전 이맘때쯤이다. 아내가 게스트하우스를 시작한지 1년이 지나도록 외국인 손님을 거의 받지 못했다. 그런데 이웃의 게스트하우스에서 오버부킹이 됐다며 그녀를 소개해주었다. 벨기에에서 온 분이라는데 우리는 정말 가슴 설레며 그녀를 맞이했고 신기해할 정도였다. 금발머리와 푸른 눈, 그리고 스마트한 멋을 풍기는 여성이었다. 어떻게 해야 벨기에 같은 나라의 손님을 받는 것일까 궁금하기도 했다. 그즈음 스위스에서 비즈니스로 왔다는 손님도 이웃의 아주 잘 된다는 게스트하우스를 통해 받았으니 말이다.

그래서 우리는 할 수 있는 한 최선을 다하려 애썼다. 단 하룻밤 자고 가는데 최선을 다한다면 과연 무엇을 할 수 있을까? 오후 늦게 쫓기면서 남대문시장 쪽을 안내했던가. 곰순 씨는 아침 식사로, 보통은 몇 사람이 있을 때 제공하는 닭볶음탕을 해주었다. 그리고 어떻게든 한옥체험업에 맞는 서비스를 해주어야겠다며 시간을 쪼개어 한복 체험을 시켰다. 그 한복은 실크로 된 분홍 저고리에 남색 치마로 이전에 곰순 씨가 판소리공연으로 맞춰 입고 아껴

보관하던 것. 단아한 체구라서 그런지 그녀에게도 썩 잘 어울렸다. "환상적이다! (Gorgeous!)" 우리는 감탄을 연발했다. 그녀는 발그레한 미소를 보이며 집 안팎에서 사진을 찍을 수 있게 포즈를 취해주었다. 물론 그녀에게 특별한 기념으로 전하고 싶었기 때문. 특히 거실에서 치마를 활짝 펴고 이쪽을 보며 살짝 미소를 띤 모습은 내가 이제껏 찍은

첫 방문 때 안나의 한복 체험

사진 중에 가장 만족할 만한 사진이라 할 수 있다.

점심때가 넘어 행랑채에서 거실로 건너온 안나는 활짝 웃으며 우리에게 초콜릿 한 꾸러미와 예쁜 티슈 묶음, 거기다 커피에 곁들여 먹는 델로스 쿠키 한 팩도 건넸다. 뜻밖의 선물이지만 그 따뜻하고 풍성한 마음이 그대로 전해졌다. 나는 그중에 델로스 팩을 얼른 챙겨 주방의 그릇장에 넣어두었다. 커피 애호가인 내가 무척 즐기는 과자니 두고두고 아껴 먹고 싶었다. 우리는 차를 마시며 그간의 안부를 묻고 그녀의 여행 계획에 관해서도 대화를 나눴다. 그녀는 우리에게 신경 쓸 일 없다며 당장 나갈 채비를 했다. 이미 가이드를 예약했노라며 아주 자신만만 표정이다.

그래도 나로서는 조금은 걱정 반, 호기심 반으로 따라나섰다. 영어 가이드를 한다면 어느 곳을 어떻게 하는지 알고 싶은 마음도 컸다. 별스럽지 않으면 혼자 적당한 곳에서 돌아오리라는 작정이다. 탑골공원에서부터 투어가 시작된다고 하여 버스를 타고 갔다. 흐린 날씨지만 곱게 물든 단풍잎들이 찬바람에 휘날리고 길바닥에 뒹굴며 낭만적인 정취를 자아낸다. 누구라도 집에 그냥 있다면 너무 아까울, 그런 가을 날 오후다. 더구나 이런 뭇 여행자와 함께라면 어디인들 못갈까!

약속 시간이 다 돼 공원 안팎 이곳저곳 둘러봐도 가이드라 할 만한 이와 단체여행객들이 안 보인다. 두어 팀들에게 물어도 모임 때문에 온 이들이다. 일찍 떠난 게 아닌가, 혹은 바람맞는 게 아닌가 걱정하며 가이드에게 전화를 하니 몇 번 신호음과 함께 저쪽에서 손을 번쩍 든다. 뜻밖에 한참 연세가 드신 어르신이었다. 그는 공식 등록된 자원봉사자라고 자신을 소개했다. 그런데 만나자마자 무슨 이유인지 한참을 웃어대며 이쪽을 당황케 했다. 오늘도 허탕을 칠 뻔했단 말씀. 가이드 받을 사람은 안나 혼자일 뿐이다. 각국에서 온 외국인들이 떠들썩하니 함께 하는 투어로 예상했는데 썰렁하니 어쩐지 어색한 기분이 들었다. 기왕 이렇게 됐으니 나 역시 여행객이 돼서 함께 다니는 게 낫겠다 싶었다.

영어 설명은 놀랄 만큼의 식견을 드러내듯이 능통해 보였다. 나 역시 감탄이 절로 나왔다. 어떻게 저 많은 정보를 알아서 세세하게 영어로 설명할 수 있을까. 나로서는 알 수 없는 사실들도 많았다. 유리 상자로 둘러싸여 있는 원각사지 10층 석탑도 몇십 년 만에 처음 보니까. 그런데 그는 탑의 이모저모는 물론 탑골공원에서 태화각에 이르기까지 3.1 독립운동에 대한 설명을 상세히 들려주었다. 외국인들에게 저런 것까지 알려줄 필요가 있을까 하는 장광설에 이르기까지. 그러다 또 무슨 이야기인가 들려주고 허풍스럽게 웃어젖히고 나를 툭툭 친다. 알아들었냐며 자꾸 확인하고 그래야 진도를 나가시려는 모양. 어쩐지 어느 영화에서 본 듯한 그로테스크한 장면 같았다. 오후들어 날이 더욱 쌀쌀해지고 먹장구름이 밀려오는 게 또한 심상치 않다.

인사동으로 해서 조계사까지 가니 결국 비가 쏟아지기 시작했다. 그런데 그곳에서 안나가 우연히 벨기에서 왔다는 동료들을 만났다. 그들 모두 EU에서 근무하며 휴가를 이곳에서 보내고 있단다. 여태 무표정해 보였던 그녀의 표정에 화색이 돌고 그들만의 대화가 한동안 이어졌다. 나로서는 내심 다행이다 싶었다. 이렇게 이야기하면 가이드에 대한 불만을 전하는 양 조심스럽다. 어쩐지 내가 중간에 역할을 잘 못한 듯해 미안한 마음이 들었다. 아무런 대가 없이 애쓰는 가이드에게는 더더욱 죄송한 기분이다. 나는 마침 절에서 공양행사를 끝내고 돌려주는 떡을 얻어다 슬쩍 그와 나눠 먹었다.

우리는 보신각에서 헤어졌는데 사진 한 장 찍었을 뿐 커피 한 잔 나눌 수 없었다. 뭔가 잘못된 것 같았고 쫓기는 기분이었다. 솔직히 이게 서울 핵심투어라 하면 너무 엉성한 것 같다는 관전평을, 스스로 끝내 지울 수 없었다. 기껏 탑골공원에서 조계사를 거쳐 보신각에 이르는 코스였으니. 어스름이 내리고 비가 쏟아졌다 그쳤다 하며 을씨년스런 기운이 옷깃을 파고든다. 혼자 집으로 돌아오려던 나는 기어코 그녀와 함께 광장시장으로 발길을 옮겼다. 그런데 이곳에서도 일요일 저녁이라 대부분 점포들이 문을 닫고 그다지 볼거리가 없다. 단지 시장 중심부의 먹자거리만 여태 살아 꿈틀거릴 뿐이다. 우리는 이 시장의 트레이드마크인 녹두빈대떡과 전, 가자미튀김을 시켰다. 따듯한 음식으로 배를 불리니 오그라졌던 몸과 마음이 풀어지기 시작했다.

서울 여행을 제대로 한다고 다시 찾아온 그녀를 실망시킬 수는 없다. 돌아오는 길에 나는 자못 비장한(!) 사명감에 불타고 있었다.

누구보다도 반가운 안나였다. 벌써 이 년이 지났는데 아직 생생한 그녀의 모습이란! 돌아보니 첫 방문 그때 저녁때 시간을 내어 한복 체험을 하며 따듯한 정감을 나눴기 때문일 듯싶다. 그때 찍은 사진 한 장이 우리 집 현관에서 가장 잘 눈에 띄는 자리이면서 사진을 걸어놓는 나무 솟대에 걸려 있다. 그러니 대문을 드나들면서 그녀를 매일 봐 온 셈이다.

안나는 친척 집에라도 오듯 갖가지 선물 꾸러미까지 챙겨왔다. 그 먼데서 굳이 우리 집을 다시 찾아온다는 것도 반갑고 고마운 일인데 선물이라니! 처음 만날 때 느낌 그대로 참으로 정감 있는 모습 그대로였다. 언제나 미소 띤 밝은 표정이 보기 좋다. 그런데 사실 안나는 외동딸이라서 그녀의 엄마가 안타까워하기도 한단다. 형제, 자매가 있으면 함께 잘 어울리며 의지가지가 될 텐데 하는 모정이겠지. 그녀가 독신으로 지낸다는 게 내겐 또 그런 동정심을 불러일으킨다. 어쩐지 집에 돌아온 자매 같은 친근감이 드는 까닭이다.

뚱딱이 전해준 말로는 어제의 투어가 별 재미없었던 모양이었다. 을씨년 스런 날씨 때문에 더욱 그러했겠지. 그래서 오늘은 자기가 서울의 이색적인 명소를 안내해보겠다고 나선다. 나로서는 조금 안심이 됐다. 집안일엔 얼렁 뚱땅해도 손님들에게는 그 반대인 줄 알기 때문이다. 나중에 들어보니 신설동 풍물시장으로 해서 제기동 약령시장 등을 다녀왔단다. 외국인들이 쉽게 가기 어렵고 가도 잘 알 수 없는 곳이기는 했다. 약령시장에는 뚱딱이의 친구가 운영하는 한약상도 있으니까. 거기서 뚱딱이가 쌍화탕을 얻어 마시며 어떤 너스레를 떨었을지 훤히 그려졌다.

안나는 꼼꼼히 투어 스케줄을 짜왔다. 변호사로 국제기구에서 근무한다는 그의 커리어에 비춰볼 때 이런 일은 아무것도 아니리라. 오히려 우리가 무언가 거들겠다고 나서는 게 거추장스럽지 않을까. 때론 그녀의 출입에 무신경한 척 하려 했다. 그런데도 항상 융통성 있게 계획을 바꾸고 기꺼이 우리와 어울린다. 다른 손님들과도 스스럼없이 섞이며 즐겁게 지낸다. 그즈음 왔던 일본의 사이코(Sakiko)와 그 친구, 그리고 독일인 랄프(Ralf) 가족들과도 스스럼없이 지냈다. 그것은 우리가 꿈꾸던 이상향의 홈스테이 가족 같은 그림이 아니던가. 우리 부부도 그들과 같은 여행객이자 큰 가족의 일원이 된다.

경복궁 야간관람은 그런 면에서 우리에게는 행운이었다. 더구나 이날은 공연까지 있어서 우리도 꼭 보려고 벼른 터였다. 경복궁 근처에 살면서도 사실 고궁음악회 공연을 본 적이 없다. 가끔 외국인들에게 야간관람이며 공연

경복궁 야간 관람은 꼭 봐야 할('must-see') 투어로 추천할 수 있는 서울의 대표적인 관광거리. 옛날 이 구중궁궐에서 어떤 일들이 있었을까, 상상하며 걷는 재미가 쏠쏠하다.

을 추천하면서 과연 그게 어떤 건지 잘 몰랐던 것. 무엇보다 온라인 표로 예매하기도 번거롭고 딱히 시간을 내서 가야 할 필요성도 못 느꼈기 때문이다. 그런데 외국인을 동반하면 내국인도 현장에서 티켓 구입이 가능하다. 안나 덕분에 우리는 신비로움으로 가득 찬 밤의 고궁 뜰을 걷고 빛과 소리가 어우러진 이채로운 공연도 보게 됐다.

안나와 나, 그리고 뚱딱이는 흥례문과 근정문을 지나 근정전 안에 들어가 이곳저곳을 둘러보며 깊은 감흥에 휩싸였다. 이런 멋진 구경을 함께 할 수 있다니! 사정전이며 강녕전을 돌아보며 이런 느낌을 주고받기도 했지만 경회루 앞에 서서는 말을 잊었다. 푸른 물빛에 반사된 누각이 신비하고 환상적이다. 여기저기 탄성이 인다. 오싹("Awesome!")하다. 영어의 이 표현이 이만큼 딱 맞아떨어지게 들린 적이 없다. 우리는 몇 장의 사진을 함께 찍었다. 사실 그런 사진들이 무슨 필요 있을까. 지금도 기억 속에 더욱 선명히 남아 있는데.

우리는 공연이 열리는 경회루 앞쪽 수정전으로 걸음을 옮겼다. 산책의 즐거움이 고궁음악회 무대로 이어진다. 심장까지 울리는 오고무의 신명난 북소리, 고운 조명 아래로 아롱지는 부채춤, 퓨전 국악과 크로스오버까지…. 관

수정전 앞뜰에서 펼쳐진 한밤의 궁중음악회. 특히 외국인들이 짧은 시간 동안 국악을 접하고 즐길 만한 프로그램으로 인기가 높다.

중들의 추임새와 박수도 열기를 더해준다. 아쉽게도 안나와 우리는 좌석이 없어서 선 채로 관람을 해야 했다. 쌀쌀한 날씨였지만 함께 하는 마음만은 훈훈했다. 이런 일이 누구와, 언제 다시 있단 말인가? 형제며 가까운 친척과도 가져보지 못한 경험이니까.

안나가 떠나기 전날 밤, 우리는 청계천의 '초롱빛축제'도 함께 보러 갔다. 뚱딴이 알아낸 정보로 바로 오늘 밤부터 개막한다는 것. 사실은 안나 혼자 가 보라 하려다 우리도 따라나섰다. 경복궁 야간 관람이며 음악회, 그리고 횟집에서 조개찜의 별미 저녁까지 많은 시간을 같이하며 우리는 한층 더 친밀감을 느끼고 있었다. 나의 띄엄띄엄 영어라도 그녀는 찰떡같이 잘 알아들었다. 그와 같이 나 역시 그녀의 말을 어쩐지 쉽게 알아듣고 있다. 청계천의 아름

청계천 물길을 따라 해마다 열리는 '빛초롱축제'. 더 많은 외국 손님들이 서울을 기억하고 또 찾아오도록 하기 위해서는 명소만큼 역시 볼거리, 즐길 거리가 많아야 한다.

다운 물길을 따라 갖가지 재밌고 기발한 모양의 오색영롱한 한지 등들이 줄이어 선 '서울빛초롱축제' 그 빛과 물의 아름다운 흐름을 따라 우리 발걸음도 흘러가듯 가볍다.

뚱딱이는 눈치껏 거리를 두며 따라오면서 연신 카메라 셔터를 눌러댄다. 때론 성가실 정도지만 안나는 가끔 돌아서서 재치 있게 포즈를 취해준다. 자신의 카메라로 용이라든가 황새 등, 재미있는 한지 등을 찍기도 한다.

앞서거니 뒤서거니 하며 천변 길을 따라 수표교쯤 내려갔다. 개천 한가운데 저잣거리며 남사당패 부채춤등 들이 눈을 휘둥그레 만드는데 검푸른 물결에 떠내려가는 무언가 보였다. 가까이 내려가 보니 저 위에서 사람들이 소망의 촛불을 담아 띄운 종이배들이다. 안나는 폴짝 둑 아래쪽으로 내려가 황금 물결 속에 손을 내민다. 가만히 자신만의 배를 띄우려는 게 아닌가.

그녀의 그 어떤 소망이든 이뤄지기를,

나는 지금도 간절히 바라고 있다.

코르시카의 니콜라스 커플

니콜라스(Nicolas)와 마리오(Marion) 커플은 칸영화제로 잘 알려진 바로 그 프랑스의 칸(Cannes)에서 온 손님들. 봉준호 감독의 '기생충'이 황금종려상을 받기까지 한국 영화에 유독 큰 축복과 행운을 준 도시 아니던가. 그들은 홍대근처의 오피스텔에서 이틀을 묵다가 한옥 체험을 하고 싶어서 며칠 전 예약을 한 터였다.

오전 11시쯤 온다고 하더니 정확히 때맞춰 나타났고 영락없는 배낭여행객 차림이다. 아내가 운동하러 간 탓에 내가 차와 과일을 대접했다. 이때 그들이 칸에 살고 있으며 긴 여행 계획을 갖고 온 것을 알게 됐다. 원래는 짐만 맡아주려고 했지만 기왕 내친김에 그냥 그들의 방을 안내하고 열쇠까지 전해주었다. 그들은 원래 2인용 '미'방을 예약했지만 우리 부부는 이들에게 '안'방으로 업그레이드해 주기로 했다. 10여일 간 거의 예약 손님이 없는 때였기 때문이다.

이틀간 서울에 있었기 때문인지 당장 나가는데 자신만만해 보였다. 그래도 나는 관성처럼 그들에게 주변 교통편을 알려주고 경복궁까지 안내해주며 사진 두어 컷을 찍어주었다. 며칠 동안 감기로 고생을 하던 터라 되도록 손님들과 떨어져 지낼 심산이었다. 추위와 미세먼지가 번갈아 찾아들며 관광하기에는 썩 좋지 않은 때였다. 길을 걸으며 마리온은 연신 옷깃을 여미며 추워했다. 차라리 몹시 춥거나 눈이라도 펑펑 내리면 나을 텐데…. 나까지 그저 날씨가 원망스러울 지경이었다.

아니나 다를까. 이튿날부터 마리온이 코가 막히고 목이 아프다며 걱정이다. 그리고 창덕궁과 인사동을 다녀온 뒤로 부부는 저녁을 적당히 쉬며 보내려 했다. 아내는 연신 유자차며 생강-대추차를 타주었다. 이런 가운데 우리는 많은 이야기를 나누게 됐다. 무엇보다 귀에 번쩍 뜨인 곳이 '코르시카'라는 곳이었다. 코르시카라니! 지도를 찾아보고 이야기를 듣다 보니 슬슬 재미

니콜라스 커플이 여행 계획을 이야기하며

에 빠져든다. 프랑스와 이탈리아 중간의 지중해상에 위치한 아름답고 따뜻한 섬. 두 나라가 뺏고 빼앗기던 역사를 거쳐 이제 프랑스 땅이 되어 유럽 사람들이 가장 즐겨 찾는 관광지 중 한곳이라는데…. 나폴레옹도 이곳 출신 아니던가.

우리나라 전역의 지도를 펼치고 이곳저곳 살피던 니콜라스가 결심을 굳힌 듯 말했다. 하루를 더 있고 싶은데 방이 있겠냐고. 물론 있고말고! 이런 경우야말로 제일 반가운 손님이 아니고 무어랴. 원래 그들의 계획은 서울에서 사흘, 대구와 안동에서 사흘, 경주와 부산에서 닷새 정도로 약 2주간 한국을 여행하는 것이었다. 그리고 부산에서 배편으로 일본 후쿠오카로 가서 열흘가량 여행한다고 했다. 그렇게 오랫동안 휴가를 낼 수 있는 것도 그렇지만, 일정을 그때그때 체크하고 융통성 있게 짜가는 모습이 꽤 부러웠다. 그 여정을 이제 막 바꾸는 것이다.

그게 가능한 건, 지금 자신들이야말로 휴가철과 마찬가지이기 때문이란다. 마리온은 칸에서 코르시카를 오가는 페리호의 항해사로 일하고 니콜라스는 칸느 항에서 관광객을 상대로 모터보트 렌털 사업을 한다는 것이다. "그레잇!(Great!)" 우리도 모르게 감탄사가 절로 나왔다. 커플이 거의 같은 일을 하며 휴가를 내 배낭여행을 한다는 것도 그런데, 이야기가 거슬러 오르며 줄줄 이어진다. 예컨대 마리온의 경우 대학 때 항해수련으로 부산항에 기착한 경험이 있다는 추억담도 그렇다. 더구나 그들의 만남이며 사랑 이야기까지 듣다 보니 흥미롭기 그지없다. 같은 고등학교에 다니며 만나서 결혼한 지 지금 4년이 된 서른네 살 청춘이니 그 젊음 자체가 빛나는 때 아닌가.

그들은 무리하게 계획을 추진하기보다 몸을 추스르며 여행하고 싶어 한다. 그 점에서 우리 집이 기항지처럼 선택됐다는 것이 무엇보다 기뻤다. 특히 방이 따듯하고 조용해서 잠을 잘 잤다며 약도 없이 감기 기운을 쫓아내려는 마리온의 자세가 기특하게 여겨지기도 했다. 어떻게든 원기를 회복하게 하고 기쁜 마음의 선물을 주고 싶은 마음은 아내나 나나 똑같다. 이튿날 저녁을 같이하기로 하고 우리는 일찍 잠자리에 들었다.

서로의 마음이 통했나. 이튿날 저녁때 들어오며 그들은 목화가 있는 드라이플라워 묶음을 건넸다. 아내 역시 미리 준비한 핸드메이드 지갑으로 화답했다. 그리고 우리는 약속한 대로 인왕산 자락길을 따라 전망대로 올라갔다. 아직 미세먼지가 가시지 않았지만 그래도 서울의 불빛은 이제 막 피어오르는 화덕의 불씨처럼 꼬물거린다. 니콜라스 커플은 남산에서 본 풍경과 다른 이곳 야경을 즐겨 보며 셀프 사진에 기꺼이 우리를 끼워 넣어주었다.

산책 뒤에 저녁은 우리 부부가 가끔 즐기는 부대찌개로 했다. 모두가 잘 알듯이 햄과 소시지 숙주나물을 주재료로 하여 고춧가루며 갖은양념을 넣은 뒤 당면이나 라면을 끓여 먹기 시작하는 음식이다. 이것을 먹을 때마다 아무래도 정체불명의 음식이란 느낌을 지울 수 없지만 쫄깃한 소시지의 식감과 입안을 얼얼하게 하는 매콤한 맛이 중독성 강한 게 사실이다. 그런데 이 음식을 외국인에게 설명하기란 더욱 난감하기 마련이다. 우리는 말 그대로 '부대찌개(Military soup)'라 일러주고 그 음식이 태생한 배경을 소개해준다. 그저 주워들었던 대로 '우리가 매우 가난했던 시절 미군부대에서 흘러나오는 소시지와 햄을 김치나 채소와 섞어 먹던 음식'이란 것. 그쯤만 해도 그들은 대개 알아듣고 일종의 공감을 표한다. 이쯤에서 또 막걸리가 빠질 수 없지. 아니나 다를까. 그들 역시 한국에서 막걸리는 처음이라며 달착지근한 맛을 즐긴다.

계산을 나눠 하려는데 니콜라스가 극구 내겠다고 했다. 니콜라스는 서로 번갈아 가며 내기도 하는 우리네 관습을 알고 있는 듯 보였다. 아무튼 먼 데서 친구 부부가 와서 저녁 한때를 따듯하고 훈훈하게 보낸 기분이랄까.

하루를 더 있겠다고 하더니 그들은 여기에 더해 또 하루를 연장하겠단다. 그리고 아침에 전국 지도를 펼쳐 놓고 이모저모 궁리를 하는 등 더욱 여유를 부리다가 나갔다. 미세먼지는 걷혔는데 날씨는 더욱 추워졌고 마리온의 컨디션도 썩 좋아 보이지 않았다. 나 역시 감기 막바지라 그들을 챙기고 걱정할 처지가 아니었다. 혹시 내 감기가 그들에게 옮길까 더욱 걱정할 정도였다. 그러면서도 하루라도 더 서울을 잘 둘러보길 바라는 마음만은 간절했다.

이튿날 아침 식사 후 니콜라스가 선언하듯 말했다. 여행 일정을 바꿔서 서울에서 곧장 제주로 가겠다는 것. 그러니까 대구와 안동, 경주를 가지 않고 제주 여행을 한 뒤 부산을 거쳐 일본으로 떠나기로 했다는 얘기다. 나는 즉각 좋은 아이디어라고 공감을 표했다. 날씨가 여전히 춥기만 하고 이번엔 니콜라스까지 콧물을 찔찔거리기 시작했기 때문이다. 코르시카와 제주 섬을 비교해볼 수도 있을 것이고 따듯한 섬을 돌다 보면 몸도 개운해질지 모른다.

그곳은 우리의 신혼여행지이기도 했다. 30여 년 전 처음 비행기를 타고 다른 신혼 커플들과 제주 전역을 돌아다녔던 추억이 떠올랐다. 그 추억담을 들려주니 그렇게 좋은 곳이냐고 사뭇 기대하는 눈치다. "우리 때는 그곳으로 신혼여행을 가서 아이도 갖게 되곤 했다. 마리온도 거기서 좋은 사랑 나누고…." 아내가 그런 우스갯소리를 하자 마리온이 대꾸를 한다. "그럼 우리 아기는 제주베이비가 되겠네요!" "오, 그렇지. 제주베이비!" 그렇게 말하고 우리는 뭐가 그렇게 재미있는지 신이 나서 웃어댔다.

저녁때 우리는 신당동 떡볶이골목으로 갔다. 얻어먹었으니 사야 하는데, 역시 부담 없이 사는 게 좋지 않을까. 그도 그렇지만 외국인들에게 떡볶이만큼 알기 쉽고 강렬한 인상을 주는 음식이 없을 듯싶기 때문이다. 니콜라스 커플 역시 부대찌개 집에서처럼 내국인들이 즐겨 찾는 푸드타운을 가고 싶어 한 터였다.

저녁 이른 시간인데도 과연 마복림떡볶이집은 남녀노소로 가득 차 자리를 잡기조차 어려웠다. 두리번거리다 직원의 배려로 우리는 겨우 널찍한 예약석을 차지할 수 있었다. 떡과 라면, 어묵 사리 등을 섞은 떡볶이 4인분을 2인분씩 큰 냄비에 나눠 끓이며 우리는 이내 무슨 전쟁터에 나선 병사들처럼 의기충천해진다. 앞치마를 두르고 포크를 집어든 다음 뜨거운 김이 피어오르고 벌건 국물이 뽀글뽀글 넘치는 냄비 속으로 돌진하는 것이다. 더 쫄깃쫄깃하고 맛있는 떡이며 면을 찍고 돌리고 입안에 빨리 집어넣고 매워서 코를 벌렁거리며 땀을 뻘뻘 흘리는, 이것은 가히 전쟁이라 할 만하다. 니콜라스와 마리온은 이 전장에 새로

신당동 떡볶이골목에서

투입된 신병처럼 어쩔 줄 몰라 하면서도 지지 않으려고 연신 포크질을 한다.

모두 얼굴이 벌게지고 콧김을 뿜어대며 서로의 얼굴을 보며 웃어젖힌다.

돌아오는 길, 우리는 모두 아이들처럼 동심에 젖어 신났었다.

어른들 몰래 뭔가 큰일을 벌이고 오는 기분이었달까.

"코르시카 이렇게 오세요"
게스트북에 남긴 니콜라스 커플의 메모

짐을 들여놓았다가 뺀 경우

한 달 전에 예약한 크리스티나(Christina)는 성수기에 들어서며 맞게 된 큰 손님이었다. 둘이 6박을 하는데 2인 실이 아니라 패밀리룸에 묵을 예정이니까. 이런 경우 우리에게도 좋고 손님들 역시 쾌적하게 보낼 수 있으니 얼마나 좋은가.

긴 겨울을 보내고 관광객들이 본격적으로 오기 시작하는 4월이다. 우리 부부는 봄맞이 대청소라며 집안 곳곳의 구석진 데까지 먼지를 털어내고 걸레질을 했다. 이틀 전에는 뚱딱이 마당에 튤립과 수선화도 심어놓고 이모저모 새 단장도 했다. 커플이 지내기 좋게 매트며 방 분위기도 최대한 알맞게 해주려 신경 썼다.

그런데 정작 나타난 이들은 남녀 커플이 아니라 모녀였다. 이런 경우, 따로 침구나 베개 등의 교체 의사를 묻지만 그냥 괜찮다는 반응을 보였다. 우리는 보통 하던 대로 과일과 차를 내놓고 인사와 함께 이런저런 이야기를 나눴다. 그들은 10여 일간 일본 도쿄를 비롯한 몇 군데 그룹으로 여행한 뒤 이곳으로 왔다고 했다.

무엇보다 딸이 대학에 들어가는 터라 합격을 축하하는 여행이라니 우리 부부는 큰 박수로 환영의 마음을 더했다. 서울에서 어떻게 다니겠다는 특별한 작정은 없어 보였다. 단지 그날그날 마음 닿는 대로 여행하려는 쪽이다. 오히려 한가하고 색다른 경험을 하기 위하여 우리 집을 선택했단다.

추천할만한 곳이 있냐는 질문에 뚱딱이는 늘 하던 대로 몇 개 가이드북과 지도를 가져와 설명을 했다. 서울 강남·북과 중심가를 나눠 세 권역으로 나누고 낮과 밤이 서로 다를 수 있는 명소를 일러주는 것. 여기까진 통상 하던 손님맞이 절차 그대로였다. 한 가지 더, 우리가 염려한 문제까지 양해를 구하는 데 성공한 듯이 보였다. 뭐냐면 원래 이들이 예약한 '재방'이 오버부킹 됐던 것. 오늘 하루 다른 방을 써달라고 사정해야 했던 터. 우리도 모르는

손님이 원할 경우 보내는 "찾아오시는 길" 안내

늦은 밤 찾아오는 손님들을 위하여 따로 준비한 길찾기 순서도

사이 싱가포르 단체 손님이 이틀을 예약한 바람에 하루가 겹친 탓이다. 물론 우리가 바꿔주기로 한 '안방'은 더 컸고 그러고도 차이가 나는 1만 원은 돌려줘야 했다. 뚱딱이는 거실에 있던 큰 알루미늄 캐리어를 방으로 들여놓았다.

이제 결제만 하면 되는 일이다.

나는 단말기를 켜고 손님의 신용카드를 넣었다. 그런데 손님의 사인까지 받았는데 승인이 되지 않았다. 다시 해봐도 마찬가지. 다시 해봐도 마찬가지. 이전의 어느 손님처럼 결제가 되고 영수증만 출력이 되지 않는 것일까. 염려가 됐지만 해보지 않을 수 없었다. 결과는 똑같았다. 카드사에 연락하라는 메시지가 떴다. 뭐가 잘못된 것인지 순간적으로 멘붕 상태가 된다. 결제가 된 건지 아닌지, 안됐으면 그나마 다행이지만 됐으면 어떻게 처리해야 하는지. 나에게는 이런 사태가 제일 골치 아픈 일이다.

이런 때는 뚱딱이가 소방수 역할을 한다. 그가 단말기업체에 연락하니 보통 BC카드가 해외카드를 처리한다고 했다. 그런데 영업 종료 시간이라 연결이 안 되는 모양. 한동안 그러다 겨우 연결된 카드사에서는 이쪽 것을 다룬 적이 없고 승인 내역도 없단다. 이곳저곳 계속 전화를 돌린 뚱딱이 결국은 L사를 통해 카드가 불승인됐음을 확인한다. 이 과정에서 손님의 카드 번호와 유효기간을 몇 번이나 반복해서 알려줘야 했다. 그쪽 담당자는 카드가 독일 본국에서 발행된 것으로 무슨 이상이 있는지 카드 소지자 본인이 확인해야 한다는 답변이다. 그 얘기를 전하자 크리스티나는 불편한 기색이다. 일본에서도 카드를 쓰는 데 아무 문제가 없었고 공항에서 택시도 그렇게 타고 왔단다. 미안하고 난감하기만 했다. 우리는 조심스럽게 현금 결제를 요청했다. 떠나기 전에 은행에서 현금을 찾아줄 수 있으면 좋겠다는 부탁이었다.

그러고 나서 우리는 그들의 저녁 식사 장소도 소개해주고 주변 길도 알려줄 겸 함께 밖으로 나갔다. 그들은 동네 입구의 은행 ATM기에서도 돈을 인출하려 했다. 그런데 거기서도 해결이 안 됐다. 우리가 잘못한 것 같이 안타깝고 미안한 마음이었다. 이토록 결제시스템이 중요하다는 사실을 미처 몰랐던 탓. 우리는 주눅이 든 기분이었다. 그래도 그들의 앞장을 서 근처 대중교통 시설이며 음식문화거리를 알려주었다. 다행히 그들은 거리 풍경을 호기심 있게 살피며 즐거워하는 듯이 보였다.

먹자거리를 돌아 필운대로로 이어지는 거리에는 이제 벚꽃이 흐드러지게 피고 있다. 나와 뚱딱이는 간단한 저녁을 한 뒤 그 꽃길을 걸으며 잠깐 감상에 젖기도 했다. 일과를 마친 뒤처럼 마음도 가볍고 편하다. 손님맞이로 조금 삐꺽거렸지만 어차피 지나가는 일이고 이제부터라도 잘해야지. 그러나 희망적인 기대는 그뿐이었다.

집으로 막 들어서다가 크리스티나 모녀와 마주쳤다. 뭔가 걱정스러운 표정으로 주저하며 말을 걸기에 우리는 발걸음을 멈췄다. 처음에 듣기에는 숙박비용을 나중에 주어도 되느냐는 뜻 같았다. 좀 더 귀가 밝은 뚱딱이에게 뭔 얘기인지 물었다. 그런데 숙소를 호텔로 옮기겠다는 게 아닌가. 그에 따른 위약금은 지불하겠다는 뜻도 덧붙였다고. 이게 무슨 날벼락 같은 일인가! 우리 부부는 고개를 갸우뚱했다. 그리고 일단 집안으로 들어가자고 했다.

크리스티나는 툇마루에 앉아 차를 마시며 이윽고 입을 뗐다. 아무래도 옮겨야겠다는 쪽으로 마음을 굳힌 것. 역시 카드 문제 때문이란다. 주말에 은행 업무를 볼 수 없고 현찰도 없으니 당장 식사를 하고 돌아다니는 일이 걱정이라고. 그래서 저녁을 먹으며 다른 호텔을 알아봤고 그쪽으로 가면 문제를 해결할 수 있다는 얘기다. 물론 큰 호텔이고 시스템이 잘 갖춰져 있으니 그럴 법했다. 거기다 이곳에 먼저 와 있는 독일인 지인이 도와줄 듯하다나. 아, 이미 결정하고 알려주는 거였구나. 생각하니 속이 쓰렸다. 크리스티나는 절대 우리 탓이 아니라며 결코 우리에게 손해를 끼치고 싶지 않다고 했다. 고마운 말이지만 아무래도 우리 잘못 때문인 것 같다. 그런 한편 솔직히 뭔가 배신을 당한 기분도 들었다.

주말을 지나 이틀 뒤에 위약금을 보내주겠다고 크리스티나는 재차 다짐했다. 나로서는 이미 마음을 비워낸 뒤였다. 사실 그런 부담되는 약속을 받고 싶지 않았다. 뚱딱이 역시 같은 마음이다. 어차피 마음이 떠난 손님인데 위약금을 받으면 더 미안할 뿐이라고. 조금 더 솔직히 말해서 우리는 그런 위약금을 받은 적도 없고, 어떻게 받는 줄도 모른다. 부킹닷컴에 당일 취소할 경우 30%까지 받는다는 위약금 관련 사항을 설정해 놓았지만 그건 손해를 줄이고자 하는 장치일 뿐이었다. (나중에야 이런 경우, 엑스트라넷에서 결재관련 사항으로 '무료취소' > '유효하지 않은 신용카드로 등록하기'를 하면 위약금 없이 예약 취소로 처리된다는 사실도 알았다.)

뚱딱이 나를 대신해 크리스티나에게 우리의 입장을 짧게 밝혔다.

우리는 어떻게 하는지 잘 몰라요. 전문가가 아니거든요.("We don't know how to make it. We are not specialists.")

이거 상대가 제대로 알 수 있는 표현이기나 한가? 웃음이 났고 참으로 궁색한 구실로 들렸지만 사실이 그렇기도 하다. 우리는 그냥 원하는 손님을 받고 돈을 받은 만큼 봉사를 하면 그뿐이라고 생각해온 터. 뚱딱이는 방에 들여놓았던 그들의 짐들을 빼내기 시작했다. 유난히 큰 짐을 빼는 그의 어깨가 축 늘어져 보였다.

손님을 다음 목적지에 보내기까지

손님들끼리 여행 정보를 나누며 다음 행선지에 관한 도움을 받는 모습은 그냥 듣기에도 즐겁다. 어떤 면에서는 우리가 해야 할 일을 대신 해주는 듯해 고맙기까지 하다.

아침 식사 후에 다과를 나누며 나 홀로 여행객인 아이리스(Iris)는 프랑스의 기욤(Guillaume) 가족에게 자신이 다녀온 안동 하회마을에 대한 이야기를 들려준다. 기욤은 아내와 어린 두 아이를 데리고 왔는데 하룻밤 예약 일정으로 과연 그곳을 갈 수 있는지 망설이던 참이었다. 이제 막 도착해 서울에서 하룻밤을 보낸 기욤 가족과 달리 아이리스는 전주, 순천과 부산, 안동을 거쳐 서울로 들어온 경우였다. 이에 반해 기욤 가족은 서울에서 사흘을 보내고 안동으로 해서 경주, 부산 등 열흘을 보낼 계획이다. 아이리스가 그곳 풍광과 경험을 들려주니 기욤이 반색을 한다. 나 역시 마음속으로 그들 가족이 그곳에 꼭 가도록 도와주어야겠다고 생각했다.

기욤의 아내인 모니카는 원래 몰타 출신으로 프랑스에 유학을 갔다가 기욤을 만났다고 했다. 모니카가 핸드폰에 저장된 몰타의 아름다운 성과 성당

이층에서 한옥 마을을 배경으로 찍은 기욤 가족사진

들을 보여주는 데 사실 몰타가 아주 작은 섬나라이며 그들의 언어가 따로 있다는 것도 그때 알았다. 그녀는 자신의 나라에 대한 자부심과 애국심이 남달라 보였다. 딸, 아들에게도 몰타어를 가르치고 있다고 했다. 하루 종일 돌아다니고 와서도 여섯 살짜리 마틸다를 붙들고 무슨 언어인지 열심히 공부를 시키는 모습은 한국인 어머니와 같아 보였다. 그러니까 어렸을 적부터 프랑스어는 물론 영어와 몰타어까지 세 개 국어를 기본적으로 가르치는 것이다.

기욤은 사흘의 빠듯한 서울 투어를 열심히 돌아다닌 듯했다. 우리가 알려준 대로 창덕궁의 비원이며 북촌과 인사동을 가보고, 이튿날 케이블카를 타고 남산 꼭대기까지 다녀온 이야기를 사진과 함께 보여주었다. 다섯 살짜리 벤자민을 업거나 목말 태우고 다니는 기욤의 모습은 흐뭇해 보였다. 그만큼 이곳저곳 멀리 다니지는 못할 게 뻔했지만 그냥 아이들과 어울리는 게 좋은 모양이다.

그런 마지막 날 저녁에 잠깐 들어와 다음 행선지인 안동에 가는 방법을 묻는다. 대구에서 환승을 해야 하는 열차보다는 고속버스가 나을 듯싶었다. 그래서 컴퓨터를 켜고 영문 예약 창을 띄우고 직접 예약을 하도록 했는데 이게 보통 문제가 아니었다. 겨우 이것저것 입력을 다 했는데 전화번호가 듣지 않는 것이다. 터미널에 확인해보려 해도 도무지 연결이 안 된다. 천상 내가 예약을 대신 해줄 수밖에 없다. 기욤은 안도하며 모니카와 상의를 한 뒤 우등고속의 앞자리 넷을 연필로 그려 지정해 준다. 운전석에서 두 번째 뒷좌석인

아이리스(가운데)는 하회마을을 다녀오고 기욤 가족은 그곳으로 가려고 한다. 그들은 여행정보를 나누며 가까워진다.

4번 5번과 7번 8번 자리. 나는 그들에게 예약금을 받은 뒤 원래 나가 저녁을 하려던 대로 가보도록 했다.

그러고 보니 고속버스를 이용한 지도 몇 년이나 된다. 더구나 예약시스템으로 제대로 표를 구입한 적도 거의 없다. 예약사이트인 코버스에 회원가입을 하고 개인정보며 신용카드 내역을 넣고 결제를 하기까지 여러 번 시행착오를 겪어야 했다. 예컨대 여섯 자리 비밀번호를 조합해 넣는 것마저 성가셔진다. 그동안 이런저런 사이트에 서로 다른 많은 패스워드를 남긴 탓에 관리하기가 만만치 않은 탓도 있다. 예전에는 이런 일이 아무것도 아니었다. 그런데 이제는 몇 번을 더듬고 띄엄띄엄 틀리기도 한다.

겨우 예약을 해서 인쇄를 하려는데 이번엔 출력이 되질 않는다. 분명 화면에는 뜨는데 몇 번을 해도 빈 용지만 나오니 환장할 노릇이다. 토너 부족을 표시하는 점멸등이 깜빡거리니 그 때문일까. 하다 하다 안 돼서 프린터기 서비스센터에 연락해서 원격조정을 받아 겨우 프린트를 할 수 있었다. 결국은 컴퓨터의 보안설정을 잘못한 탓이었다. 이걸 어떻게 내가 다 알 수 있을까. 불과 몇 년 전에 직장을 다닐 때만 하더라도 이런 일이라면 정보관리실 직원에게 물어 금방 처리할 수 있었다. 그런데 지금 이 작업장에서는 모든 걸 내가 알아서 처리해야 한다. 근 한 시간을 씨름하며 얼굴이 홧홧해질 정도였다.

이야기가 옆길로 샜다. 내가 말하려던 게 뭐였는지….

아, 어떻게든 다음 날 아침 기욤 가족이 하회마을에 차질 없이 잘 가게 도와주는 일이었지. 티켓은 물론 안동에서 어떻게 하회마을로 가는지 그곳 안내센터에 문의를 해서 지도와 버스편, 택시편도 잘 알아서 프린트를 해뒀겠다, 든든하다.

다음날 아침은 평소보다 30분 이른 8시에 했다. 그리고 강남터미널에서 출발하는 10시 10분 우등고속 버스 시간에 맞추기 위해 9시에 집을 나섰다. 아직 눈꺼풀이 무거워 찡찡거리는 벤자민을 보니 자칫 늦을지도 모른다. 나는 앞장서서 캐리어를 끌기 시작했다. 그렇게 경복궁역사 지하 승강장까지 데려다주고 열차를 기다리는데….

이건 또 무슨 일일까. 마틸다와 벤자민을 보고 다가온 중년의 아주머니가 "아고 귀엽다"며 지갑을 열어 지폐를 전해준다. 어떻게 말릴 겨를도 없고 또 그럴 수도 있는가 어안이 벙벙한 상태였는데…. 그것도 만 원짜리 한 장씩이다. 도무지 뭐라 설명할 수 없는 일이다. 어어, 하는 사이에 아주머니는 웃으며 저리로 가고 벤자민은 배시시 웃는다. 기욤과 마틸다도 너무 재밌고 신기해하며 어쩔 줄 몰라 한다.

그렇게 떠나간, 어떤 우화 같은, 아주 오랫동안 남을 만한 환송 장면이었다.

띄엄띄엄 비수기의 손님들

숙박업계에서 3월은 비수기로 알려져 있다. 어느 나라에서나 대부분 학교가 새 학년 기지개를 켜기 시작하고 직장도 본격적인 업무에 들어가는 때이기 때문이리라. 이때서야 우리 부부도 숨을 고르며 일상생활의 여유와 즐거움을 만끽할 수 있었다. 모처럼 우리 집에서 우리 집으로 돌아온 느낌이다.

나는 시간을 내서 겨우내 나무를 칭칭 동여맨 월동 피복들도 벗기고 마당에 다시 큰 옹기를 갖다 놓았다. 거기다 이번에는 물레방아 대신 펌프 분수를 설치하고 청계천 민물고기집에 가서 송사리도 구해 넣었다.

이런 때는 하루 이틀 묵는 손님이 대부분이다. 사진 촬영과 하이킹, 드라이브를 즐긴다는 중국인 쓰항(ShiHang)이 그랬고, 에어비앤비 숙소를 운영한다는 일본인 나미지(Namiji)가 그랬다. 특히 나카우미 호수 가운데 연륙교로 연결된 섬에 위치한 나미지의 동네와 집은 꼭 가보고 싶은 충동이 일어 그녀와 함께 구글 지도로 몇 번을 살펴보았다. 말은 잘 통하지 않았지만 그냥 웃음과 손짓 발짓만으로도 통하는 손님이다. 곰순 씨와는 거의 그렇게 대화가 잘 되는 모양.

비수기에 찾아오는 손님들은 기억에 오래 남는 편이다. 대부분 당장 일이나 시간에 쫓기지 않는 이들로 그만큼 여행에 집중하거나 특별한 목적으로 온다. 우리 역시 마음의 여유를 갖고 손님들의 기대에 부응할 수 있다. 더구나 하루 이틀을 넘어 며칠씩 되면 함께 나눈 일들이 기억에 더욱 진한 흔적을 남긴다.

예컨대 스페인에서 온 마넬(Manel)에 대한 기억은 너무 선명하다. 바르셀로나 인근 관광지의 삼촌 레스토랑에서 일한다는 그는 비수기인 지금 겨우 시간을 내서 서울을 처음 찾은 경우다. 마넬은 이 책의 앞쪽에서 우리의 스페인 딸이라고 소개한 바로 그 마리아(Maria)의 오빠. 그러니까 마리아의 권유로 서울에 처음 오게 됐고 다른 곳이 아닌 우리 집에서 지내게 된 것이

서촌집에 묵었던 마리아의 권유로 서울에 처음 온 그녀의 오빠 마넬(오른쪽)

다. 그러니 너무 반가웠고 그 참에 서울에 와 있는 마리아와 함께 만나 즐거운 시간도 가질 수 있었다. 무엇보다 우리가 비수기에 함께 있게 된 게 너무 다행이었다. 그를 위해 일부러 시간을 내서 인왕산에 올라간다든지 시내 곳곳을 함께 다닐 수 있었기 때문.

또한 이때 처음으로 덴마크에서 손님이 왔다. 이름은 크리스티나(Christina)로 이제 대학에 들어간 신입생이라고 했던가. 신기한 기분이어서 우리는 그녀가 마치 안데르센 동화 속에서 나온 캐릭터(!)라도 되는 양 이것저것 끊임없이 물었다.

그녀가 나타났을 때의 여행 차림에 대해서 조금 더 얘기해야겠다. 무엇보다 훤칠한 키에 배낭을 멘 모습이 말로만 듣던 배낭여행족 그대로였기 때문. 그 크기가 어마어마해서 거실에 들여놓은 배낭을 내가 둘러매 보는데 여간해서는 몇 걸음도 못 움직일만한 무게였다. 그녀는 배시시 웃으며 그런 나의 모습에 여간 재미있어하는 게 아니었다. 그런 배낭을 메려면 등산복이 아니더라도 점퍼나 바지가 편할 텐데 그녀는 트렌치코트 차림이다. 어쩌다 잘못

금천시장에서 크리스티나

걸쳤겠지 했는데 그것도 내 오산. 그녀는 이곳에서 나다니는 동안 줄곧 그 정장을 고집했다. 마치 어느 공식적 모임이나 데이트를 하러 가는 모습이라 할까. 아무튼 우리 부부는 그녀가 머무는 사흘간 많은 이야기를 나누고 이곳저곳 안내를 하며 들뜬 기분으로 지냈다.

그녀가 오고 이틀 뒤에는 러시아 캄차카에 사는 에드워드(Eduard)가 아내와 딸과 함께 와서 안방을 차지했다. 밤 11시께 도착한 그는 배가 고프다며 혹시 무언가 먹을 수 없냐고 했다. 아내는 라면을 끓여주었는데 참으로 맛있게 먹었다. 그는 이튿날 관광을 하러 온 김에 순천향대학교에서 건강검진을 받는다고 했는데 중간중간 관광 정보를 주는 것만으로도 크게 고마워했다. 어느 정도였냐면 떠날 때 우리에게 팁이라며 3만 원을 주었다. 극구 사양

러시아 캄차카에서 온 에드워드 가족

하는데 막무가내로 쥐여주는 걸 어쩌랴! 나는 그 마음을 기꺼이 받으며 누군가에게 곱으로 돌려주리라 다짐했다.

서촌, 우리 집으로 허니문을 오다니!

에드워드가 떠난 날 오후, 미국인 네이트(Nate)와 그레이시(Gracie) 커플
이 체크인했다. 네이트는 바로 얼마 전 5년여간 중국에서 선교사로 일했으며
지금은 미국에서 심리학 전공의 석사과정에 있다고.

다음 말을 우리는 잘못 들었나 했다. 서울에 처음 왔는데 그것도 허니문이
란다. 아니, 어떻게 신혼여행지로 이곳을 올까? 편견 아닌 편견으로 물을 수
밖에 없었다. 서울에 올 수는 있어도 서촌의 우리 집이 아닌가! 알고 보니 아
내인 그레이스가 현재 임신 중이어서 먼 곳이나 험지를 갈 수 없었다는 것.
그렇더라도 바로 우리 집을 선택했다는 게 놀랍게만 들렸다. 곰순 씨 역시 믿
기지 않는 듯 진솔한 감사의 말을 다시 표했다. 그만큼 정말 잘 해드려야 할
텐데… 은근 부담도 됐다.

우리는 이들의 침구로 더블 사이즈의 매트와 차렵이불을 준비했다. 이불
은 한실 디자인을 해서 근사했지만 간절기용이다. 그런데 곰순 씨는 이들에
게 기왕이면 더욱 포근한 잠자리를 만들어주라고 했다. 봄이 시작되는 때지
만 밤낮의 기온 차가 컸다. 네이트 커플에게 이런 점을 설명한 뒤 나는 곧바

네이트 커플은 허니문 여행지로 서울을 선택하고 그 숙소로 서촌집을 정했다고.

로 침구를 교체해주었다. 보통은 잘 쓰지 않던 예단용 이불과 베개로 바꿔준 것. 우리가 게스트하우스를 한다고 처음에 멋모르고 산 뒤 후회했던 게 이 용품들이다. 천연 솜을 넣어 값도 비쌌고 관리도 어려운 편이지만 따뜻한 이불이란 점은 말할 나위 없다. 막상 방에 들여놓으니 비단 자수의 목단 꽃무늬가 알전구 아래 은은하게 빛났다. 우리는 아무쪼록 이들이 한옥의 온돌에서 단꿈에 빠져들 수 있기를 바랐다.

내가 따로 마음먹은 선물은 기념이 될 만한 사진을 찍어주자는 것. 그래서 이튿날 아침을 먹고 창덕궁과 비원 관광에 안내로 따라나섰다. 궁 안에 들어서서 금천교를 지나니 진선문 오른쪽 정원에 흐드러지게 핀 꽃들이 저마다 아름다운 자태를 뽐낸다. 나는 매화 한 무더기 앞에 그들을 세우고 이모저모로 구도를 잡아본다. 그들을 위한 최고의 결혼사진을 만들어주고 싶은 마음이다.

날씨도 좋고 배경도 더없이 멋지다. 그런데 주인공이 약간 딱딱해 보이는 게 문제. 나는 그들에게 김치를 수없이 외친다. "김치~ 김치~" 입에서 김치 냄새가 날 정도다. 뭐 그렇게까지 할 거냐 싶지만 그게 내 직성인 데야! 한 장이라도 제대로 된 사진을 건지고 싶은 마음이다. 그러다 보니 본의 아니게 그들을 귀찮게 하는 게 아닌가 싶기도 했다. 때론 앉게 하고 때론 둘이 하트를 만들게도, 입맞

네이트 커플에게 최고의 선물을 전해주기 위하여 창덕궁과 비원을 돌며 많은 사진을 찍었다.

춤을 하게도 한다. 그런데 또 두툼한 복장이 아무래도 이 화사한 봄에 어울려 보이질 않는다. 애초에 한복을 입어보라고 할 일인데…. 이렇게 나의 욕심이 때론 터무니없다.

이런 서비스가 아주 터무니없는 건 아니다. 어느새 손님과 호스트 사이의

벽이 사라지고 서로 편한 얘기를 할 수 있는 사이가 된다. 하루를 보내고 나니 왜 그런 느낌까지 들었을까. 네이트는 뭔가 크게 우리를 도와주러 온 듯하다! 이때 나는 미뤄 둔 숙제를 푼다. 홈페이지에 올린 사진들에 대한 설명을 좀 더 정확히 해보고 싶은 것. 그래서 그의 도움을 받아 정확한 단어와 어구로 사진 설명을 고쳐나갔다.

기와지붕 전경

View seen from the roof → Rooftop View

방에서 본 마당

Courtyard viewed from the room → Courtyard outside the room

취침등

Sleep light → Night light

…

함께 이 사진들을 보던 그레이시는 원래 있던 표현들에 대해서 이해는 되지만 잘 쓰는 표현은 아니라고 거든다. 그리고 호스트의 인사말까지 깔끔하게 가다듬어 준다. 이런 고마운 일이 있나!

그리고 며칠 동안 우리는 일부러 그들과 거리를 뒀다. 신혼여행을 온 만큼 특별한 계획도 있을 테고 그들만의 조용한 시간을 원할지 모르니까. 눈에 보이는 것조차 거치적거릴지 몰라 나는 아예 밖으로 나다녔다. 특히나 우리 사장님이 그레이시를 위하여 위생이나 안전에 더욱 신경 쓰라는 분부시니 이럴 땐 그저 눈에 띄지 않는 게 상책.

그들이 떠나던 날 나는 문득 네이트에게 특별한 청을 했다. 우리 가정과 이 땅집에 대한 축복, 그리고 이곳을 찾는 손님들이 아무쪼록 안전하고 편안하게 지내다 갈 수 있도록 기원해달라는 등…. 다분히 기복적인 부탁이다. 그런 경우가 많았던지 그는 흔쾌히 내 손목을 잡고 기도를 해주었다. 얼마나 뜨거운 느낌이던지!

나는 대학시절까지 열심히 교회를 다니다가 신앙생활을 지속하는데 실패했다. 말하자면 '길 잃은 양'이 된 셈. 확고한 삶의 중심이 없이 작은 일에 흔들리기 일쑤며 미래에 대해 두려운 마음이다. 뿐만 아니라 절에 가면 부처님을 찾고 외국의 사원에 가면 거기 모신 신께 기원을 드린다. 지금은 뭐니 뭐니 해도 우리 집 성주님 좋으라고 드리는 정성이 보통 아니다. 이렇게 엉터리 없는 삶이 있을까.

가끔은 손님이 구세주처럼 여겨지고 그의 뒤를 따라가고 싶은 마음마저 든다.

어떤 크리스마스 선물

크리스마스를 이틀 앞둔 12월 23일, 프랑스의 르홍(Laurent)과 베로니크 (Veronique) 가족이 밤 10시가 넘어서 도착했다. 두 가족 7명이 대문을 들어서는데 그야말로 우르르 왁자지껄이다. 특이하게 조그마한 체구의 동양인이 눈에 띄었다. 나중에 안 사실이지만 그녀는 르홍의 부인으로 일찍이 프랑스 가정에 입양돼 그곳에서 살아왔단다. 르홍 부부 사이에는 듬직한 두 아들, 라파엘(Raphael)과 조나단(Jonathan)이 있고, 베로니크 부인은 딸 소피아 (Sofia)와 아들 루이스(Loois)와 함께 왔다. 이들 두 가족은 파리 근교에 사는 이웃으로 아이들 역시 서너 살 차이의 비슷한 또래로 보였다.

그런데 대부분 가벼운 손가방만 달랑 들고 있다. 언제나 그렇듯이 손님보다 더 위세 당당히 문턱을 넘어 봉당에 산더미 같이 쌓일 러기지(luggage)들이 안 보이는 것. 짐을 옮겨주려던 뚱딱이 황당한 표정으로 나를 돌아본다. 사실 그들은 두 달 전 예약 손님으로 연말 일주일 동안 방을 세 개나 쓰기로 한 큰 손님들이다. 숙박요금만 해도 2백만 원이나 되니 혹시 노쇼가 되면 어쩌나 긴장하고 기다린 터. 그들의 행장을 보니 순간적으로 또 다른 걱정이 들었다. 혹시 일정을 줄였다든가 다른 데 묵고 있다가 온 게 아닌가.

의문은 곧 풀렸다. 모스크바에서 환승을 하며 수화물 짐을 잃어버렸다는 것. 이 가족들의 인솔자격인 르홍이 나서서 이 사태를 해명한다. 항공사의 잘못으로 수화물이 다른 데 실린 모양이고 그 문제를 해결하느라고 이렇게 늦었다는 얘기다. 늦게 와서 미안하다는 말도 잊지 않았다. 원래 이들은 오전 11시에 체크인하기로 한 손님들이었다. 마당에서 이런저런 얘기를 하는데 뚱딱이 웃음을 참지 못하고 킥킥거린다. 벌어진 일과 달리 르홍과 그 일행의 표정이 사뭇 밝고 코믹하게 보였기 때문이다. 마음을 놓은 나는 얼른 차와 과일을 대접하고 뚱딱이는 방을 배정해줬다.

늦은 시간이었지만 당장 나가보고 싶어 하니 어쩌겠나. 뚱딱이와 나는 함께 이 식구들을 금천시장으로 안내해줬다. 우리 같으면 속을 끓이느라 어디 먹을 생각이 날까. 그런데 그들은 언제 그런 일이 있었냐는 듯 신나서 떠들며 먹자골목을 활보한다. 뚱딱이 사진을 찍어준다고 하니 모두 재밌는 포즈까지 잡는다. 대학생인 라파엘은 한국 친구를 만난다고 빠지고 아이들은 아이들대로 저희끼리 까불거린다. 우리는 시장 안의 이런저런 먹거리를 소개해주고 돌아왔다. 돌아와서는 우리가 그들의 짐을 걱정하기 시작했다. 당장 불편이 이만저만 아닐 텐데….

해마다 그래왔듯이 이튿날 우리는 손님들을 위한 크리스마스이브 파티를 준비했다. 소소하지만 케이크를 자르고 와인이며 다과를 즐기며 도란도란 이야기를 나누는 자리. 이맘때면 뚱딱이가 실내며 마당에 그럴싸하게 크리스마스트리며 전구장식을 하는 덕분에 파티라고 자리만 마련하면 제법 분위기가 난다. 이때면 밖에 나갔던 손님들이 모여들어 마치 서촌의 대가족처럼

사진을 찍으려면 재치 있게 멋진 포즈를 잡는 르홍과 베로니크 가족들

편하게 어울리며 때론 선물도 교환하곤 한다. 이번에는 오로지 르홍과 베로니크 가족을 위한 파티니 그들에게나 우리에게나 더욱 뜻 깊게 느껴질 수밖에. 케이크를 잘라 먹은 뒤 우리는 이들 가족과 함께 즐

행사 때마다 아직 실력(!) 발휘를 하는 턴테이블과 LP 판들

크리스마스 파티에서 기타 연주를 하는 르홍

거운 여흥의 시간을 가졌다. 프로급 뮤지션에 기타리스트라는 르홍의 클래식 연주도 몇 곡 듣고 이런 경우 대개 그러했듯 우리 부부도 창을 불러 분위기를 돋우었다. 빙 크로스비(Bing Crosby)의 캐롤 '고요한 밤 거룩한 밤'이 은은하게 울려 퍼지며 자정이 가까워져 오는 때,

갑자기 '딩동'하고 초인종 소리가 났다. 아니 이 늦은… 아, 크리스마스이브… 그래도, 야심한 밤에 갑자기 누가? 놀란 것은 우리뿐 아니었다. 손님들도 일어나 밖을 두리번거렸다. 마당에는 나목에 걸쳐진 금박, 은박의 장식과 트리 전구만 반짝거린다.

그런데 대문을 연 뚱딱이가 르홍을 부르고 이에 따라 나갔던 그가 환호를 내지른다. 동시에 문턱을 넘어 우당탕 뭔가 쏟아지는 소리. 그야말로 집채만한 트렁크들이다. 잃어버렸다던, 그래서 진짜 잃어버릴지 모른다고 걱정했던 그들의 짐들이 집을 찾아온 것이다. 실내에 있던 가족들도 밖으로 뛰쳐나

가 제 물건을 하나씩 꿰찬다. 르홍은 당장 큰 트렁크에 매달려 온 세면 백을 들어 입맞춤까지 하며 좋아했다. 이들이 사실은 얼마나 노심초사하고 짐을 기다렸는지 알만했다.

"야, 이건 정말 산타클로스 선물이야!"

모두 한목소리다. 그렇게들 생각하며 자신의 선물 보따리를 풀어보는 모습이 천진난만하고 행복해 보인다. 우리 부부는 이층으로 올라가며 메리 크리스마스를 외쳤다.

이튿날부터 나는 이 대가족에게 만족할 만한 아침을 제공하느라 정신없이 바빴다. 한창 잘 먹고 뛰놀 청소년기 아이들도 신경 쓰였지만 특히 르홍의 아내인 옥금 씨에게 따뜻한 집밥을 느끼고 가길 바라는 마음이 컸다. 매일 시장에 가서 신선한 재료를 구해 가급적 즉석조리를 하는 게 내가 말하는 '집밥'이다. 이런 뜻을 아는지 르홍은 식사 시간이면 더없이 쾌활하게 분위기를 이끌며 고마움을 드러냈다. 덕분에 우리 식구들 역시 매일 든든한 아침밥을 먹지만.

며칠 서울 관광을 하는 동안 두 가족은 마치 패키지투어 일행처럼 서로 돕고 의지하며 부지런히 돌아다녔다. 우리는 한국에 교환학생으로 와 있던 라파엘이 관광지 안내를 잘 해주는 듯해 안심했다. 두 가족 모두 멀리 수원성 관광을 나설 때도 우리가 특별히 신경 쓸 일은 없었다. 그런데 밤 8시가 넘은 시각 르홍의 다급한 전화가 왔다. 베로니크의 아들 루이를 잃어버렸다는 것. 루이가 일행과 떨어졌는데 아무리 찾아도 보이지 않는다고 한다. 나도 가슴이 철렁했다. 아이들 중에 가장 어리고 숫기가 없던 편이었는데…. 곧이어 수원경찰서에서도 전화가 왔다. 혹시 아이한테 연락이 오면 알려달라는 얘기. 그때부터 뚱딱이는 뚱딱이대로 여기저기 알아보고 나 또한 얼마나 걱정하며 가슴을 졸였는지 모른다. 일각이 여삼추란 말이 이런 건가…. 이윽고 밤 10시가 다 돼 다급히 문 두드리는 소리가 났다. 얼굴이 파랗게 된 루이가 덜덜 떨며 들어왔다. 달랑 T머니 카드 한 장 갖고 요행히 집을 찾아온 것이다. 얼마나 대견해 보이고 반갑던지.

루이가 겨우 몸을 녹였을 때쯤 르홍과 베로니크 가족들이 또 달려왔다. 베로니크를 보자 루이는 그녀의 품에 달려들어 엉엉 울고 만다. 엄마도 녀석의 등을 쓰다듬어주며 훌쩍거린다. 이 추운 날 말이라고는 하나도 통하지 않는 곳에 와서 서로 얼마나 놀라고 걱정했을까. 엄마는 엄마대로, 아이는 아이대로…. 나중에 들어보니 루이가 그나마 T머니 카드를 갖고 있어서 돌아올 수 있었던 모양. 뚱딱이와 나는 베로니크 가족 방에서 다시 도란도란 이야기꽃이 피는 소리를 들으며 잠결 속에 빠져들었다.

그들이 서울 관광을 끝내고 안동 하회마을로 떠나는 날 아침, 그 어느 때보다 마음이 뒤숭숭했다. 트렁크가 나간 뒤 모두와 작별 인사를 하다가 옥금씨를 끌어안는데 왈칵 눈물이 났다. 밖에 나와서도 그저 남편과 아이들 뒷바라지에 종종거리는 모습이 우리네 엄마 모습과 같아서였을까. 더 잘해줬어야 했는데 하는 아쉬움과 어쩔 수 없는 애틋함이 일었다. 그녀는 부모도 모른 체 다섯 살 때 프랑스 가정에 입양됐고 이번에 처음으로 고국에 왔다고 한다. 우리말로 소통을 할 수 없어 그저 웃음과 감정 표현만을 주고받았으니 안타까움도 더 클 수밖에. 아무쪼록 여기저기 다니면서 모국의 정을 느끼고 가면 좋을 텐데.

우스갯소리지만 르홍 가족은 우리에게 더욱 진한 기억을 남기려 애쓴 듯하다. 떠나는 날 열쇠가 없어졌다며 방안 곳곳을 뒤졌고 그 와중에 식구들이 옷가지며 세면용품들을 여기저기 두고 갔다. 그런가 하면 르홍은 안동에 가서야 이곳에 안경을 두고 온 걸 알았다며 어쩔 줄 몰라 했다. 얼마나 불편했을까 생각하면 우리 또한 미안한 일. 나중에 라파엘이 찾아 들고 가서 대신 인사를 전해줬는데 지금도 이런저런 소동들을 생각하면 절로 웃음이 난다.

월리스푸트나를 아시나요

르홍과 베로니카의 대가족과 지내며 혼이 빠진 듯한데 크리스마스 다음 날 니콜라스(Nicolas)와 캐롤라인(Caroline) 부부, 그리고 그들의 아들인 에이미(Emrys)가 왔다. 영

한옥의 실내를 더욱 포근한 느낌으로 만드는 크리스마스 장식

화배우같이 멋스러워 보이는 커플에 아이는 이제 초등학교 들어가는 일곱 살이라 했던가. 이날 체크인해서 새해 1일까지 송구영신을 함께 하니 장장 2년(!)을 묵게 되는 귀한 손님이다.

예약을 5월 초에 했는데도 그간 연락 한 번 없어서 미심쩍어 한 손님이었다. 더구나 월리스푸트나라니! 아프리카나 중남미, 혹은 인도양 어디쯤 있는 나라려니 생각했다. 이건 손님에 대한 예의가 아니지만 때론 손님이 오고 나서야 뒤져보는 나라도 있다. 푸에르토리코가 카리브해에 위치한 미국의 자치령이란 사실을 확실히 안 것도 그즈음이었다. 그렇게 먼 곳에서라면, 더구나 연말연초이니 못 올 수도 있겠지 하며 반쯤 기대를 접어둔 터. 그러다 그들의 예약 날짜가 다가올 즈음 다시 궁금해졌다. 도대체 월리스푸트나가 어디일까.

인터넷을 뒤지고 지도를 찾아보고서야 깜짝 놀랐다. 남태평양에 둥둥 떠 있는 섬나라가 아닌가. 고등학교 때 영어선생님의 권유로 읽은 서머셋 모음의 '달과 6펜스'며 단편들을 통해 알고, 그렇게 동경했던 타히티며 사모아, 파고파고 등의 남태평양 섬들. 특히 비가 쏟아지는 여름날 방학의 보충수업 때 영어원문으로 읽은 그의 중편 '비(Rain)'는 두고두고 나의 이성과 감성을 흔든 작품으로 남았고, 고갱이 살며 작품 활동을 한 타히티는 여전히 나의 버킷리스트 중 하나다.

"아, 그럼 그렇게 멋진 섬…. 당신이 말한 여기가 바로 우리가 살고 일하는 곳이요."

아침 식사 후 커피를 마시다가 니콜라스는 핸드폰의 사진들을 보여준다. 마침 같은 프랑스인으로 연말을 함께 보내게 된 르홍도 궁금해하며 다가선다. 짙푸른 바다에 작은 산호초 섬들이 둥둥 떠 있는 풍경이며 사파이어 빛깔의 바닷가 해변, 야자수들을 끼고 끝없이 펼쳐진 백사장…. 수평선으로 떨어지는 노을은 또 얼마나 붉고 아름답게 보이는지! 그의 이야기는 정말 신선하고 환상적인 것이 아닐 수 없었다. 멋진 구레나룻과 턱수염을 한 니콜라스의 풍모 자체가 금방 소설책에서 튀어나온 주인공 같은 데야.

그 섬에 있는 학교에서 캐롤라인은 학생들에게 영어를 가르치고 니콜라스는 프랑스어 교사를 한단다. 알고 보니 윌리스푸트나는 프랑스의 식민지로 이들 부부는 그러니까 본국에서 파견된 선생님들이었다. 그것마저 우리에게는 낭만적으로 비춰졌다. 그렇게 멀고 먼 섬마을에 함께 근무하는 부부 교사라니. 더구나 니콜라스는 캐롤라인보다 10살이나 연하라고 한다. 이 대목에서 곰순 씨의 입이 딱 벌어진다. 겨우 한 살 아래 나를 두고 있는 데 비하면 정말 부럽다는 표정이다. 흥미롭게도 니콜라스는 독일인과 프랑스인 부모를 두었고, 캐롤라인은 미국인과 프랑스인 부모를 두고 있다고 했다. 그러니 몇 개 언어를 자유자재로 쓴다는 게 하등 이상할 게 없다는 이야기. 화제에 끼어든 르홍 또한 프랑스인과 포르투갈 부모를 두고 있다고 말하며 그야말로 프랑스인들의 다인종적 면모를 자랑이라도 하려는 듯 떠들어댔다.

니콜라스 부부는 방학이 돼 본국으로 휴가를 가며 이곳 서울 여행을 계획했다고 한다. 워낙 먼 거리다 보니 아이를 위해서도 이렇게 쉬어 가는 게 낫단다. 이번에는 피지에서 환승하며 트렁크를 잃어버렸다고 하는데 르홍이 그랬듯이 그도 대수롭지 않게 말한다. 여행을 많이 다니다 보면 가끔 그런 일도 있고 찾는 노하우도 쌓이는 모양이다. 짐보다 때마침 찾아온 혹한의 추위를 걱정하는 눈치. 27일부터 사나흘 간 서울은 섭씨 −13도에서 −14도까지 이르는 강추위가 계속되고 있었다. 그들이 온 곳은 위도 상으로도 적도에 가까운 데다 지금 한창 더운 여름이다. 당장 날씨에 적응하기도 힘들듯 싶었다.

이 지점에서 손님을 위한다고 섣불리 나섰다가 큰코다친 이야기 한 토막.

자칫하면 그들이 집에만 갇혀 있다 갈 듯싶어 뭔가 거들어주려 할 때였다. 캐롤라인은 그러잖아도 아이를 위해 계획한 게 있다며, 혹시 '푸푸뮤지엄(poop museum)'에 대하여 아느냐고 물었다. poop란 단어야 알고 있었으니, 직감적으로 파악된 것⋯. 똥.박.물.관 이라니! 그녀가 건넨 지도를 보니 인사동 근처 어디로 보였다. 나는 집에서 가까운 곳이니 직접 알려줘야겠다며 앞장섰다. 그 정도 거리야 추위를 이기고 걸어가는 게 아이를 위해서도 좋겠다 여겼다. 중무장하도록 에이미에게는 털모자를 씌워주고 니콜라스에게도 오리털 파카를 빌려줬다. 가는 길에 고궁박물관에도 들러 뜻밖의 구경도 하고 따뜻한 난방에 몸까지 녹였으니 얼마나 좋은 일인가. 그런데 그건 완전 나의 착각이고 판단 착오였다.

광화문 앞으로 걸어가며 찬바람을 맞는데 뺨이 얼어붙는 듯했다. 어른들은 물론 아이도 추워서 어쩔 줄 몰라 하더니 발을 동동 구른다. 니콜라스가 아이의 곱은 손을 비벼주다 업어주며 달래보지만 소용없었다. 궁궐의 담장 끝까지 가서는 업힌 채 비명을 내지르며 눈물까지 쏟는다. 니콜라스는 힘겨워하다가 아이를 내려놓고 조금만 더 참으라고 어른다. 내 마음도 오그라질 대로 오그라졌다. 그렇다고 바로 길 건너편으로 택시를 탈 상황도 아니었다.

캐롤라인도 기겁하며 당장 아이의 부츠와 장갑을 사자고 두리번거렸다. 그러나 안국역에서 인사동 길을 걸어가며 암만 찾아도 아동용품 파는 곳이 없다. '똥박물관'도 쉽게 찾을 수가 없었다. 그렇다고 내가 먼저 그냥 돌아가자고 말할 계제가 아니었다. 뒤미처 나는 서울에서 이 부부의 여행 코스가 거의 아이에게 맞춰져 있다는 사실을 깨달았다. 박물관에 가면 아이의 울음도 그칠 거라니. 어쨌든 아이에게 뭔가 색다른 경험을 주고 싶은 마음이 틀림없다.

그런 상황도 모르고 이 엄동설한에 아이를 걷게 했다니, 스스로 심한 자책감이 들었다. 겨우 옷가게를 찾은 캐롤라인이 비싼 비용을 지불하고 성인용 장갑이라도 끼워줬다. 그렇지만 아이는 불과 몇 걸음도 못가 다시 고사리 손을 드러내며 울음을 터트린다. 그리고는 눈물 콧물 다 흘리며 길바닥에 엎어져 엉금엉금 기기까지 하는 게 아닌가. 얼마나 춥고 견디기 힘들면 그럴까. 니콜라스 부부는 깜짝 놀라 아이를 끌어안고 흔들며 얼러준다. 아아, 이럴 때 내가 요술이라도 부릴 수 있다면! 그러다가 이윽고 똥박물관을 찾았을 때 기분이란…. 뜻밖의 장소에서 발견한 지하로 들어가는 문이 그야말로 똥구멍 같았다. 억지로 비유하자면 그렇다는 말씀이다. 어떻게들 알았는지 꼬마들이 신나서 그리로 들어간다. 에이미는 그제야 정신을 차린 듯했고 나도 겨우 고통에서 헤어날 수 있었다. 그들을 두고 먼저 돌아오는데 온몸에서 구린내가 풀풀 풍기는 느낌이었다. 그런데도 왠지 배설을 한 양 홀가분하고 웃음만 났지만.

햇볕 밝은 마당에서 니콜라스 부부가 액상 전자담배를 즐기고 있는 모습은 정말 한가롭고 멋있게도 보인다. 서로 지지 않으려는 게임처럼 맹렬해 보이기도 한다. 가끔 이런 모습을 보며 곰순 씨는 캐롤라인을 측은하게 여기곤 했다. 아마 자신이 중년을 넘는 그때 유독 아이 뒷바라지로 힘들었던 동병상련을 느껴서일까. 그녀는 파리에 전남편과 세 아이와 손주까지 두고 있단다. 니콜라스와는 같은 학교에서 만나 세 번째 결혼을 했으며 늦둥이 아들을 낳고 자청해서 그 먼 섬나라로 갔다는 것. 니콜라스와 캐롤라인 부부는 우리의 호기심에 소설 같은 러브스토리를 스스럼없이 들려준다.

그들이 추위를 피해 저녁 일찍 들어오면 끊어진 이야기가 계속된다. 곰순 씨는 친한 이들과 어울릴 때 그렇게 하듯 그녀에게 얼굴 마사지를 해주며 정을 나눈다. 이런 모습을 보며 니콜라스는 자청해서 우리 집에 대한 불어 안내문은 물론 이탈리아어 버전도 만들어주었다. 이러면 다시 가만있을 곰순 씨

니콜라스 부부와 마이크 부부가 새해를 앞두고 카운트다운을 하고 있다.

가 아니다. 김치 빈대떡을 부치고 나는 얼른 막걸리를 준비해 함께 나눈다. 바야흐로 곧 올드랭 사인을 들으며 새해를 맞이할 시간이다. 홍콩에서 온 마이크(Mike)-조이(Joy) 부부도 함께 새해 카운트다운을 하기로 한 마당이니 한결 여유롭다.

그러다 내가 왜 그런 바보 같은 질문을 했는지 모른다. "그곳에서 학생들 가르치는 게 재미있으시냐"고. 그랬더니 캐롤라인이 웃으며 답한다. "아이들이 배우는 데 큰 관심이 없으니…. 보어링(boring)하죠." 권태롭기도 하다는 뜻이겠다. 당연할 수 있는데 왜 이게 이상하게 들렸을까. 내가 남태평양 섬나라 선생님을 너무 낭만적인 상상으로 그린 탓인지. 그러나 이야기가 조금 더 길어지며 파라다이스에 대한 막연한 환상조차 깨지기 시작했다.

"그 섬에는 개들이 많아요. 자전거를 타고 가다 부딪치기 일쑤인데 내 쫓아도 달려들고…. 아, 그곳 원주민들요? 덩치가 크고 술고래들이라 어울리기 어렵죠."

거기까지는 뭐 그럴 수도 있겠다 싶었다.

"아, 사진에 보이는 백사장? 집을 짓고 도로를 내느라고 자꾸 퍼다 써서 어느 곳은 해수욕하기가 좋지 않아요. 환경 파괴도 걱정이고."

니콜라스가 살짝 인상을 찌푸린다. 뭐 그런 얘기까지 하느냐는 뜻 아닐까. 그가 스마트폰으로 사진들을 보여주며 소개한 곳이 거기 맞나 싶었으니까. 나 역시 당황스런 기분이 든다. 이 또한 '화성에서 온 남자, 금성에서 온 여자' 다운 차이일까.

"요즘은 해변으로 밀려드는 플라스틱 공해가 큰 문제에요. 섬에서 발생하는 것들도 적지 않아 몸살을 앓고 있답니다."

아아, 이제 더 이상 세상에 낙원은 없는 것일까. 캐롤라인이 전한 불온한 소식은 차라리 안 들은 게 나을 뻔했다. 갑자기 막걸리 맛도 시큼털털해지지 않나.

한여름
꿈꾸는
굼벵이처럼

글로벌 게스트하우스가 된 듯

3월 말 미국인 멜리사(Melissa)가 왔다 가고 중국인들이 띄엄띄엄 오더니 곧 양상이 달라졌다. 유럽인들이 줄을 잇기 시작하는 것. 이미 몇 달 전부터 부킹 상황을 통해 예견했던 그대로다.

7일에는 데니엔(Danien)이 중국 칭다오에서 와서 하룻밤을 보냈다. 그는 그곳에서 장기공연을 준비 중인 프랑스 뮤지컬팀의 일원으로 여권 갱신을 위해 들렀단다. 처음 왔고 잠깐이지만 점을 찍듯 시내 관광을 원했다. 나는 남대문에 그를 데려다 주고 서울타워 명동 등을 다녀보라고 했다. 그가 돌아간 이튿날 독일의 아이리스(Iris)가 와서 난방에서 일주일을 지냈다. 꽤 오랜 시간을 혼자 지내는 만큼 우리는 그녀와 함께 삼겹살도 저녁도 했고 다른 손님들과 잘 어울릴 수 있도록 신경을 썼다.

성수기의 게스트하우스 풍경은 이제부터란 듯 다음날부터 손님들이 쇄도했다.

독일인 마티아스(Mathias)가 딸 에바(Eva)와 함께 왔는데 부녀의 나이 차이가 엄청 나 보인다. 그런 우리의 궁금증을 풀어주려는 듯 마티아스가 먼저 여행 온 사연에 입을 뗀다. 에바는 몽골계 어머니와의 사이에 아주 늦게 가진 딸인데 유독 K-pop을 좋아해 서울에 처음 왔다는 것. 이제 김나지움에 입학하기 전에 꿈꾸던 일을 마음껏 하고 싶다고 기염이다. 그렇지만 집에 있는 동안 아버지만 졸졸 따르는 듯했다. 부녀가 묵는 2인실은 안채에서 떨어져 있는 미(Mi)방. 계속 그곳에만 묵기에는 답답할 듯도 한데… 우리가 아무리 거실로 와서 지내라고 해도 마다했다. 남에게 폐를 끼치지 않으려는 마음 같았지만 보는 우리가 답답할 정도였다.

그러다가 다음날 또 다른 독일인 안톤(Anton) 부부가 온 뒤부터는 달라지기 시작했다. 어느결에 이쪽으로 건너와 손님들과 스스럼없이 지내는 게 아닌가. 마티아스는 루프트한자 항공사에서 엔지니어로 근무하다 퇴임했다고 했다. 그가 체크인할 때 루프트한자 카드로 결제를 하는 통에 알게 된 사실. 그런데 안톤은 루프트한자의 기장으로 근무 중이라고 했다. 벽을 이웃한 방에 같은 회사의 전·현직 동료가 묵고 있는 셈이니 흥미로운 우연이 아닐 수 없겠다.

뭐 직업에 대한 편견이어서는 몰라도 안톤은 훤칠한 키와 말쑥한 외모는 물론 옷차림이며 깔끔한 매너가 예사롭게 보이지 않았다. 그가 항상 구두에다가 용수철 지지대를 넣고 관리하는 걸 보면 매사에 얼마나 정확할까 짐작할 수 있다. 말수는 별로 없지만 점잖고 흔들림 없는 표정이다. 이곳에서 여행 역시 누구의 어떤 도움도 받지 않고 자기 스타일로 하겠다는 단호함이 비친다.

왜 이렇게 독일인들이 이즈음 많이 오는 걸까, 궁금해서 물어보니 그들에게 이때가 일 년 중 가장 긴 휴가기간 중 하나인 부활절 연휴(Easter holidays)시즌이란다.

그 이틀 뒤에는 미국에서 랄프(Ralph) 가족이 도착했다. 그는 소탈해 보이는 한국인 부인과 사이에 듬직한 두 아들을 두고 있었다. 사실은 그녀가 우리 집을 선택하고 국내 여행 일정도 잘 짜 온듯했다. 기왕이면 아이들에게 한옥에서 전통 체험을 해주고 싶었다고 하는데 당장 미안한 마음이 앞섰다. 큰 러기지 세 개와 백들을 방에 들여놓으니 잠자리 외에 앉아 있을 만한 공간도 나오지 않는 모양이다. 그래서 웬만한 짐들을 거실에 내놓고 지내라는데 마뜩찮은가 보다. 이럴 땐 그냥 모른 척 지나가는 게 상책이다.

이전에 같은 이름의 독일인 손님을 받은 적이 있어 짐작했지만, 이 랄프 역시 태생이 독일로 미리 와서 지내던 마티아스, 그리고 안톤 네와 금방 말을

포근한 4월, 아침 식사를 마치고 나온 손님들이 다과와 함께 한담을 나누고 있다. 부활절 연휴의 성수기인 이때 한옥 4개의 방을 독일에서 온 부부, 부녀, 홀로 여행객과 미국 가족들이 며칠 함께 지내며 서촌집의 또 다른 패밀리가 되었다.

튼다. 물론 독일어로. 우리가 보기에는 마치 오랜만에 만난 고향 사람들 같은 모습이다. 밥상머리에서나, 때로는 차를 마시며 신나게 떠드는 모습이란 '보기 좋기' 이를 데 없다. 나중에는 행랑채에 혼자 있던 아이리시까지 합세하니 그야말로 독일인 동네 같다.

아침을 먹고 난 뒤 관광을 떠나려는 이들이 하나둘 툇마루에서 내려서니 마당이 그들먹하다. 이런 대가족을 우리 집에, 아니 우리가 들일 수 있다니 눈을 의심하지 않을 수 없었다. 스마트폰으로 급하게 이 장면을 잡으려다가 나는 몇 번이나 뒤로 물러서야 했다.

이맘때가 돼서야 독일 손님들은 우리에게 마음의 빗장을 푸는 듯했다. 처음엔 서먹서먹하고 왠지 딱딱하게도 비치던 그들이었다. 어느 나라 손님보다 독립적으로 각자 알아서 움직이는 스타일이다. 그런데 이곳 현지의 특별한 체험을 하고 싶어 하는 마음은 누구에게나 똑같다. 떠나기 전날 우리는 그들을 데리고 신당동 마복림떡볶이집에 가서 언제나 그렇듯 또 한바탕 신나는 전투를 벌였다.

독일인들이 드나들던 4월 16일 영국인 크리스틴(Christine) 부부가 등장했다. 마티아스 부녀가 나간 미방에 그들이 체크인 한 뒤, 또한 안방에 랄프네가 떠난 뒤 들어온 프랑스 크리스토퍼(Christophe) 가족이 머물 때를 보자면 우리 집에 영국인, 독일인, 프랑스인들이 함께 지낸 셈이다. 유럽의 대표적인 나라 손님들이 동시에 함께 있는 것. 오가는 손님들이 한마디씩 하며 반가워하기도, 한편 놀라워하기도 했다. "정말 글로벌 게스트하우스네요!" 그들은 이전에 온 손님들이며 앞으로 올 손님들의 국적에 대하여 궁금해했다. 그럴 만도 했고 또 우리 스스로 으쓱하기도 했다.

금천시장 먹자골목에서 프랑스 크리스토프 가족

아침 티타임 때, 영국의 크리스틴 부부

곧 이어온 온 숙녀들로 미국의 크리스틴(Kristin)이 그렇고, 프랑스 셀린(Celine), 이탈리아 프란시스카(Franceca) 등등이 그렇다. 스위스 태권도협회 임원을 맡고 있다는 미시(Mishi)와 그 일행은 한국에 올 때마다 한옥에 즐겨 머무른다며 특히 우리 서촌집에 대한 찬사를 아끼지 않았다. 그 역시 알프스 산 중턱에 있는 1백 년 넘은 가옥에 산다며 집안 곳곳의 사진을 보여준다. 물론 꼭 놀러 오라는 말도 잊지 않고.

우리 집에 오는 주된 손님들이 서구 유럽인들과 영미권 쪽이란 사실은 놀랍기만 하다. 중국이나 일본인이야 가까워서 자주 올 수도 있고 생활문화권이 비슷하니 그렇게 낯설지 않다. 그런데 비행기 시간만 족히 10시간이 넘는 그 멀고 먼 유럽과 미국 쪽에서 이 작은 집을 콕 찍어 찾아온다니!

이런 가운데 중국에서 온 리이창(LiYiqiong) 부부와 프랑스 셀린이 며칠

중국 리이창 부부가 사온 과일들로 셀린과 함께

지내며 함께 저녁을 하러 가거나 마당에서 한 바구니 각종 과일을 즐기는 모습도 눈에 띈다. 이곳에서 동서양 손님들이 서로 잘 어울려 지내는 모습을 보노라면 마치 화목한 가정의 가장이라도 되는 양 더욱 기뻤다.

이즈음 내가 이 집의 오프닝 자리에서 띄운 말이 현실이 돼가고 있음을 실감했다.

"이왕이면 세계적인 마당쇠가 되겠노라"던 그 우스갯소리.

태권도 선수인 스위스의 미시와 독일 얀이 한복 차림으로 태권도 품새를 취해 보인다.

그런데 정말 개발에 땀이 나게 생긴 것이다.

한국의 딸 제리 자매와 미국 어머니

작년 여름에 여기서 지낸 뒤 다음에는 가족과 함께 꼭 오겠다고 했던 제리 (Jeri)가 방문하는 날이다. 제리는 어렸을 때 한국에서 미국으로 입양돼 성장하고 지금은 네덜란드 암스테르담에 있는 부킹닷컴 본사에서 일하고 있다. 우리 부부는 오랫동안 이날을 염두에 두고 여러 궁리를 해온 터였다. 무엇보다 숙박의 편의를 위해 네 개의 방 중의 하나를 막아놓고 여차하면 추가로 방을 제공할 수 있게도 준비를 했다. 우리의 매니저인 나라가 8절지 화선지로 환영 플래카드도 정성껏 만들어놓았다.

그런데 하루 전 새벽에 갑자기 메시지가 날아왔다. 제리가 비행기를 놓쳐서 늦을 것 같고 미국 LA에서 어머니와 동생 티프(Tiff)만 먼저 간다는 연락. 아울러 공항으로 픽업을 할 수 있겠냐는 주문을 곁들였다. 여태 그런 일을 한번도 해보지 않았지만 우리는 뭐라 해도 뛰어나갈 입장이었다. 델타항공 편으로 5시 45분에 도착한다는 것과 사진을 미리 받아봤다. 그리고 나는 따로 환영메시지가 적힌 팻말을 만들었다. 예전에 이민 가신 장모님이 LA에서 고국을 찾아올 때 공항으로 환영 나갔던 때가 떠올랐다. 이번에는 누구인지 몰

공항에서 픽업한 티프와 미국인 어머니 달린

라 팻말을 든 게 다를 뿐이다.

비행기가 조금 일찍 도착해 그들은 출구 한쪽에 나와 우리를 기다리고 있었다. 우리는 한눈에 서로를 알아봤고 반가운 마음에 얼싸안았다. 티프는 제리와 꼭 닮았고 그녀의 미국인 어머니 달린(Darlene)은 예상한 대로 자상한 모습 그대로다. 달린은 제리를 통해 우리 이야기를 많이 들었다며 반가워했다. 공항리무진 버스를 타고 들어오는 동안 우리는 금세 한 식구가 된 듯한 친밀감을 느꼈다.

해가 길어진 계절의 저녁녘 마당은 그 어느 곳보다 아늑한 휴식 공간이다. 여름과 겨울에는 엄두를 못 내지만 지금 이때는 손님들끼리 자리다툼을 할 정도다. 달린과 티프 모녀가 각자 편한 대로 앉아서 독서에 열중하는 모습은

퍽 정겨워 보였다. 티프는 아마 오래전 어렸을 적부터 어머니를 따라 그렇게 해오지 않았을까.

나는 툇마루에 앉아서 티프에게 어제 흘리듯 한 이야기에 대하여 다시 슬쩍 물었다. 자매라면서 굳이 왜, 또한 작년에서야 유전자검사를 해봤냐고. 그녀는 아무 거리낌 없이 다시 말했다. 살아오면서 둘은 성격적으로 서로 많이 다르다고 느꼈고 주변에서도 자주 그런 말을 했기 때문이라고.

"언니는 매우 창의적이고 자유로운 영혼을 가진 듯했어요. 외향적이고 무슨 일이든 자유롭게 추구하는 편인 거죠. 거기 비해 나는 좀 보수적인 편이라서 조직적이고 무슨 일이든 잘 컨트롤되기를 바라는 편이에요. 굳이 유전자검사까지 할 필요는 없다고 여겼는데 어려울 것도 없으니 한번 해보자고 한

거예요. 뭐 결과가 동일한 유전자의 자매로 나오니까 기분도 더 좋았지만."

달린은 우리 둘의 이야기를 듣다가 몇 가지는 거들기도 했다. 원래 한 명을 입양하려다가 이들 둘이 자매라는 사실을 알고 함께 가족으로 삼게 되었다는 것. 그런데 살아가면서 보니까 정말 달라도 그렇게 다를 수가 없었다고, 거리낌 없이 한참 웃는다. 자식농사를 거의 다 마치고 성장한 아이들을 돌아보는 우리네 할머니 모습이다. 곰순 씨는 달린이 마치 자신의 아이들을 키워준 것처럼 그녀에게 몇 번이고 고맙단 말을 전한다. 제리와 티프의 처지를 딱히 생각하면서도 또 한편 달린의 숭고한 뜻에 감복하는 마음이다.

다음날 아침, 투어를 나서기 전 티프가 옆에 있는데 달린이 툭 던지듯 말했다.

"나는 이 애들이 살았던 1980년대 동네 풍경이라든가 그런 사람들의 모습을 보고 싶어요. 그게 어느 곳인지 아이들도 알게 하고 싶고."

그러니까 1984년경 제리가 4살, 티프가 2살 때 어느 교회 앞에서 발견된 뒤 고아원으로 보내졌던 때란다. 다행히 부산 어디라고 하는데 그들이 태어난 곳을 기억할 리도 없고 지금 마땅히 그곳을 찾아갈 방법도 없다. 곰곰 생각하다 반짝 떠오른 곳이 바로 우리가 사는 윗동네인 옥인동이었다. 가파른 언덕 위에 드문드문 예전의 동네 같은 모습이 남아 있다. 십 년을 넘게 재개발을 추진하다 중지된 상태이기 때문.

이튿날 그들 모녀와 나는 계획한 대로 비탈길 동네를 둘러보았다. 좁은 골목을 누비며 다 허물어져 가는 집들을 보거나 빈집들을 빼꼼 들여다본다. 예전에는 대부분 이런 집에서 많은 식구들이 올망졸망 가난하게 살았다는 이야기를 하고 싶은 것이다. 현대화된 아파트촌이나 관광지로 변한 구도심들

만 보았을 그들의 눈에
이곳은 전혀 다른 모
습으로 비치리라. 과연
그들이 희미한 기억의
회랑에서 불러올 만한
집이 있을까. 그곳에서
나와 우리는 좀 더 큰
동네를 탐방하기로 했

통인시장에서 '달고나 뽑기'에 대한 이야기를 듣고 실력 발휘를 하는 자매

다. 벽화마을이란 관광지로 더 잘 알려진 낙산의 이화동이다.

가파른 계단을 올라 이리저리 굽어진 골목들을 돌아 산비탈 중턱쯤에 오르니 역시 예전 우리 어렸을 적 동네 모습이 드러난다. 낮은 지붕과 엉성한 담벼락이며 시멘트 벽체가 몰풍스럽게 보이기도 한다. 겨울날 눈 덮인 비탈길로 오르는 리어카에는 구공탄이 가득 실려 있곤 했었다. 제리 네를 안내하는 나와 곰순 씨의 입에서 이런저런 추억담이 쏟아져 나왔다. 제리 자매는 이곳저곳 두리번거리며 열심히 사진을 찍어댔다.

그리고 낙산 성곽길을 걸으며 우리는 달린과 제리 자매가 모르는 우리 옛날 옛적 가난했던 시절의 이야기를 흘렸다. 미군 트럭을 쫓아가며 '기브미 초코렛, 기브미 껌' 하며 구걸을 하던 일이며 초등학교 때 미국이 원조한 옥수수 빵을 배급받아 먹던 일…. 어쨌든 제리자매를 위로하고 싶었던 얘기다. 다행히 하늘은 더없이 맑고 바람은 아주 시원하게 분다. 우리 부부는 그들과 헤어져 성곽을 먼저 내려왔다. 아무쪼록 제리 자매가 과거에 대한 미련을 툭툭 털어버리길 바라며.

그런데 아니었다. 투어를 마치고 저녁에 들어온 제리가 뭔가 시무룩한 얼굴이다. 모녀 셋이 무언가 진지한 얘기를 나누더니 내게 불쑥 제안한다. 부산을 내려가야겠으니 차표 좀 알아봐 달라는 것. 예정에 없지만 내일 당일치기로 부산을 다녀오고 싶다는 간청이다. 이런! 어떻게든 자신들이 태어난 부산에 발을 디뎌보고 싶은 모양이다. 하기는 이전에도 얼핏 엄마를 만나고 싶다는 뜻을 내비친 적이 있다.

"엄마를 원망하지는 않아요. 그렇지만 왜 그랬는지 이해하고 싶어서….”

바로 그 마음이겠지. 아주 충동적이지만 절실해 보였다. 그게 아무리 무모해도 나는 당장 차표를 알아보지 않을 수 없었다.

그다음 날은 어린이날 대체휴일로 연 사흘 공휴일의 마지막 날이다. KTX로 오전 중 내려가는 표는 잡혔지만 올라오는 표는 모두 매진이다. 고속버스인들 별수 있을까. 교통편만이 문제는 아니다. 일흔이 다 된 달린의 처지를 생각하니 아무래도 그건 무리일 수밖에. 달린 역시 표를 알아보는 내게 걱정스런 눈짓을 보인다. 나는 마음을 돌려 단호하게 제안한다. 다음에, 이다음에… 혹시 기회가 되면 부산을 가보라고. 그곳에는 오늘 가본 동네 같은 곳이 몇 군데 있다. 거기서 어쩌면 기억 속에 남아 있는 핑크

모두가 한복을 입고 한 식구처럼

빛 집을 찾을 수 있을지 모른다.

에둘러 말했지만 마음이 저렸다.

우리 부부는 공항의 승객출구에서 제리의 미국인 어머니를 금세 알아봤다. 내게는 그녀가 예전의 큰어머니 같이 보였다. 할머니의 모습이란 서양인이라고 크게 다르지 않은 듯하다. 살짝 포옹을 했는데 후덕한 얼굴에서 우러나는 웃음이 따듯하기만 했다. 우리는 제리의 여동생인 티프도 금방 알아봤다. 체구는 작고 호리호리했지만 얼굴은 똑 같아 보였다. 공항에서 리무진버스를 타고 오는 동안 많은 상념이 스쳤다.

무엇보다 미국 LA에 남동생과 함께 이민 가서 사시다 돌아가신 친정어머니에 대한 생각. 그러고 보니 벌써 10년이 다 돼간다. 비행기로 10시간 넘게 한국에 오갈 때 얼마나 힘들어하셨던가. 아이오와에서 사신다는 저 어머니는 LA에서 티프를 만나 처음 이곳 서울에 오셨다고 한다. 시차 때문에 아주 피곤할 텐데 조금도 내색하지 않고 티프와 즐거운 대화를 나눈다. 딸들 덕분에 한국에 오게 됐다고 사뭇 기뻐하는 표정이다. 내일은 암스테르담에서 오는 큰딸, 제리도 함께 만나고. 그 마음이 내게 진심 어린 기쁨으로 닿아왔다. 너무 존경스러운 분 아닌가. 한 명도 아니고 두 명의 딸을 한꺼번에 입양해서 저렇게 훌륭하게 키웠으니…

그래도 제리와 티프에 대하여 어쩔 수 없이 애틋한 마음이 든다. 언젠가 미국행 비행기를 타고 가다가 어린아이를 입양해 가는 미국인 부부와 아이를 바로 옆자리에서 본 적이 있다. 서너 살 됐을 여아였는데 자신의 처지를 아는 양 얼마나 울어대는지. 스튜어디스가 와서 쩔쩔매매 달래려 했지만 속

수무책. 그런데 신기하게도 우리 한국인 아줌마들이 달래거나 내가 안기만 하면 울음을 뚝 그쳤다. 그러다 미국인 엄마가 아이를 인계 받으면 자지러지기를 반복했으니…. 얼마나 힘들었던 여정이었던가. 공항 로비에서 보았던 그 아이의 모습과 젊은 미국인 부부가 아직도 기억에 어른거린다.

그런 미국인 엄마가 고단한 세월을 이겨내고 할머니가 되어, 또한 그런 엄마가 된 딸과 온 게 아닌가. 티프는 결혼하여 두 명의 아이까지 두고 있다고 한다. 아무쪼록 그 엄마며 딸들에게 고향의 옛집에 돌아온 듯한 안락함을 전해주고 싶다. 몇 가지 생각해둔 게 있지만 뭔가 더 할 수 있는 게 없을까 마음이 급했다.

다음 날 아침에 나는 티프와 달린에게 최대한 싱싱한 나물들과 쇠고기 고명을 넣어 비빔밥을 해주었다. 우리 음식을 대표할 만하고 속이 편안할 듯해서 보통 제공하는 아침 식사다. 뚱딱이는 이들이 무척 편하게 여겨지는 듯 보였다. 마치 친척이라도 온 듯 허물없이 대하는데 실수할까 봐 걱정일 정도다. 아침 식사 후 얼마 기다리지 않아 암스테르담에서 오기로 한 제리가 나타났다. 눈부신 햇살을 받으며 제리가 엄마와 포옹하는 모습을 보니 가슴 뭉클했다. 자매는 물론 그들 모녀 역시 몇 년 만에 만난다고 했다.

제리가 서울 지리를 웬만큼 알기 때문에 관광에 관한 한 우리가 특별히 도울 일은 없었다. 이튿날 남이섬도 즐겁게 다녀온 듯했고 명동이며 전통시장 쇼핑도 알아서 잘 다녔다. 오랜만에 만났으니 할 이야기도 많겠다 싶었다. 가끔은 매니저 노릇을 하는 나라가 와서 이들 자매와 말벗이 돼 준다. 그러다 제리 자매의 특별한 요청으로 우리 부부는 이화동 벽화마을을 함께 산책했다. 제리가 옛날에 자신들이 태어난 동네와 비슷한 곳을 찾아보고 싶다고 했기 때문. 서울에 그런 곳이 있을 리 만무다. 낡고 오래된 집들이 많아도 이화동은 이제 관광지로 인기를 끄는 곳이다. 나는 애써 제리 자매가 궁금해하는 것을 모른 척한다. 내게 직접 묻지도 않지만 달린의 눈치도 있고… 실제 출생지라든가 친모를 찾기로 한다면 보통 어려운 과정과 시간이 필요할지 모르기 때문이다.

그다음 날 우리는 서오릉 산책을 했다. 거대한 왕릉과 우리 역사의 뒤안길을 돌아보며 바람을 쐬기 좋은 곳. 따사로운 봄의 햇살과 향기로운 숲 내음이 기분을 상쾌하게 만든다. 제리 자매는 언제 그랬냐는 듯이 다시 명랑한 대화에 빠져있다. 그런 자매를 바라보는 달린의 눈길도 따뜻해 보인다.

나는 무엇보다 그들이 집에 있는 동안 정성을 다하려 애썼다. 된장찌개, 김치찌개, 만두 떡국이며, 잡채, 전 등 아침마다 맛볼 수 있는 우리 음식을 번갈아가며 내놓았다. 김밥을 좋아해서 함께 김밥을 만들어 먹기도 했다. 또한 우리 부부도 가급적 그들이 식사할 때 함께 하려 했다. 그들 모녀가 있는 동안 마침 어버이날이 다가왔다. 우리는 식사 때 달린의 가슴에 카네이션을 달아 들이고 어버이노래로

싱그러운 5월, 서오릉에서 산책을 하며

우리 음식 체험으로 말아보는 김밥에 살뜰하니 추억도 말린다.

감사의 뜻을 전했다. 돌아가신 엄마를 생각하니 목이 멨다. 저렇게 우리 딸들을 잘 키워줘 정말 고마워요 엄마! 마음속에 되뇌어지는 감사의 말이었다.

그렇게 일주일이 눈 깜빡할 새 지나갔다. 그들 모녀는 떠나기 전 우리 부부에게 고마운 마음을 전한다고 큰 베고니아 화분을 안겨주었다. 이부자리를 정리하는데 조그만 카드들이 우수수 나왔다. 세 모녀 모두가 따로 쓴 손글씨 편지였다. 그 절절한 내용을 이루 다 설명할 길은 없겠다. 티프의 긴 사연중에 이 구절이 특히 눈에 띄었다.

"... I will always treasure this trip here, with my mom and sister. I look forward to continuing my journey in filling in the gaps of my

Korean heritage by bringing my husband and children to Korea in the future…"

손님들이 만들어가는 '집 사용' 매뉴얼

제니퍼(Jennifer)가 아프가니스탄에서 일하는 남편을 만나고 미얀마, 라오스, 태국 등지를 거쳐 여섯 달 동안 여행 중이라고 했을 때 우리는 적잖이 놀랐다. 조금도 지쳐 보이지 않았을 뿐 아니라 당장 서울 거리를 돌아다니고 싶어 했으니까. 그만큼 활달하고 모험적으로 비쳤다. 다행히 라오스에서 만나 길동무를 했던 한국인 여자 친구가 서울 안내를 하기로 했단다.

더욱 흥미를 끈 건 오랫동안 알래스카의 앵커리지에서 변호사 일을 하며 살아왔고 이제 시애틀로 옮기려 한다는 사실. 우리의 기대를 저버리지 않고 그녀는 알래스카의 풍광과 기후, 그곳에서의 생활에 대해서 이런저런 이야기를 풀어낸다. 예컨대 눈 덮인 설원이며 오로라, 호수들로 매우 평화롭고 낭만적인 곳으로 생각했지만 혼자 여행할 수는 없는 곳이라는 사실. 여기저기 사나운 곰들을 만날 수 있어 스프레이나 총을 휴대하고 어디를 가도 보통은 차를 타고 다녀야 가능하다는 얘기를 전해준다. 그녀는 인터넷을 뒤져 자신들이 살던 단층 짜리 집까지 구경시켜주었다. 그게 가능한 건 집을 팔기 위해 내놓았던 매물이었기 때문이란다. 집안 곳곳을 보여주는 모습이 무척 개방

인왕산 '무무대' 전망대에서 본 서울 야경

적이 고 무슨 설명을 할 때는 퍽 자세하고 친절했다. 그렇게 고마울 수가!

　시내 관광은 역시 한국인 친구가 가이드를 해줘서 신경 쓸 일이 없었다. 그러던 어느 저녁때 우리 부부가 인왕산자락길을 산책하다가 반대쪽 코스를 택해 오는 그들을 만나기도 했다. 우리는 중간의 전망대에서 서울 야경을 함께 감상하고 수성동계곡까지 내려와 정자 근처의 벤치에서 어울렸다. 마침 우리에게도 일행이 있었는데 그중 한 친구가 멋들어진 성악곡으로 재밌는 분위기를 만들기도 했다. 이렇게 떠들고 웃다 보면 마치 오랫동안 만나온 이들 같게도 느껴진다. 특히 오랜 여행을 다닌 손님들에게서 풍기는 정감은 전염성이 강한 듯하다.

　떠날 때가 이틀 남아 주섬주섬 짐을 꾸리던 제니퍼가 퍼뜩 생각난 듯 혹시 중고 책을 거래하는 곳을 아느냐고 물었다. 막상 대형서점의 온라인사이트가 그렇게 하는 줄은 알고 있지만 시간이 없다. 해서 나는 그녀에게 대형서점도 보여줄 겸 광화문의 교보문고로 안내했다. 그녀는 영문서적 코너에서 한국의 역사, 요리, 관광 서적들을 흥미 있게 살펴보고 BTS 피규어 특판 코너에서는 멋진 포즈의 사진도 찍었다. 무엇보다 고객들이 큰 독서 테이블로 책을 가져다 보고 구매를 결정하는 시스템에 대해서 놀라워했다. 그렇지만 예상대로 매장에서 중고서적을 다루지는 않았다. 아무튼 나로서는 그녀의 질문과 필요성에 대해 최대한의 답변을 해준 셈이었다.

그렇게 하고 헤어지려다 문득 그녀가 사고 싶다고 한 다림질 판이 떠올랐다. 난방에 걸어놓은 그 다림질 판은 십장생 무늬가 근사하게 아로새겨진 옛날 물건이었는데 눈에 쏙 들었던 모양이다. 나 역시 몇 년 전 답십리 고가구점에서 그것을 발견하고 무조건 사서 맞침맞은 방 한쪽 구석 벽면에 걸어놨던 것이다. 아주 먼 나의 어린 시절 시골 할머니 역시 이런 다림판에서 옷고름이라든가 댕기 등을 놓고 인두질을 하곤 하셨다. 그것이 누군가에게 진품과 이야깃거리로 놀랍게 감응된다는 사실이 기쁘다. 그래서 마음 같아서는 그냥도 주고 싶었지만 다시 구한다는 보장이 없다. 이전에 미국에서 온 발레리 역시 그 다림판 그림에 매료돼 내가 한참을 설명했던 기억이 떠올랐다. 아, 그냥 그 방에 두어 많은 손님들이 우리 작은 것의 아름다움을 느끼게 하는 것이 낫겠다. 그래서 나는 제니퍼를 위한 풍물 사냥에 나섰다.

한껏 기대를 안고 먼저 가 본 신설동 풍물시장에서 그녀는 실망스러워하는 기색이다. 몇 번 가봤지만 나 역시 이번에는 더 그러했다. 평일이라서 그런지 구경꾼들도 별로 없는 데다 빈티지 옷가게라든가 오래된 가전 및 생활용품 매장이 더 늘어난 모습이다. 고물을 취급하는 점포의 물건들 상당수가 중국제라는 사실도 놀랍고 자수용품들을 집어보면 불과 20년이나 30년 전 것들이다. 사진 몇 컷 찍는데 반들반들하게 빛나는 탈이며 도자기, 목각용품들이 어지럽게 손님을 홀리는 듯하다.

그리고 답십리 고가구거리로 버스를 타고 가는데 내내 마음이 무거웠다. 혹시 내가 바쁜 이 손님의 일정을 뒤틀리게 하고 시간을 낭비하게 하는 것은 아닌지. 그래도 꼭 그런 물건만 사면…. 아주 간절한 심사가 되기도 했다. 그래서 찾아간 답십리 고가구거리의 상점들에 들어가 나는 닥치는 대로 좋아 보이는 소품들을 구경시켜주었다. 전통혼례에 쓰이는 기러기나무 인형이라든가 이런저런 노리개, 부채, 족두리 따위 등등…. 그러나 암만해도 그 다림질 판이 눈에 아른거리는 모양이다. 그래서 집중적으로 다림질 판만 살펴보았는데 보통은 색동이나 모란꽃 무늬고 모처럼 십장생 자수를 발견했지만 누리끼리하게 변색되고 무척 낡았다. 결국 아무 소득 없이 돌아서 나오는데 입맛이 썼다.

아마 '실패한 쇼핑' 기분을 풀어버리고 싶다는 점에서 마음이 통했을까. 물론 나로서는 제니퍼에게 뭔가 보상을 해주고 싶은 기분까지 들었다. 내친걸음이고 이미 하루해가 기울어가는 때다. 택시를 타고 종로 3가에서 내려 서울의 새로운 핫플레이스인 익선동 한옥마을을 한 바퀴 돌아 인사동으로 갔다. 이제 차 한 잔 마시고 헤어질 시간이다. 인사동 전통카페에서 식혜와 함께 두텁떡을 시켜 먹으며 우리는 이런저런 이야기를 나누고 있었다. 그때 옆자리에 앉아 있던 젊은 스님들을 보며 제니퍼가 내게 물었다. '불교에서는 여성은 부처가 될 수 없다고 하는데 한국 불교에서도 그러냐'는 것. 나로서도

인사동 찻집에서 만난 스님에게 제니퍼가 한국의 불교에 대한 여러 궁금증을 묻는다.

정말 잘 모르는 난감한 질문이었다. 이럴 때, 가만있을 내가 아니다. 나는 실례를 무릅쓰고 그 스님들에게 그 뜻을 전하니 뜻밖에 안경 쓴 스님이 나서서 설명해 주신다.

"깨달음이란 남자와 같이 여성도 가능한 일입니다. 그런데 부처가 된다는 건 힘들다고 알고 있는데…."

enlightenment, 라고 단어와 함께 분명히 그런 설명으로 알아들었고 한국 불교에 대한 이런저런 얘기를 해준다. 그런데 정작 질문에 대해서는 뭔가 딱 부러지는 답을 하지 않는다.

"안 된다는 얘기죠? 왜 그런 거죠?"

하고 되묻자 스님은 맞은 편 스님을 바라보며 구원을 요청하는가 하더니,

"아, 그게…. 저도 큰스님한테 가서 물어봐야겠습니다."

그의 말에 모두 따라 웃지 않을 수 없었다. 재치문답 같은 대화가 특별한 경험이기도 했다. 제니퍼는 호기심도 많고 어떻게든 궁금증을 풀고 싶어 하는 스타일이었다. 지난 6개월 동안 어떻게 여행을 다녔을까 충분히 짐작이 가는 대목이다.

떠나기 전날, 우리는 제니퍼에게 뜻밖의 엄청난 선물을 받았다. 그녀가 아껴서 읽어 손때가 묻은 책이었다. 요즘 인기라는 유발 하라리(Yuval Harari)의 사피언스(Sapiens)란 책이라 잠깐 떠들쳐 보니 충분히 읽어볼 만하겠다 싶었다. 그녀는 그동안 우리가 알게 모르게 베푼 서비스에 진정 고마워하는 눈치였다. 'I will remember my time here with great joy and affection'(여기서 지낸 시간을 큰 즐거움과 애정으로 기억할게요)라고, 책에 써준 간단한 메모가 그렇다.

책보다 우리를 감동시킨 선물은 따로 있었다. 그녀가 만들어준 한옥의 미닫이문과 열쇠 사용법에 관한 설명서. 손님이 올 때 마다 일일이 설명하느라 진땀을 흘렸던 내용이다. 거실 문의 경우, 바깥의 창살 미닫이문과 중간 방충망문, 안쪽 문틀의 삼중 구조로 돼 있는데 이 구조 탓에 낯선 손님들이 제대로 닫는 경우가 거의 없다. 그러다 보니 여름이면 특히 파리, 모기가 침입하기 일쑤여서 여간 신경 쓰이는 게 아니다.

외국인들에게 미닫이문은 사용하기 쉽지 않다. 특히 여름에는 방충망의 틈새를 만들기 일쑤.

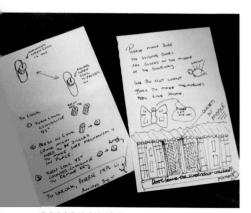

제니퍼가 우리의 설명을 듣고 그림까지 곁들인 '문과 키 사용
설명서'를 만들어 주었다.

또한 미닫이문의 자물쇠 열쇠의 구조도 다소 복잡해 엄청난 퍼즐을 풀듯 사용해야 한다. 제니퍼는 내게 사용법을 정확히 물은 뒤에 그림으로 쓱쓱 그리기 시작했다. 애초 나의 의도는 영어표현을 묻는 정도였는데 아예 그림을 그려 제대로 사용할 수 있게 만들어 준 것이다. 얼마나 능숙하고 재치 있는 그림이고, 명확한 설명서인지 우리 부부는 몇 번이나 감탄하며 고마움을 표했다.

그녀가 떠난 뒤 나는 이 매뉴얼 한 벌을 더 복사한 뒤 코팅을 해 미닫이문 앞과 각각의 방문 안쪽에 붙여놓았다.

이렇게 손님이 바로 다음 손님을 위해 더 나은 집을 만들어가는 것이,

바로 살아 있는 게스트하우스 아닐까.

손님처럼 찾아오는 불청객

일과를 마치고 아내와 함께 2층의 방에서 쉬고 있는데 바깥에서 이상한 소리가 들렸다. 밤 11시가 조금 넘어선 시각이다. 발걸음 소리치곤 크고 둔탁했다. 그래도 아래층에서 손님들이 올라오는 줄 알고 방문을 열었다. 그랬더니 베란다 쪽으로 무언가 휙 지나간다. 문을 활짝 젖히니 베란다 난간에서 지붕 쪽으로 풀쩍 뛰어내리는 사람.영락없이 도둑이 아닌가.

순식간에 벌어진 일이 너무 놀라 냅다 소리만 질렀다.

"어, 저거, 저거 누구야!"

호리호리한 체격에 아주 날렵한 몸놀림이다. 기와지붕을 경중경중 뛰어가던 작자가 "죄송합니다"라고 대꾸까지 하니 기가 막힐 일. 순간, 저 지붕들이 박살 나겠구나 하는 생각이 퍼뜩 스쳤다. 처마 끝의 함석 챙을 밟을 때는 우지직 소리가 났다. 그렇게 그는 앞집과의 경계 담장을 아주 능숙하게 타고는 장독대로 해서 사라졌다. 눈 깜빡할 새 일어난 일이라 비현실적으로 느껴지기까지 했다.

겨우 정신을 차려 아래층에 내려가니 네덜란드의 에이미(Amy) 부부가 역시 놀란 표정 그대로다. 그들은 테이블에 앉아 있다가 마당 저쪽 벽을 타고 가는 그를 똑똑히 목격한 것이다. 나는 아마도 술주정뱅이 짓 같다고 둘러대고 밖으로 뛰어나가 봤다. 도둑이라고 단정할 수도 없는 노릇. 한발 늦은 탓인지 큰길까지 나가 사방을 둘러봐도 사라진 방향조차 가늠할 수 없다.

곰순 씨와 나는 도대체 그 작자가 왜 우리 집을 침입했는지, 취객인지 도둑인지, 아니면 무뢰한의 장난 짓인지 별별 생각을 나누고 새벽 늦게야 잠자리에 들었다. 물론 제대로 잠을 잘 수도 없고 뜬눈으로 밤을 새우다시피 했다. 이튿날 손님이 체크아웃 하는 것을 보아 112에 신고를 했고, 집을 방문하여 살펴본 인근 파출소의 요청에 따라 진술서도 썼다. 다행히 건물 외벽에 설치된 CCTV가 그의 모습을 선명하게 잡아 그 자료도 제출했다.

이때부터 우리는 매일 걱정과 불안에 시달려야 했다. 언제 또 이런 일이 일어날지 모르는 불안, 어떤 방비를 해야 할지 하는 근심이며, 당장 피해복구도 신경 쓰이는 일이다. 기와장이 박살 나 당장 수리를 해야 하고 곳곳에 눌린 곳도 적지 않아 장마철 폭우에 비가 샐지도 모른다. 함석 챙의 한쪽 끝부분도 잔뜩 우그러져 볼썽사납게 되었다.

당장은 집안으로 불청객이 들 만한 곳을 찾아 막는 게 급선무였다. 나는 을지로에 나가 철조망 꾸러미를 사다가 작업을 시작했다. 혼자서는 엄두가 나지 않아 아버지를 불러 곳곳을 틀어막는데 마음이 여간 심란한 게 아니다. 도둑이라면 기어올랐을 만한 이웃집과의 경계 담들이며 2층 베란다 부분, 화단 펜스 등에 철조망을 두르는데 보기 사나울 수밖에 없다. 이렇게까지 해야 하나? 방비를 해봤자 누구든 마음만 먹으면 얼마든지 넘나들 그런 낮은 지붕이다. 말하자면 곳곳이 구멍 뚫린 그물과 같은 집이다. 아, 이 땅집이란 건…

그런 허술하고 대책 없는 곳이다. 이제야 땅바닥에 납작 엎드려 있는 가옥의 취약점이 고스란히 눈에 들어오는 것이다.

아버지가 기초를 만들어놓고 가신 며칠 뒤 나는 다시 용기를 내어 남은 작업을 혼자 해냈다. 앞쪽 바깥 화단 쪽의 철망을 보강하고 뒷집에서 이층으로 올라가는 가스배관들도 철망으로 두르고 앞집과

담장에 새로 올린 가시철조망이 나름 복고적(!) 멋스러움까지 주고 나중엔 호박 덩굴의 견인줄이 됐다.

의 경계 담 위에는 둥근 철망을 겹겹 올렸다. 가시철로 뒤덮인 구조물이라 볼썽사납게 보일까 봐 몇 번이고 사다리를 오르내리며 모양을 잡기까지 했다.

이렇게까지 하는 데는 사실 또 다른 불청객 때문이기도 하다. 어느 날부터인가 바깥쪽 화단에 굵은 똥이 보이기 시작했다. 한밤중에나 새벽에 어쩌다 보면 금방 그 짓을 하고 간 게… 취객의 짓 같기도 하고, 화가 머리끝까지 났다. 그러다 곰곰 생각해 보니 사람은 아닌 듯하고. 결국 견공이란 의심이 갔다. 어떤 이가 고약하게 이곳을 반려견의 변기로 여기는 걸까. 계속 관찰해보니… 그게 아니라 길고양이 짓으로 드러났다. 알고 나선 화단에 나무 꼬챙이를 꽂아두었다. 문제가 해결된 줄 알았는데 이게 또 웬 일. 복수를 하듯 놈이 지붕을 타고 다니며 함석 챙에다 일을 보기 시작하던 게 아닌가. 한동안 얼마나 성가셨던지. 참으로 영물이고 반갑지 않은 불청객이다. 그 무뢰한을 막는

이 집의 또 다른 불청객인 길고양이가 함석 챙에 한 무더기 '큰일'을 보고 간 뒤

데도 가시철조망이 효과적일 듯싶었다.

땀을 식히며 나는 잠깐 그런 생각도 했다. 이제야 나는 우리 집을 온전히 스스로 지키는 진짜 주인이 된 셈이다. 그 누구의 손을 빌리지도 않고 내가 방어 수단을 마련했듯이, 앞으로도 내가 지킬 수밖에 없는 것이다. 자못 비장한 마음까지 든 건, 요즈음 그만한 까닭이 있다. 인왕산 자락길을 걸으며 이 지역의 경비 병력이라고 흔히 마주쳤던 군과 경찰이 사라졌다는 점. 나중에 이곳을 자주 등산하며 알게 된 사실은 더욱 놀라웠다. 인왕산이며 북악산의 서울 성곽길을 따라 온통 CCTV가 설치돼 있는 게 아닌가. 얼핏 훌륭한 보안시설이란 생각이 들었는데 뭔가 빠지고 이상한 느낌.

전신주처럼 높은 곳에서 뼁뼁 도는 카메라 눈알들뿐 아니라 등산로며 숲 속 여기저기 얼기설기 늘어진 선들을 보며 얼마나 낙담했는지. 그건 국가 보안이나 치안의 문제보다 더 심각한 역사유적이며 자연환경 파괴로 비쳤다. 이건 좀 다른 얘기이긴 하지만 때론 관광객들과 성곽길을 산책하다 경비병들과 눈웃음을 마주치던 때가 훨씬 안전하고 인간적이었단 생각이 들기도 한다.

손님이 오면 이 동네가 청와대가 가깝고 순찰이 많이 다녀 안전하다는 점을 늘 강조했었다. 열쇠는 주지만 굳이 방문을 잠그게 하지 않았다. 우리 역시 창문은 늘 열어놓다시피 하고 심지어 짐을 맡기고 나갔을 때도 대문을 열어놓은 적이 많았다. 마당에서 빨랫줄을 걸고 빨래를 말릴 때는 특히 그랬고 오가는 관광객이나 행인조차 슬며시 집안을 구경하고 가곤 했다. 어느 정도냐면 급한 용무를 보겠다고 행랑채 화장실을 이용하는 사람도 있었다.

그러나 이제 함부로 문을 열어두면 안 될 뿐 아니라, 아예 낯선 사람이나 특히 밤손님을 경계해야 하는 처지로 바뀌는 것이다. 철조망 설치와 함께 우리는 집 안팎에 가동되는 보안 CCTV의 눈알을 몇 개 더 늘렸다. 우리 집에 무슨 그런 귀중품이나 돈이 있겠는가. 이전엔 설사 도둑이 든다 해도 걱정할 일이 아니었다. 그러나 손님들의 물건이 없어진다면 이건 완전히 다른 문제다. 하긴 게스트하우스 단톡방에서도 숙박업소만 노리고 다

요즘은 고성능 CCTV며 보안업체가 보안 문제를 커버해준다.

니는 분들이 있으니 경계하라는 메시지를 본 터였다.

무뢰한 불청객이 마구 밟고 뛰어 도망간 기와지붕을 보자니 정말 마음이 심란했다. 당장 다가온 장마철에 비가 샐까 걱정이고, 그래서 수리를 해야 하는데 누가 그걸 금방 해준단 말인가? 우려대로 수리를 의뢰한 기와공은 얘기한 지 보름이 넘도록 코빼기도 비치지 않았다.

경찰서 담당 형사가 왔고 몇 번 연락을 주고받았지만 우리는 그가 잡히리

라 기대하지 않았다. 세상에 이 땅집만 대단하더냐. 매일 얼마나 많은 사건과 사고가 벌어지고 있는 판인데. 더구나 관광지라는 특성에다 잦은 시위 등으로 이 지역 경찰은 몸살을 앓고 있을 게 뻔하다. 다만 우리가 바라는 건 그 불청객이 재방문하지 않기를 바라는 심정이랄까.

동해안에서 북한의 목선이 군경의 아무런 경계검문을 당하지 않고 삼척항에 입항했다고 해서 온 나라가 소동이 난 때도 이즈음이다.

기왓장 아래서 굼벵이처럼

아침에 문밖에서 '으어어 어어' 하며 뭐라 떠드는 소리가 나더니 사라졌다. 말을 못 해서 큰 소리와 손짓으로 의사 표현을 하는 그이 같았다. 그는 우리 동네 한옥 전문업체인 효자건축의 와공 어르신 아래서 오랫동안 조공 일을 해왔다. 기와지붕 공사 때 낯이 익어서 동네 골목에서 자주 마주쳐 온 터였다.

집에 온다는 예고도 없이 건물 바깥쪽에서 사다리를 타고 올라간 그들은 이미 기와 수리를 시작한다. 박살난 기와 수리를 요청한 지 열흘이 넘은 때다. 장마철이라 전전긍긍하며 속을 끓이며 기다렸지만 끔쩍 않던 그였다. 나는 그런 내색을 못하고 그냥 반가운 인사를 건넸다. 그리고 이층 베란다에서 그들의 작업을 유심히 살폈다. 기다리고 기다리다 부아가 나서 실은 내가 어떻게든 알아서 직접 해보려던 참이었으니까. 그런 뒤끝 속앓이가 어르신과 조공의 능숙하고 잰 손놀림에 다시 스르르 녹는다.

또 한 가지 다른 방책도 세워놓았던 것도 사실이다. 뭐냐면 서울시에서 운영한다는 한옥지원센터에 연락해서 도움을 받겠다고 미리 약속을 잡아놨던

깨진 기왓장들에 대한 부분 수선

것. 그래서 오전 10시쯤 그곳 주무관이 방문하기로 한 참이었다. 그런데 마치 그런 낌새를 눈치챈 듯, 맞침맞게 와서 작업을 한다. 오히려 내가 묘책을 찾을 기회를 놓친 기분까지 들었다.

깨진 기와는 하나지만 양쪽 수키와를 들어내고 홍두깨를 만들어 암수를 잘 들어맞게 하려니 쉬운 일은 아니다. 조공 아저씨가 저쪽에서 진흙덩이를 툭툭 던지면 베테랑 와공인 사장은 그걸 받아들어 홍두깨를 만든다. 준비한 암키와를 흙손으로 툭툭 자른 뒤 위아래 기와에 끼워 넣고 흙을 올린다. 이사 와서 바로 이들이 했던 지붕 대수선의 엄청났던 일이 여기 오버랩됐다. 난생 처음 보았고 결코 상상치 못했던 그 얼마나 길고 놀라운 역사였던가. 이젠 추억의 편린처럼 깨진 기와 한 장을 끼워 넣고 있는 것이다.

지붕 대수선을 마치고 이 와공 어르신은 '앞으로 10년은 끄떡없을 거고 만약 문제가 생기면 언제든 와서 고쳐줄 거'라고 장담했었다. 종이쪽지 한 장 없어도 걸걸한 그의 말투가 A/S 보장이었던 셈. 그래서 이태 전 장마철 지붕에서 비가 샜을 때도 사후 수리를 해주었고 이번에도 뒷갈망을 해준 것이다. 일이 끝나고 돌아가는데 그래도 수고비라도 챙겨 주려고 했다. 그렇지만 어르신은 그 특유의 너털웃음을 지으며 손사래를 친다. 다급히 찾아 가 아쉬운 소리를 했을 때는 무뚝뚝 대답도 하는 둥 마는 둥 하더니 갈 때는 그저 사람 좋은 표정이다. 밀린 숙제를 해냈다는 마음 때문일까. 나는 그 지고한 장인의 뜻을 헤치지 않을까 하여 나중에 수박과 담배를 사서 사무실로 찾아갔다.

작업은 끝났지만 약속한 대로 한옥지원센터의 김현우 주무관이 찾아왔다. 사무적인 티가 안 풍겼는데 역시나 목수 출신의 한옥 전문가다. 이층 베란다에 가서 저간의 사연을 설명하고 다행히 수리가 끝났다고 하니 조금은 허탈해하는 눈치다. 바로 이런 경우, 도와줄 수 있는 곳이 서울시 한옥지원센터라는 기관이라니. 이렇게 부분 수리라면 언제든 신속히 처리해줄 수 있단다.

한옥지원센터 김현우 주무관, "이런 고기와가 머잖아 문화재급으로 귀해질 거"란다. 오랜 한옥을 잘 지켜야 할 이유.

그는 내친김에 이런저런 나의 궁금증을 풀어주기 시작했다. 보통 열의가 아닌데 점점 귀가 솔깃해졌다. 그는 우리 집에 들어서 이층으로 올라가며 이곳저곳 살피고 많은 방문객들이 말했듯 이내 '재미있는 집'이라고 규정했었다. 그런 예사롭지 않은 눈으로 지붕을 바라본다.

"이전에 지붕을 대수선했다고 했는데 누가 했는지 참으로 잘해놓은 지붕입니다."

"어떻게 알지요?"

"원래 이렇게 높지 않았을 거예요. 그런데 마루를 높이 올리고 물매를 빠르게 해서 비가 잘 빠지게 한 것도 그렇고…."

나로서는 퍽 흥미가 가는 내용이었다. 그는 수키와 한 장을 들어 올려 홍두깨를 살피고 설명을 이어갔다.

"고기와를 할 때는 원래 진흙에 석회를 섞어 합니다. 석회를 최소한 6대 1 비율 정도로 해서…. 그런데 시간과 공이 많이 들어 시멘트라도 섞어야 하지요. 그 배합이 잘 안 되면 일이 년만 지나도 수키와 아래로 흙이 부슬부슬 다 빠져나오고 비가 새기 시작합니다."

"그렇다면 상태를 봐서 기와를 새것으로 바꾸면 어떨까요?"

"아, 신기와 말씀인데…. 요즘은 신축이든 대수선이든 거의 기계로 찍어내는 그 기와로 공사를 하죠. 강도도 세고 이음매도 빈틈없이 잘 돼 있고…."

그래도 뭔가 선뜻 신기와를 권하지 않는다. 그 까닭을 물으니 그럴 경우 기존 대들보나 구조가 그 무게를 지탱할 수 있는지 진단을 받아야하고 적잖은 비용도 문제란다. 그보다 더 나를 설득시킨 이야기는 나중에 있었다.

"지금 이 집의 지붕은 정말 보기 좋습니다. 고기와만 갖고 있는 정감 있는 모습이고 보존 상태도 아주 좋고…. 사실 이런 기와는 유물과도 같아요. 세

요즘 신축 한옥들이 대부분 강도 높고 이음새가 말끔하게 나오는 신기와를 채택하며 한옥마을 풍경도 바뀌고 있다.

월이 가면서 더 희귀해지고 문화재처럼 보일 거예요.”

어쩌면 우리 마음을 그렇게 잘 읽을까. 사실 우리가 몇 년 전 지붕 전체를 수선할 때 중요하게 여긴 것도 원래 기와를 그대로 사용하고 웬만하면 현상을 잘 보존할 수 있는 쪽으로 하는 데 있었다. 감히 말하지만 역사를 그대로 보존하고 길게 남도록 하고 싶은 마음이었다. 그런데 이이가 그 사실을 바로 짚은 것이다.

“그런데 이 상태로 계속 유지하기가 만만치 않을 거 같아서 걱정입니다.”

“바로 그런 점 때문에 서울시에서 지붕이며 목조, 기타 부분을 수선할 수 있게 지원하는 겁니다.”

“기와를 교체하지 않고도 전체를 수선할 수 있단 말입니까?”

"뒤집기란 게 그거예요. 흙이나 홍두깨 등을 제대로 바꿔놓고 기와를 제대로 정리해 올리는 거죠."

그때 귀에 확 들어온 말이 '뒤집기'였다. 아, 우리가 이전에 한 대수선이 그러니까 뒤집기였던 셈이다. 잘만하면 5년마다 뒤집기 한 판씩 하며 오랫동안 이 지붕을 건사할 수 있단 말 아닌가? 이보다 안심되고 유익한 정보가 있을까.

그와 베란다에서 커피 한 잔을 하며 나는 매우 위안을 받는 기분이었다. 마치 한옥종교의 전도사로부터 안수 기도라도 받은 기분이랄까? 왜냐면 그는 한옥에 살며 이것을 관리하고 유지하는 일이 얼마나 어려운지 너무 잘 이해하고 있어, 사뭇 도와주고 싶다는 투였기 때문이다.

곰순 씨는 나보다 더 심하게, 비가 오나 눈이 오나 늘 지붕 걱정이었다. 장마철이나 해빙기에나 잠 못 이룰 때가 많다며 근심을 토로한 적이 한두 번 아니다. 아주 어릴 적 지붕에서 비가 새서 대야를 줄줄이 놓던 트라우마까지 곁들여 말하며 어두운 표정을 짓곤 했다.

그러니 그녀가 뒤늦게 내가 전한 한옥 전도사의 말씀에 어찌 감복해 하지 않을까. 아내는 같이 듣지 못한 것을 못내 아쉬워하며 화색이다.

"아, 이젠 두 발 뻗고 자겠어. 그리고 천년만년 이 집에서 살 거야!"

대문을 활짝 열고 마당의 툇마루에 앉아 다과를 즐기며 우리는 모처럼 너무 신이 났다. 활짝 열어젖힌 대문으로 바람이 시원하게 들어오고 하늘에는 뭉게구름이 피어오르고 있다. 그럼, 이 한옥이며 기와의 수명에 비하면 우리 삶이란 게 유한하고 한참 짧은 게 아닌가. 아무 걱정 할 일이 아니다. 그냥 잘 살면 되는 거. 한여름 꿈꾸며 사는 굼벵이처럼….

귀가 솔깃한 파어웨이 프로젝트

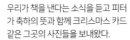

우리가 책을 낸다는 소식을 듣고 피터가 축하의 뜻과 함께 크리스마스 카드 같은 그곳의 사진들을 보내왔다.

방 2개를 3일간 예약한 오스트레일리아 손님들은 한 가족이 아니라 다이애나(Diana)-피터(Peter) 부부와 그들의 친구 관계였다. 예상보다 나이가 많아 보였는데 아니나 다를까 다이애나 부부는 의사로 일하다 은퇴했다고 하고 친구인 크리스틴(Christine)은 일흔이 훌쩍 넘은 나이였다.

다이애나는 한국 사람은 왜 처음 보자마자 나이를 묻냐고 의아해한다. 불편한 기색보다 정말 궁금한 모양이다. 공항에서 오는 길에 택시기사에게 그런 질문을 받았나 보다. 많이 사라졌다 해도 우리에겐 아직 별스럽지 않은 풍경이다. 나는 우리나라 사람들이 나이 든 분들에 대한 예의를 중시하기 때문이라고 설명해주었다. 그러고 보니 나 역시 은연중 손님들의 나이를 가늠해보곤 해왔던 터라 뜨끔하기도 했다.

아무리 그래도 그들 역시 나이 드러내는 걸 숨기진 못하는 듯했다. 여기나 저기나 자식 자랑 같은 게 살짝 그런 거 아닐까. 다음날 아침, 커피를 마시며 우리는 예의 나이 들어가는 대화를 나눴다. 피터 부부의 아들은 미국에서 공부하고 그곳에서 교수를 한다고 하고, 딸은 시드니에서 의사를 한단다. 핸드폰에 저장된 박사모를 쓴 아들을 비롯해 이런저런 사진들을 보여주는데 자랑이 묻어난다. 잘 듣고 호응을 하면 조금 더 길어지게 마련. 이런 식의 대화를 몇 번 하다 보면 정말 가까워지는 느낌이다.

오스트레일리아! 정말 가보고 싶은 곳이다. 요즘은 많은 이들이 하다못해 환갑잔치를 대신해 다녀온다고도 하는데 우리 부부는 몇 번 마음 먹고도 못 가보았다. 실은 올겨울에도 어떻게든 가볼까 하며 망설이다 포기한 터였다. 그들과 좀 더 가까운 대화를 나누기 시작하며 나는 슬슬 속마음을 드러내기 시작했다. 우선 생생한 현지인의 이야기로나마 여행의 갈증을 풀어보고 싶었던 것.

그들이 사는 곳은 호주 동부 퀸즈랜드 주의 중심 도시로 시드니 위쪽에 위치해 있다. 피터는 내가 관심을 보이자마자 기다렸다는 듯이 스마트폰 사진들을 보여주었다. 시원한 백사장이 펼쳐진 바닷가며 강가의 말끔한 도시 풍광이 구미를 당긴다. 그러나 그것은 엄청난 여행으로 들어가는 입구에 불과하다. 어떻게 가려고 하느냐 묻기에, 나는 솔직히 패키지여행 밖에는 갈 엄두를 못 낸다고 대꾸했다. 그랬더니 고개를 설레설레 흔든다. 얼마든지 자유여행으로 돌아다닐 수 있다는 것. 차를 빌려 다니는 것도 충분히 고려할 수 있고 각 도시를 연결하는 비행기도 편하게 이용할 수 있단다. 나는 머쓱해서 호주 중심부의 황무지나 또는 원주민에 대한 이야기, 심지어 캥거루 고기 따위에 대해서도 물어본다.

피터는 안 되겠다는 듯이 아예 게스트북에 오스트레일리아 지도를 그리고 어떻게 여행할 수 있는지 상세한 설명을 해준다. 물론 나에게뿐 아니라 우리 집을 방문하는 손님들도 보고 그곳으로 놀러오라는 뜻으로. 나에게 우리

우리가 찜한 포토존에서 다이애나(Dianna)-피터(Peter) 부부와 크리스틴(Christine)

나라 지도를 그려보라면 그 정도로 잘 그릴 수 있을까. 단 한 번에 나라의 모습을 쓱쓱 그리고 지역을 분할하고 어디서부터 어떻게 이동할지 알려주는 그의 모습이 자못 진지하다. 그가 대륙 아래에 그린 섬은 특히나 흥미로웠다. 타스메니아(Tasmania)라고 우리나라의 제주도와 같은 꼴이랄까. 그는 그곳의 울창한 밀림을 여행한 사진까지 보여줬다. 마치 미지의 세계를 발견한 기쁨이 그것일까. (그다음 주에 온 오스트레일리아의 키플러(Kypler)는 실제 그곳에 살며 일을 하는 청년으로 오토바이를 타고 다닌 자신의 경험으로 우리에게 더 상세한 관광 정보를 주어 더욱 호기심을 자극해주었다. 세상에 꼭 가보고 싶은 곳이 한 군데 더 생긴 셈.)

우리 집에 머무는 동안 다이애나 부부와 크리스틴은 젊은이들 못지않게 열심히 돌아다녔다. 불과 3박 4일을 머무는 서울 여행이니 그도 그럴 만할 터. 이런 경우, 괜히 안내한다고 나섰다가는 오히려 그들의 계획을 망칠 수도 있기에 조심해야 한다. 그들은 나름 짜임새 있게 어디, 어디를 갈지 계획을 하고 어떡하든 일정을 잘 소화하려고 했다. 어느새 다녀왔는지 낙산의 성곽길 산책을 다녀온 경험담을 전할 때도 큰 모험을 한 듯이 신나 보였다.

크리스틴은 자녀의 생일파티가 있다며 다이애나 부부보다 하루 앞서 떠났다. 짧은 시간 아주 가까워진 기분이 든 우리 부부는 다이애나 부부와 저녁을 함께 할 기회를 가졌다. 그 바로 직전에 깜짝 이벤트로 한복을 입어보며 많은 사진을 찍고 무슨 큰 성취나 한 듯 우리 모두 즐거운 기분이었다. 아닌 게 아니라 한복을 곱게 차려입고 정답게 앉아 있는 모습은 고상한 우리네 어르신들 모습과 다름없다. 더 솔직히 말하자면 내가 그들에게 어르신이라고 말하는 것은 말이 안 되는 표현이리라. 속된 우리말 표현으로 '같이 늙어가는' 처지나 마찬가지니까.

피터 부부와 우리 부부는 한옥의 퓨전 음식점인 퀸즈테라스에 가서 몇 가지 안주를 시켜 소맥을 마시기 시작했다. 나로서는 은근 그 오스트레일리아 여행을 계속하기 위한 속셈이기도 하다. 과연 피터는 비장의 보물을 꺼내 보이듯 이전에 얼핏 언급했던 파어웨이 프로젝트(faraway project)에 대하여 자세히 설명해주기 시작했다.

그곳은 그가 오래전에 여행을 하다가 발견하여 산 뒤 지금까지 가꾸고 있는 농장. 서호주의 월폴-노런럽(Walpole-Nornalup) 국립공원과 인접한 이 농장은 약 100년 전에 정착민이 개척한 곳으로 그 넓이가 물경 90에이커(36만 ㎡)에 이르며 서쪽으로는 울창한 유칼립투스 숲이 있고 보어강 지류가 흘러가는 천혜의 지역이다. 그는 이곳에 생태 친화적이며 지속가능한 라이프스타일의 농장을 운영하는 것이다. 그는 농장 이름 파어웨이(faraway)는 블

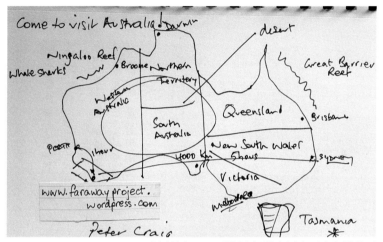

피터가 알려 준 오스트레일리아에 대한 개략적인 구분과 파어웨이 농장

라이튼(Blyton)의 동화 "The Faraway Tree"에서 따온 것이라고 했다. 거대한 나무 꼭대기에 있는 마법의 땅에 대한 이야기. 그가 꿈꾼 파라다이스가 그곳이다.

얼마나 아름답고 멋진 꿈인가! 나는 그가 보여주는 많은 사진들에 빠져들며 연신 폭탄주를 들이켰다. 피터 역시 소주와 맥주를 섞은 술맛을 즐기며 꿈꾸듯 그 농장으로 나를 이끌고 있는 것이다. 허연 머리와 수염을 기른 그의 모습은 영락없는 시골 농부의 모습이기도 하다. 말하는 투도 친절하고 구수하다. 술을 마시니 영어도 잘 들리고 반응도 아무렇지 않게 적당히 잘하게 된다.

아마 그런 와중에 캐치를 했던 듯하다.

"그런데 아들도 미국에 있고 딸과 사위도 자기 일에 바쁜 데다 나도 이젠 나이가 들어가며 농장 일이 만만치 않아요. 특별한 수익은 없는데 경비는 계속 나가고…"

어떤 고민 같은 걸 털어놓는 것이다. 물론 이웃에 사는 사촌이 운영을 돌봐주고 여기에 에어비앤비도 하고 있지만 아무래도 한계가 있다는 얘기. 그래서 농장을 내놓을까도 한다는 뜻을 비친다. 내가 제대로 들었나? 아무튼 그런 말을 들으니 한껏 부풀어 오른 내 상상과 꿈도 바람 빠진 풍선처럼 쭈그러들었다.

모르긴 몰라도 그가 한창 의사로 일하며 미래에 대한 꿈을 키울 때 그 농장은 편안한 휴식처이자 낙원으로 수시로 그를 불렀을 것이다. 그는 한창 커가는 아이들을 비롯한 가족들이며 잘 어울릴 수 있는 친구들 지인들과 파티도 하고 크로켓도 즐기며 풍성한 자연의 혜택을 마음껏 누렸겠지. 그런데 농장은 이제 황혼녘에 접어들었다. 사람들은 물론 그 많던 캥거루도 사라지고 온갖 새들도 노래를 그치고 풀벌레 소리만 교교하게 들린다. 그의 이야기를 들으며 떠오르는 나의 쓸쓸한 상상이다. 오스트레일리아라는, 그 넓은 대지와 무한한 시간 속에 한 인간이 경영하는 일이란 너무 작은 것 아닐까. 나의 막막하고 한심한 감상이기도 하다. 그의 이야기는 아무리 해도 지속가능할 수 없는 우리 인간의 이야기처럼 들렸다.

나는 지금 그의 농장을 배회하고 있다. 스프레드시트에 남긴 그의 발자취는 너무나 놀랍고 스릴 넘치는 것. 그 농장에 마주치는 갖가지 동식물이며 식생 환경이 세밀하고 아름다운 사진은 물론 자세한 글과 함께 기록돼 있다. 의사라기보다 동식물 학자이자 생태연구가라고 하면 더 맞을 듯한 변신이다. 흥미진진하고 아름다운 이 농장을 걸어 나오면 나른했던 심신이 폭포수를 맞은 듯하다.

멋모르고 예약엔진을 돌리며

매월 이메일로 오는 부킹닷컴 수수료 청구액을 보니 지난 8월분으로 100만 원이 넘었다. 어떻게 이렇게 많을 수가 있나 깜짝 놀랐다. 올해 들어 손님이 늘며 수익도 상당히 늘었지만 예상치 못한 수수료다.

누가 보면 늘 이런 줄 알지 모르지만 실은 이것은 일 년 중 최고 성수기인 때, 전무후무한 경우다. 집계를 해 보니 총 매출이 600만 원을 넘었다. 당연히 수수료도 상당하리라 여겼는데 이건 아무래도 너무하다. 내역을 보니 원래 수수료에다 이에 대한 부가가치세 10%를 얹어 1백만 원을 넘은 것. 왜 갑자기 부가가치세가 붙기 시작했는지 살펴보니 벌써 지난달부터 그런 상황이다. 이런 사실도 제대로 파악하지 않고 그냥 수수료를 내온 사장님이나 그걸 꼼꼼 살펴보지 못한 나나 똑같다. 둘 다 워낙 계산에 약하고, 더구나 잔 계산도 하기 싫어하기 때문이다.

부킹닷컴 고객센터로 전화를 거니 7월부터 새로운 부가가치세 법안이 시행되어 이를 근거로 청구서를 보냈단다. 국내에서 사업자등록이 되어있을 경우, 우리가 직접 VAT를 처리해야 하므로 부킹닷컴 측에서 따로 이를 부가 하지는 않는다며 납세 관련 정보와 사업자등록증 자료를 제공해달라고 했다. 그러면 그 내용을 확인한 후 수정된 수수료 청구서를 보내든가 다음 달에 차감해 준다는 설명이다.

이것 말고도 메일로 몇 가지 문의한 사항도 있던 터라 급한 대로 궁금증을 풀어야 했다. 스스로 예약 플랫폼을 공부하여 이용법을 터득하고 자주 사용해야 하는데 어찌어찌 하다 보면 꽉 막힐 때가 많다.

우선, 매월 청구되는 수수료 말고 따로 1만 2000원 상당으로 청구된 'Booking Button' 사용료는 뭐냐는 질문. 상담원은 지난 5월에 우리가 신청

손님들과의 소통을 위하여 개설한 페이스북 페이지

해서 사용하고 있는 예약 관련 장치라며 그걸 기억하지 못하냐고 되물었다. 이것은 부킹닷컴이 제공해 기존 숙소 웹사이트나 페이스북 등 소셜미디어를 통해 공유할 수 있는 예약 엔진이다. 페이스북에 이미 연결해 놓았던 것 같아 즉시 서촌게스트하우스 페북에 들어가

보니 과연 예약 단추가 있었다. 뭐를 어떻게 했고 어떻게 쓰는지도 모르고 매달 사용료만 내 온 셈이다. 그때부터 아내는 전화기에 바짝 다가서 상담원의 말을 채가며 신경질적이 돼간다. 사이트의 기본적인 설정과 관리가 내 업무인데 도대체 무얼 하고 있었냐는 힐난이다. 댓바람에 당장 사용해지를 하라고 다그치는 게 아닌가.

그다음으로 예약 취소 건에 대한 물음이다. 바로 일주일 전에 피터(Peter)라는 영국인이 이틀 예약을 했다가 숙박 하루 전에 취소한 일이었다. 6월 초

에 예약해서 장기간 예약 상태로 있었고 규정상 7일 이내 취소하면 예약비에서 30%를 제할 수 있게 돼 있던 손님이다. 숙박 하루 전에 취소했으니 당연히 그 피해가 적지 않은 것이고 우리는 마땅히 취소수수료를 받을 수 있는 것이다. 그런데 부킹닷컴 인트라넷에는 숙박료 20만 4000원에 대한 취소수수료로

부킹닷컴의 2020년 리뷰어워드

6만 1200원과 아울러 이에 대한 1만 원가량의 수수료를 명시해놓았다.

그러면 우리는 손님을 받지 못한 피해만 보고 오히려 부킹닷컴에 수수료까지 물어주는 이상한 경우가 생기는 것 아닌가. 이런 의문의 해답은 상담원에게 끈질기게 물어가며 풀 수 있었다. 당연히 취소수수료를 받으라는 것이 첫 번째 답. '신용카드정보보기'란 탭을 이용하니 고객의 카드 정보, 예컨대 카드번호니 유효기간 등이 뜬다. 문제는 우리의 카드단말기로 카드 없이 온라인 결제를 할 수 있느냐는 것. 상담원이 알려준 대로 시도를 해보는데 그렇게 간단히 될 일이 아니었다. 카드 정보의 CVC코드를 알아야 하고 American Express의 국내 취급 카드사로 통화를 해서 확인을 해야 하고… 몇 번 시도하다 만세를 부르고 말았다.

물론 상담원과의 전화를 끊고 한 것인데, 그녀가 말한 두 번째 방법으로 어쩔 수 없이 '유효하지 않은 신용카드로 등록하기' 탭을 눌렀다. 그렇게 하니 취소수수료 대상 금액과 수수료가 0원으로 처리됐다. 이제 부킹닷컴에 이

손님에 대한 수수료를 떼일 일은 없어진 것이다. 당연히 취소에 따른 손해는 우리가 고스란히 감당해야 한다. 호스트 입장의 선의를 극대화해 말하자면 손님의 피치 못할 사정을 그냥 이해하고 넘어가자는 식이다. 아내는 내가 상담을 하는 동안 답답해하는가 하면 한편 억울해 하고 다른 한편 속상해 하는 눈치다.

이렇게 입장이 다른 걸까. 나로서는 그래도 뭔가 숙제를 해냈다는 기분이 들 정도였는데. 우리 사장님은 그동안 매달 1만 원씩 나간 부킹버튼 사용료도 아깝고, 손님들 취소수수료를 받아내지 못한 것도 속상하고 치밀하지 못한 내가 한심하기만 한 가보다. "홈페이지고 인스타그램이고 다 갖다 붙여놓고 제대로 써야지, 그것도 아니면서 왜 돈만 나가게 하냐"고 냅다 소리를 지른다. "홈페이지에 부킹버튼 붙이면 괜히 멀쩡한 국내 예약 손님한테까지 부킹수수료 빼앗길 텐데…. 뭐 인스타그램? 페북도 겨우겨우 운영하고 있는 판에 인스타그램?" 내 속도 부글부글 끓기 시작한다. 아무것도 모르는, 이런 마구잡이 사장이라니! 그리고 또 한 번 대판 싸우지 않을 수 없었다. 모두 내 탓이건만. 에고, 언제쯤 이런 실랑이도 끝나고 평화로운 시절이 올라나.

코끼리를 기르려면 생각해 볼 거리

대문에서 왼쪽의 처마 아래로 기다랗게 자리 잡은 화단은 이 집의 자랑이다. 소박하고 아름다우면서도 없어서는 안 될 듯 도드라져 보인다. 큰 길거리에서 서너 걸음 안쪽으로 전면부가 훤히 보이는 집이다보니 꽃밭이 그대로 눈길에 잡힌다. 그 위로는 흰 회벽에 기와 절편을 박은 물결무늬 벽이 한옥의 뺨같이 화사하게 보인다. 그러고 보면 이 꽃밭이야말로 아리따운 여인의 목걸이라든가 귀걸이 따위 장신구라 할까. 그 나름 존재 이유가 확실한 자투리 땅이다.

실제로 많은 행인들이 일부러 이곳까지 와 걸음을 멈추고 꽃들을 보거나 사진을 찍기도 하고, 우리로서는 애써 찾아오는 손님들에게 꽃다발을 전해주는 기분도 든다. 그러니 화단을 가꾸는데 적잖이 신경이 쓰이고 품도 많이 든다. 이곳 말고도 대문의 오른쪽으로 또 한군데 조그만 뒤꼍 화단도 있다. 안방의 뒤쪽에 있어서 그렇게 부르지만 이 역시 집의 외관을 멋지게 해주는 숨은 공신이다.

나는 양쪽 화단을 가꾸느라 시시때때로 양재 화회단지나 종로구 나무시

바깥 화단에 소복이 솟아오른 제라늄과 패랭이꽃

장, 혹은 서울 근교로 싸돌아다니며 갖가지 나무며 화초를 구해 심었다. 우선 키우기 쉽다 생각한 남천이나 동백, 혹은 병꽃 등을 심었지만 실패했다. 뿌리를 제대로 내리지 못하고 더러는 월동이 안 됐기 때문. 벽돌을 올려 화단을 깊게 한 다음 거름흙을 넣고 물 관리를 잘 해주니 그나마 나았다. 그러나 근사한 벽면을 가리는 게 불만이어서 곧 퇴출했다. 이럴 때마다 비용도 적지 않게 들었다. 오죽하면 곰순 씨가 화단을 '돈 먹는 하마'라 불렀을까.

제라늄이라든가 베고니아, 벤저민, 패랭이꽃 따위의 화초가 그다음 타자. 원색의 알록달록한 꽃들이 봄부터 가을까지 쉴 틈 없이 피니 그렇게 보기 좋을 수 없었다. 때로는 봉숭아며, 분꽃, 국화를 심어보고 호박도 심어 담장을 타고 올라가게 했다. 뒤꼍 화단에는 조경업자의 말을 들어 수양회화나무며

길가에서 본 뒤꼍 장미 울타리

안방에서 본 뒤꼍 화단의 수양학자수

장미에다 남천, 측백나무도 심었다. 그리하여 5월이면 길가에서 빨간, 혹은 노랗거나 흰 장미꽃들이 장식된 담장을 보게 됐고 안쪽의 손님방에서도 무성한 나뭇잎이 드리운 풍경을 즐길 수 있게 됐다.

아마 그런 일을 좋아하고 태생적으로 맞기 때문에 하지 그렇지 않다면 화단 자체를 걷어내고 말았을 일이다. 나무와 화초며 채소류까지 마당에 심고 가꾸며 우리 부부는 서울에서의 시골 생활이 주는 즐거움도 만끽했고 때로는 불편과 고생도 감내해야 했다. 자연히 이곳을 찾은 손님들까지 덩달아 그런 감정의 동화 속으로 빠져들거나 혹은 언짢아하기도 했다.

마당에 잔디를 깔았다가 한여름 땡볕 더위에 시시때때로 물을 주랴, 잡초 제거하랴, 깎아내랴 주야장천 씨름했던 기억도 그렇다. 마당쇠도 죽을 맛이지만 손님들은 손님들대로 개미며 집게벌레, 각다귀 따위들로 눈살 찌푸리기 일쑤였다. 한옥의 마당에는 역시 물 빠짐 좋은 마사토(굵은 모래) 흙이 최고라는 사실을 그때야 알게 된다. 마당에 어떤 나무며 꽃을 심을까 수십 번 갈등하고, 관리하는 데도 숱한 시행착오를 겪었으며 그래도 뭔가 부족한 감

마당에 잔디를 깔았을 때의 풍성한 모습

으로 고민한다. 변화를 좋아하고 완벽을 만들고자 하는 게 나의 끝없는 욕심이라면 곰순 씨는 되도록 있는 그대로 자연스런 모습을 고수하고 싶어 한다. 무엇보다 돈을 쓰는 게 불만이기도 하겠지. 당연히 신경전이며 싸움이 안 일어날 수 있나. 여기에 코끼리 이야기가 등장한다.

- 어떤 사람의 꿈이 돈을 많이 벌어서 코끼리를 기르는 것이었다. 코끼리가 그렇게 좋아서 애완동물처럼 키우고 싶었단다. 주변에서는 놀라서 말리며 개나 고양이를 키우라고 했다. 그렇지만 이 사람은 열심히 일해서 결국 자신만의 꿈을 이루게 됐다. 그런데 작은 코끼리가 점점 커가자 문제가 생기기 시작했다. 대식가이다 보니 먹이를 주어도주어도 끝이 없고 계속 많은 돈이 들어가는 것. 이 사람은 코끼리를 키우느라고 더욱 많은 일을 해야 했다. 그

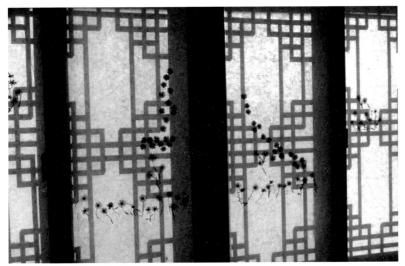

생화를 말려 한지창에 넣은 꽃무늬가 격자 창살과 잘 어우러져 보인다.

렇게 번 돈으로 근사한 집이며 놀이장도 만들어주고 관리인을 두어 시시때
때로 목욕도 시켜줬다. 이 사람은 결국 결혼도 못 하고 평생 고생만 하다가
죽었다. 주위 사람들은 그를 불쌍하게 여기며 말했다. "그냥 조그만 동물을
키웠으면 행복하게 잘 살았을 텐데."라고.

　말하자면 우리가 코끼리를 키우느라 뼛골 빠지는 게 아니냐는 게 곰순 씨
의 힐난. 하기야 나도 은근 겁이 나기도 했다. 집안 단장하는데 웬만큼 해서
는 표도 나지 않았고 해도해도 끝이 없었다. 나무나 꽃을 사고 화단을 가꾸는
정도의 문제가 아니다. 집수리를 하려고 사람을 부를라치면 보통 2, 3인 한
조로 하루 노임만 50~60만 원이 든다. 불러도 몇 날 며칠 걸리니 속이 터질
지경이기도 하다.

　그래, 이 코끼리를 관리한다고 일일이 돈을 쓸 수 없는 일이다. 어느 날 나

는 깨닫는다. 코끼리 때문에 우리가 깨춤을 출 수는 없는 노릇이다. 코끼리에게 거추장스러운 장식이 무슨 소용 있겠는가. 그를 결코 애완동물로 생각해선 안 된다. 구불텅거리는 긴 코로 언제 심술을 부릴지도 알 수 없다. 이윽고 나는 코끼리와 오래 살아갈 길을 찾는다. 웬만하면 직접 진흙구덩이 속으로 들어가 함께 뒹구는가 하면 그 커다란 똥도 치우기 시작했다.

그렇게 현실로 돌아와 마당에 서면 일투성이다. 배롱나무꽃이 정말 아름답고 오래간다는 줄만 알았지 그걸 보기 위하여 얼마나 신경을 써야 하는 줄 예전에는 미처 몰랐다. 첫해 겨울을 나며 배롱나무를 동사로 보낸 후 해마다 동절기 전에 나무 밑동을 꽁꽁 싸매주는 게 중요한 일이 됐다. 그런가 하면 꽃 피우기 전 진딧물과 흰깍지벌레 퇴치를 위해 살충제도 쳐야 했다. 후텁지근한 날에 사다리에 올라가 마스크를 쓰고 땀을 삐질삐질 흘리며 약을 치는 일이란 노동 이상의 묘하고 값비싼 경험이기도 했다. 드디어 땅과 나무, 고향으로 돌아왔구나 하는 안도감도 일었지만 이 나이에 아직 배워야 할 게 얼마나 많은 걸까 막막한 기분도 들었다.

이사 이후 서너 번의 대대적인

월동준비로 새끼줄을 감은 배롱나무

집수리와 리노베이션을 했지만 시간의 흐름은 어김없이 집안 곳곳에 때와 상처를 남긴다. 결국 나는 페인트집에 가서 각종 칠 재료와 도구를 사서 벽이며 기둥, 의자 따위에 칠을 한다. 곰순 씨는 발라야 할 곳보다 얼굴이며 옷에 칠갑해놓은 꼴을 보면서 연방 칭찬이다. 아무렴, 내가 그 속을 모를까. 시멘트를 개서 금가고 깨진 벽에 처바르는 일이며 전기 납땜인두기로 절단난 철판 홈통을 붙여놓기, 실리콘 총을 쏘는 작업 따위, 예전에는 감히 상상도 못했던 아버지의 일이었다. 그런데 내가 이윽고 감히 그런 '무섭고' '거대한' 일을 하고 있는 것이다. 하고 보면 땅집에 살면서 이제야 내가 진정 그 아버지 구실을 하고 있는 게 아닌가. 아버지란 존재는 태어나는 게 아니라 만들어진다는 사실을 새삼 깨닫는다.

바깥화단들이며 마당, 봉당, 툇마루와 방방이며 거실, 주방에 화장실, 지하 창고며 이층 베란다까지 집안 곳곳 이제는 우리 부부의 손이 안 간 곳이 거의 없다. 무엇을 꼭 고치고 바꿔서

마당에서 거둔 박으로 만든 바가지

가 아니라도 거의 매일 손길, 발길과 눈길이 스치며 뭔가 지나간 흔적들이 켜켜이 쌓였다는 뜻. 곰순 씨는 사실 귀중한 보물이라도 다루듯 집안 곳곳을 거의 매일 걸레질이다. 이 집의 오래된 대들보며 서까래는 우리를 그 어떤 기억의 박물관에 있는 듯 느끼게 한다. 언젠가 내가 이층에서 일층 계단으로 급하게 내리닫다가 넘어져 갈비뼈가 부러져 고생했던 일조차 이곳 어딘가에 저장된 듯하다. 이렇게 집이란 게 어떤 삶의 갖가지 궤적과 이야기를 담는 용기

기와에 소복이 쌓인 숫눈이 시루에서 쪄서 금방 나온 백설기 같다.

란 사실을 이전에 아파트에서 살 때는 상상하기 어려웠다. 더욱이 수많은 손님들이 지내다 간 흔적이 고스란히 남아있기도 하니까.

　물론 이 집이 코끼리처럼 크지는 않다. 코끼리처럼 상상하고 가꾸니 그렇게 일이 커진 걸까. 그렇지만 확실히 아파트에 살 때와는 다른 덩치다. 공간의 체적과 입체적인 구성도 그렇지만 대문 밖 주변까지 포함하자면 더욱 그렇다. 골목을 끼고 부대끼며 공존하는 이웃이 있고 여러모로 신경 써야 할 동네가 있다. 집 앞의 불법 주차며 무단 투기되는 꽁초들은 가장 성가신 문제. 음식점이며 카페가 즐비한 곳에 살다 보니 벌어지는 일이다. 때론 길가까지 나가 담배꽁초를 주우며 애면글면 속을 태운다. '그래 나는 시지프스가 아니라 신(申)지프스야. 그동안 남들에게 잘못하거나 밀린 빚을 갚는다고 생각해야지.' 이렇게 스스로를 위무하며 실소를 흘린다.

우리에게 집은 때로 생명체나 우리 가족과 같은 동일체처럼 느껴진다. 그러나 누구라서 집을 등에 메고 저승에 갈 수 있으랴. 우리가 흔히 사람 중심으로 집의 주인을 '집주인'이라 말하지만 대부분 사람보다 더 오래 살아남는 게 땅집 아닌가. 나 또한 이 집에 잠깐 머물러가는 나그네요, 여태 그래왔듯 마당쇠의 본분으로 돌아간다.

이제 다시 계절이 바뀌어 낙엽이 흩날린다. 나는 마당이며 집 안팎의 칙칙한 낙엽들을 쓸어 모으느라 정신이 없다. 낙엽은 이내 겨울의 눈

사계절 바빴던 마당도 이제는 휴식의 시간이다. 동백꽃으로 찍은 마당의 쉼표

발로 바뀌고, 사르륵사르륵…. 새벽 잠결에 설핏 눈 쌓이는 소리가 들리면 마음이 급해진다. 마님의 불호령이 떨어지기 전에 빨리 골목의 눈을 치워야 하니까.

한류 열풍과
이별의
눈물

'민간 외교대사'라는 찬사를 듣다

벨기에에서 오는 앤(Ann)과 아드리안(Adrian) 부부는 5일을 예약했다. 이젠 3일을 넘어 일주일씩 묵는 손님도 꽤 있다. 오기만 오면 특별히 잘못될 일도 없을 듯싶었다. 한창 깊어가는 가을에 더없이 좋은 관광 철이다. 어디를 가서, 무엇을 해도 최고로 좋은 때가 아닌가.

그런데 저녁 어스름 때 나타난 그 부부의 첫인상은 그다지 밝고 활기찬 쪽이 아니었다. 메시지를 주고받을 때 막연히 예상한 중년보다 훨씬 나이 많아 보이는 시니어 쪽이다. 일견해 본 희거나 쇤 머릿결과 깊게 파인 얼굴 주름과 약간은 구부정한 자세 등 외모도 그렇거니와 무엇보다 큰 캐리어를 들어 옮기는 아드리안의 손등 때문이었다. 한눈에 들어온 그 모습에 움찔했다. 혈관종이라 부르는 피부 이상증상인 듯. 검푸르고 크게 부풀어 오른손등과 손가락들이 징그럽게 비쳤다. 무르춤하다가 겨우 짐 옮기는 일을 돕는다.

그들은 벨기에에서 런던을 거쳐 아이슬란드를 여행한 뒤 일본 도쿄에서 환승을 하여 이곳에 왔다고 했다. 서울에 처음 와서 5일간 우리 집에 머물고 일본으로 가는 긴 여행을 하는 중이다. 차를 마시며 그런 설명부터 하니 거리

앤 부부와 독일 Robert-Annett 부부, 홍콩 손님 Wong이 함께 만든 손가락 하트

가 좁혀진 기분이다. 처음 등장 할 때 캐리어도 보통 큰 게 아닌데 백팩과 가방까지 들고 있었으니 말이다. 그렇게 의욕적으로 다니니 이곳 서울쯤이야 알아서 잘 다니겠지. 아내가 출타 중 웰컴 푸르트(welcome fruit)와 차를 낸 나는 여하튼 할 일 다 했다는 식으로 적당한 때 물러섰다.

늦게 이런 이야기를 전해 들은 곰순 씨는 나를 적지 않게 책망했다. 별것도 아닌 남의 신체적 특이 증상에 대해 얘기하는 것은 물론 속마음을 드러내는 것조차 싫어하는 편이었으니까. 아내는 그들에게 여느 손님과 다름없이 잘 대했다. 아침이면 정성스런 식사에 일일이 음식에 대한 설명을 곁들이고 나름 재밌는 대화와 웃음을 주고받는다. 앤은 그런 아내가 꽤나 편한지 자신들에 대한 이야기를 스스럼없이 공개한 모양이다. 부부 모두 EU 직원으로 각각 이삼 년 전 정년이었으니 나이는 우리 또래이고, 남편인 아드리안은 영국인으로 자신보다 두 살 많다는 거며, 내년에는 자신의 고향인 아일랜드의 더블린으로 돌아가 살 생각이라는 등등….

나중에 좀 더 자세히 들어보니 아드리안은 EU에서 평생 46년을 근무했고 앤도 40년을 넘게 근무한 동료지간이기도 하단다. 아드리안은 열여섯에 그곳에 입사해 직장을 다니며 대학을 마쳤다니 참으로 근면, 성실했음이 틀림없겠다. 우리말로 하자면 자수성가한 편이라고 할까. 앤도 이 점에서는 아드리안에게 결코 뒤지지 않을 법했고 참으로 소박하게 남편을 따르는 분위기다. 사진을 찍을 때 꼭 손을 잡고 아드리안 가슴 쪽으로 머리를 살짝 숙이는 모습이 그렇다. 어쩌면 그것은 사랑하는 사람보다 존경하는 사람을 대하는 감정으로 보이기까지 했다.

온 지 사흘 동안 그들은 나름대로 열심히 다닌 듯했다. 아니, 나로서는 그냥 알아서 다니도록 관심을 끊었다 하는 편이 낫다. 그런데 저녁때 돌아온 그들이 나의 귀를 잡아끌었다. 원래 계획했던 DMZ 투어가 취소됐다는 것. 그당시 경기 북부 지역을 중심으로 급속히 번진 아프리카돼지열병 때문이었다. 서울만 여행한다고 해도 일주일을 전부 시내에서 보낸다면 내가 보기에도 좀 아까운 편이다. 나는 당장 떠오르는 대로 서울 근교의 세 군데, 그러니까 수원 화성과 용인 민속촌, 그리고 남이섬을 소개해주며 그중 한 곳을 고르라고 했다. 그들은 반색하며 남이섬에 가보고 싶다고 했다.

이튿날 아침 일찍 식사를 하고 남이섬 셔틀버스의 출발지인 탑골공원 서문 쪽으로 가니 아직 시간이 30분이나 남았다. 우리는 공원 안으로 걸음을 옮겼다. 서늘하게 떨어진 아침 기온에 바람이 선들 분다. 노란 은행잎이며 곱게 물든 낙엽이 한 잎 두 잎 날리기 시작하는 때다. 이 아름다운 계절의 축복 속에 나 역시 조용히 초대된 기분이다. 바람결에 젖어드는 감상보다 더 실질적인 소득도 있다. 앤 부부에게 3·1운동 유적을 통해 살짝 우리 민족의 독립운동의 일각을 귀띔해주고 보물 2호인 원각사지 2층 석탑을 보여준 것. 앤 부부는 남이섬행 버스에 오르기 전 5,000원 권 지폐 한 장을 손에 꼭 쥐여주었다. 다시 돌아가는데 택시를 타고 가라는 얘기였는데 차마 뿌리치지 못했다. 그 따듯한 마음이 속삭여주는 대로 커피 한 잔 마셔야겠다는 생각이 들었기 때문.

하루를 다 보내는 일정으로 어떤 특정한 곳을 추천한다는 것은 적잖은 부담이다. 과연 그들의 취향에 맞을지, 혹은 그만한 가치가 있을지 조심스럽기만 하다. 그래서 그들이 섬에 다녀온 소감으로 다음날 아침 밥상머리에서 '원더풀!(Wonderful!)' '뷰티풀!(Beautiful!)' 하고 감탄을 연발할 때는 마음이 놓였다. 무언가 더 해주고 싶은 의욕까지 인다. 우리 부부는 신이 나서 그들에게 한복 체험을 권했다. 둘 다 키나 체구가 크기 때문에 어울리지 않을 듯싶어 아예 생각도 하지 않았던 일이었다. 그것은 우리의 편견과 기우였다. 막상 옷을 입혀주니 잘 어울리고 서로 멋지다며 그렇게 좋아할 수 없었다. 아드리안은 부부 둘이 나란히 앉은 사진을 찍을 때 도저히 안 되는 책상다리를 만드느라 끙끙거리기도 했다.

우리 부부는 그들과 금세 가까워진 기분이었다. 그들이 북한산을 간다고 했을 때 주저 없이 따라나선 까닭도 그렇다. 나로서는 어차피 산행 초입까지 안내할 예정이었다. 그래도 여차하면 정도껏 따라갈 심산이었지만 곰순 씨는 훨씬 즉흥적이어서 매일 나가는 운동의 편의복 차림 그대로다. 그래봤자 구기동에서 대남문이나 승가사 정도 이상 더 가랴 싶었던 때문. 다행히 곰순씨는 승가사까지 함께 간 뒤 점심 공양을 하고 먼저 내려갔다. 이전에도 우리 부부는 그곳 사찰 마당까지 가서 돌아오곤 했으니까.

그런데 그게 다가 아니었다. 앤 부부에 이끌리다시피 하여 대웅전 뒤편으로 굽어드니 거대한 암벽에 새겨진 석불이 보인다. 가파른 108계단을 단숨에 올라서니, 아!, 정말 웅장하고 신비로운 마애석불이다. 그 뜻밖의 진경과 위엄에 숨이 멎을 듯하다. 밝고 화사한 오후 햇살에 부처의 지긋한 미소가 한없이 자비롭게 보인다. 부처님이 내려 보는 대로 돌아서 발아래를 보니 고운 가을빛으로 물들어 그윽하기만 한 사바세계다. 어떻게 내가 이렇게 아름다운 인연과 함께 이곳에 와서 저 아래를 지그시 내려다본단 말인가. 내심 감탄과 함께 그들 부부에 대한 감사의 마음까지 일었다.

우리 일행은 승가사를 돌아 왼쪽 능선을 타

가을이 깊어가는 때, 북한산 서쪽 코스 비봉에서 향로봉으로 이어지는 등산길

고 내처 비봉까지 올라갔다. 나로서는 이전부터 벼르고 벼른 코스였다. 친구며 지인들과 북한산을 그렇게 많이 올랐어도 어쩐 일인지 이쪽 비봉 쪽으로는 간 적이 없다. 더구나 전체가 거대한 암석으로 이뤄진 비봉 꼭대기까지는 언감생심이다. 그런데 어쩐지 이날은 도전해보고 싶고 용기도 났다. 고맙게도 앤 부부는 암벽 아래서 기다리겠다고 했다. 나는 앞서 오르는 다른 이들의 도움을 받으며 더듬더듬 겨우 정상에 오를 수 있었다. 아, 그토록 보고 싶었던 진흥왕순수비를 잡고 아까보다 더 깊은 발아래를 내려다보는 그 기쁨이란! 물론 진짜 비석은 중앙박물관에 가 있다지만 마음으로는 보물을 잡은 느낌이다. 소박하고 작은 꿈일지라도, 이뤘다는 것이 얼마나 기쁜 일인지. 나는 북받치는 감격과 충만함을 만끽했다.

한참을 또 더듬어 암벽 아래를 내려가니 앤 부부가 조심스럽게 나를 올려본다. 나는 만세를 부르며 고마움을 표했다. 마치 금메달이라도 딴 선수 같은 기분이다. 그들의 응원이 있었기에 오늘 뭔가 이루지 않았는가. 우리는 한 팀이었던 듯이 함께 기뻐하고 내려가며 비봉을 배경으로 연거푸 몇 장 사진도 찍었다. 향로봉으로 해서 족두리봉, 불광동으로 이어지는 하산 길은 바쁘지만 즐겁고 유쾌한 동행이었다. 밝은 햇살과 선선한 바람이 우리를 도와주고 이제야말로 한 팀이 되어 로프를 함께 잡고 내려오는 기분이었기 때문이다.

산행을 끝내고 가볍게 한잔하는 것도 빠뜨릴 수 없는 즐거움 아닌가. 우리는 '메밀꽃 필 무렵'에서 낙지볶음과 감자전을 시켜 막걸리를 마시며 그야말로 '만추지정'에 촉촉이 젖어들었다. 멀리서 온 친구 부부와 세월 보내는 이야기를 나누는 기분이다. 그들의 아이들도 거의 다 성장해 각각 제 길을 가고 우리 아이 중 딸은 다음 주에 결혼한다. 연거푸 건배, 건배를 외치며 신나게 마신다. 그렇게 흉측하게만 보이던 그의 울뚝불뚝한 검푸른 손도 이젠 멋지게만 보인다.

그들과 친구가 돼 헤어진 이야기는 아직도 잔잔하게 내 가슴에 남아있다. 나이가 든다는 것이 축복일 수 있다는 깨달음을 준 친구들이다. 그들이 일본을 거쳐 돌아간 일주일 뒤 보내준 메일은 우리를 또 한 번 붕 뜨게 만들었다. 우리가 게스트하우스를 오픈할 때 주위에 멋도 모르고 감히 떠들었던 그런, '민간외교관'이란 호칭까지 붙여주었으니까.

Hi, Lee and Shin. We arrived safely back to Belgium after 29 hours of travel. Thank you again for your lovely message and photographs. We cannot thank you enough for everything you did for us during our time in Seoul. Your hospitality and kindness to us was way beyond we could have ever expected. You made us feel like family with your warmth and wonderful welcome to your lovely home. What a wonderful experience it was for us to share the climbing of MT. Bukhan, lunch at the temple and our wonderful dinner and dessert. But the best of all was just spending time with both of you and getting to know you both. You are such lovely people and wonderful Ambassadors for your country. Last but not least - Lee thank you for all the wonderful breakfasts you prepared for us every morning - you put so much effort into every dish which were always delicious. We hope you enjoyed the wedding on Saturday and we wish your daughter and her new husband a long, healthy and happy life together. If we return to Seoul we would love to stay with you again. And don't forget if you ever go back to Ireland please let us know. Thank you both again for everything. Take care.

Ann and Adrian xx

BTS 등 한류 열풍으로 맞은 손님들

이번에는 한류 스타들 덕분에 맞게 된 손님들에 대해 이야기를 해야겠다. 세계적인 한류 열풍이야 새삼스러운 일이 아니지만 그 열기가 지속되고 우리 스스로 그 기운을 주변에서 뜨겁게 느낄 수 있다는 게 정말 놀랍기만 하다. 무엇보다 외국 관광객 상당수가 K드라마라든가 아이돌스타에 반해 처음으로 한국에 왔다니 흐뭇한 일이 아닌가.

한류에 대해 이야기하자면 한이 없다. TV 드라마로는 오래전으로 거슬러 올라가서 배용준이 나온 '겨울연가'로부터 이영애의 '대장금', 몇 년 전의 송중기-송혜교의 '태양의 후예'까지. 손님들은 드라마 이름이며 출연한 탤런트, 그리고 줄거리까지 줄줄이 꿰어 말한다. 때로는 드라마와 관련해 떠오르지 않는 기억, 혹은 궁금하게 여겨온 것들을 묻기도 하고. 젊은 시절부터 '연예가 중계'라고 할 정도로 이쪽에 밝은 아내가 커버를 해서 다행이지만 나에게는 곤혹스런 화제이기도 하다. K-드라마가 한류의 파도라면 K-pop은 그 파도 소리 같다고나 할까.

벌써 이태 전이지만 6월 중순 중국 광저우에서 온 딩(Ding)과 그 친구들에 대한 기억은 아직도 생생히 남아있다. 오후 3시쯤 당연히 예약한 세 명이 함께 올 줄 알았는데 딩은 이튿날에나 온다는 것이다. 무슨 사정이 있겠거니 하고 두 명의 손님들 짐만 챙겨 방에 넣어주고 통인시장을 안내해주었다. 뭔가 간단한 요기를 하고 싶어 했기 때문이다. 이렇게 따로 체크인하는 경우, 대개 출발지가 다르거나 이곳에서 합류하는 손님이다.

이튿날 아침 늦게 나타난 딩의 모습은 그런 예상과 달리 영 딴판이다. 밤새워 무슨 작업이라도 한 듯 지치고 부스스한 표정이다. 그래도 셋은 만나자마자 손뼉을 치는 등 상당히 들뜬 모습으로 신나서 떠들어댔다. 사연을 물어보니 딩이 밤새워 줄을 서서 기어이 BTS 공연 티켓을 구했다는 것. 어제 공항에서 잠실 매표소로 직행해 서로 번갈아 줄을 섰고 밤샘은 딩의 몫이었다는 얘기다. 얇은 담요를 덮고 뒹굴며 뜬눈으로 지새웠을 텐데도 딩은 자기 책임을 다한 양 의기양양하다. 그들이 이번에 서울에 온 가장 큰 목적도 이 공연을 보기 위해서라고 말한다. BTS 공연에 국내는 물론 세계 각 곳의 아미(팬클럽)들이 구름 같이 몰려든다는 얘기를 심심치 않게 들었지만 이 정도일 줄은 몰랐다. 그러니 이들이 잠실올림픽주경기장에서 열린 실제 공연을 보고 어떠했을지 상상하고 남을 만하다. 이튿날 아침 식사 때까지 기염을 토하며 우리에게 자랑하더니, 뜻밖에 BTS의 CD까지 선물로 주었다. 아마 우

딩이 BTS 공연을 보고 온 후 선물로 전해 준 CD

리가 너무 뜨뜻미지근하게 반응했기 때문이 아니었을까.

그들에게나 BTS에게는 미안한 일이지만 우리 부부는 이 CD의 타이틀곡을 몇 번 듣고 그냥 모셔두었다. 우리의 호흡은 느려졌고 핫한 트렌드를 바로 따라잡기에 버겁기도 하다. 그렇더라도 이런 뜨거운 기운에 휩싸이면 가슴이 뛰고, 또 한편 진짜 미안한 마음이 들곤 한다. 한국 TV 드라마를 즐겨본다며 그 제목이며 탤런트 이름, 거기다 내용까지 들먹일 때나 K-pop 가수들에 대한 열정을 드러낼 때 그만큼 잘 알지 못하고 또 그만큼 뜨겁게 공감을 못하니 말이다. 그나마 아내가 젊었을 적부터 '연예가 중계'란 별명을 갖고 신세대 가수들의 노래를 좋아했으니 망정이지.

솔직히 나 개인적으로는 대부분 직장 생활에 바쁜 남자들처럼 TV 드라마를 시시껄렁하게 생각하거나 외면한 편이었다. 언제부터인지 정신없이 빨라지고 가사도 불분명하게 들리는 최신 대중음악으로부터도 멀어졌다. 그런데 외국 관광객들을 만나고 게스트를 받으면서 내가 우리 대중문화에 대해 너무 무지하고 그릇된 편견에 빠져 있다는 사실을 깨닫게 되었다. 너무 경박하거나 비현실적이고 플롯이 허술하다는 따위, 누구나 할 수 있는 비판이다. 그러나 한국을 알고 싶어 하고 한국을 알아가는 외국인들에게 이만큼 재미있고 유익한 콘텐츠가 없는 것이다. 한국어를 배우거나 유학을 온 학생이나 취미로 한국을 알려는 중년층에게까지 이른바 '한드(한국 드라마)'는 필수 코스가 되고 있다. 태양의 후예 송중기·송혜교 덕분에, 그 잘생긴 현빈, 손예진, 아직도 대장금인 이영애 덕분에, 강남스타일 싸이, 세계적인 스타에 오른 비, BTS 덕분에 이렇게 손님들을 받다니! 이제 한국의 배우며 탤런트, 가수들에게 엎드려 절이라도 해야 할 판이다.

한류 스타들이 등장하면 발걸음을 멈추고 스마트폰으로 사진 찍기 바쁘다. 광화문광장에서 열린 야외공연 (2017.8)

독일인 마티아스도 한류 열풍에 휩싸인 딸 에바를 위해 지난 4월 일주일 간 서울에 왔다. 이제 김나지움에 입학하는 딸에게 뭔가 특별한 축하의 뜻을 대신하고 싶었다는 것. 에바는 한국 드라마며 K-pop의 열혈 팬으로 한국어 도 배우고 싶어 한단다. 곰순 씨가 시험 삼아 가르쳐주는 우리 말 단어며 문 장을 놓치지 않고 열심히 따라 하려 했다. 거실에서 TV로 가수들의 노래를 시청하는 모습은 공부하는 것처럼 진지해 보였다. 그렇게 한창 꿈에 부풀어 한류의 진원지를 찾아왔을 텐데 우리가 해줄 수 있는 일이 별로 없다. 그때 떠오른 게 BTS 앨범이었다. 책장 위에서 먼지가 쌓여가던 그 CD. 앨범 재킷 에는 이 보이밴드의 재기발랄하고 풋풋한 사진이 눈길을 빼앗는다. 이거, 정 말 귀한 뜻으로 받은 것인데 곧장 다른 사람에게 줘도 괜찮을까, 망설임은 잠 깐. 아침 식사를 마친 후 에바에게 그 선물을 건네니 정말 주는 거냐며 뛸 듯 이 기뻐한다. 이거야말로 물건이 주인을 제대로 찾아간 셈이 아닌가. 활짝 웃는 그 표정에 우리는 마음이 놓이기까지 했다.

일본 도쿄에서 온 미조구치(Mizoguchi)와 도루 미조구치 모자는 BTS의 아미라 할 만한 열성 팬으로 공연을 보러 일부러 이곳 한국에 온 경우. 11월 말 겨울의 초입으로 쌀쌀한 날씨다. 그들이 구일역에 간다 했을 때 우리는 그런 전철역이 있나, 그 근처에는 무슨 관광지가 있나 의아해했었다. 알고 보니 1호선 그 역 가까운 고척 스카이돔에서 BTS 공연이 있었던 것. 어머니는 그들의 공연을 도쿄와 서울에서 다섯 번이나 보았다고 했다. 이제 고1이 된 도루도 이번이 세 번째라며 기염을 토한다. 도쿄의 공연에는 티켓 1장당 4만 엔 정도고 서울에서는 2만 엔 상당이라니 그 비용도 만만치 않을 듯싶다. 무엇이 이들을 그토록 열광하게 만드는 걸까.

"한국의 비틀즈라는 말대로 BTS는 정말 세계적인 스타입니다. 나는 아들을 통해 이들을 알게 됐는데 이젠 내가 더 좋아하게 됐어요. 멋지고 현란한 댄스도 좋지만 노래 가사가 너무 감동적이에요. 젊은이들의 고달픈 삶을 잘 이야기하고 격려해주잖아요. 자기실현에 대하여, 그리고 멘탈 헬스가 되는 음악! 어떤 곡이든 공감을 불러일으켜요. 한국에 이들을 탄생시킨 '방' 프로듀서가 있다는 게 부러워요."

구글 번역기로 들어본 이야기는 그러했다. 그녀는 길거리를 가다가도 그들 노래를 금세 알아듣고 내게 귀 기울여 보게 했다.

I wanna be a good man just for you
세상을 줬네 just for you
전부 바꿨어 just for you

Now I dunno me, who are you?

우리만의 숲 너는 없었어

내가 왔던 route 잊어버렸어

나도 내가 누구였는지도 잘 모르게 됐어

거울에다 지껄여봐 너는 대체 누구니

이제 막 수확해서 매대에 오른 풋풋한 귤 향기가 풍기는 과일가게 앞에 서였다. 뜨겁고 강렬한 리듬이 점점 무디어 가는 내 감성을 베듯이 스친다. 그때는 그 곡의 타이틀이 뭔지도 몰랐다. 그저 제대로 들어봐야지, 그래… 제대로 들어봐야지 하면서, 그들을 전송한 뒤 찾아 다시 음미해본 'Fake Love'. 지금도 귓가에 맴돈다.

'비'를 찾아온 프랑스의 마리나

    프랑스 파리에서 혼자 여행 온 마리나(Marina)는 아시아권 여행이 처음이다. 그만큼 큰맘 먹고 계획을 잡아 왔다며 설레는 마음을 감추지 않았다. 우리 집에서만 5일을 묵고 일본으로 가는데 특별히 서울에서 할 일이 있단다. 누군가에게 선물할 그림을 가져왔다고. 기다란 지관통에 들어있는 '모나리자' 모사품이 그것. 단출한 여행 행장에 비해 거추장스럽게 보였던 물품이다. 뭐 그러려니 하고 넘어갔다. 혼자 오는 손님 중에는 비즈니스로 이곳 현지인을 만나는 경우가 많다. 혹은 여행지에서 만났던 한국 친구를 찾아올 때도 있다.

    마리나는 특별히 어느 데를 가봐야 한다는 목적 없이 유유자적 다니는 듯했다. 다만 애초 말한 대로 특별한 목적을 수행하기 위해 암중모색하는 모양. 그렇게 사흘을 보내고 아침 식사를 한 뒤, 드디어 결심이 선 듯 테이블에 앉아 뭔가 정리를 한다. 파리에서부터 챙겨 온 편지에 덧붙일 말을 적는지 우리에게 '정지훈'을 한글로 어떻게 쓰냐고 묻는다. 부끄러운 노릇이지만 나는 가수 비의 본명이 정지훈인 줄도 몰랐다. 그녀가 그린 풋풋한 청년의 그림을 보고서야 나는 고개를 끄덕였다. 그녀는 IT 관련 회사에 근무하고 있지만 그림 그리는 게 취미라고 했다.

테이블에 놓인 편지는 그녀의 어머니인 발렌티나(Valentina)가 쓴 것. 슬쩍 보니 "당신의 재능과 겸손함, 아름다움에 반하여 지난 10년간을 함께 해왔다"며 "내가 어려운 시기에 큰 도움을 준 당신에게 딸을 통해 선물을 보낸다"는 내용이다. 우리가 그 사연을 궁금해하니 마리나는 기다렸다는 듯이 그 이야기를 들려준다. 비를 어머니에게 알려준 사람이 바로 자신이었다는 자랑이 먼저. 어머니는 파리 근교에 따로 사시는데 척추관련 질환으로 거동은 물론 식사조차 힘들어하셨다. 어떻게 하면 잠시라도 그 통증을 잊게 해드릴 수 있을까. 그래서 그 당시 자신이 즐겨 보고 듣던 K드라마와 음악을 링크해 보내드리기 시작했단다.

마리나는 어머니가 '풀하우스'를 보면서 잃었던 웃음을 찾았다고 회상한다. 2004년 여름에 방송된 이 드라마는 아름다운 해변의 집을 배경으로 사기 당한 이곳을 찾으려는 아가씨(송혜교)와 톱스타(정지훈)의 좌충우돌 사랑싸움과 코믹한 이야기를 그린 로맨스멜로디다. 이때부터 마리나의 어머니는 비와 관련된 모든 영화, 음악을 챙겨 보고 들으며 지독한 고통에서 벗어나기 시작했다는 것. 물론 신체적인 병과 함께 찾아온 스트레스며 마음의 병을 다스리게 됐다는 이야기겠지. 참으로 놀라운 한류의 마력 아닌가.

그런 어머니의 마음을 대신해 마리나는 모나리자 모사그림을 준비해 강남에 있는 레인 컴퍼니를 찾아가 담당자에게 전했다. 비를 직접 만나지는 못했지만 그래도 편지와 함께 선물을 제대로 전해준 것만으로 다행으로 생각하는 눈치. 마침 신혼여행을 다녀온 딸 부부와 함께 저녁을 하는 자리에서 마리

가수 '비'에게 전할 사연을 정성스럽게 옮기는 마리나

나는 무슨 무용담이라도 들려주듯 들뜨고 신난 모습이다. 당장 어머니에게도
이 기쁜 소식을 알렸다고 하니 과연 효성스런 딸이다. 그녀는 떠나기 전에 게
스트북에 정성스럽게 연필 스케치 그림을 남겼다. 한국의 소녀들은 다 이처
럼 예쁜 것 같다는 찬사와 함께. 아내는 그게 탤런트 손예진 임을 금방 알아
챘다.

그들은 과연 어떻게 K-pop을 알게 되었고 무엇이 좋은 걸까. 2019년
크리스마스를 앞둔 때, 러시아 출신으로 프랑스 파리에서 일을 하는 자나
(Zhanna)도 대학에서 만난 친구인 포르투갈의 둘스(Dulce)와 함께 한류를
좇아 서울에 왔다. 둥근 챙의 멋쟁이 모자를 쓰고 붉은 외투를 걸치고 나타난
자나나 우리말 몇 마디를 건네는 둘스나 대번에 우리 부부를 사로잡았다. 그

열렬한 K-pop팬으로 샤이니 종현의 추모음악회를 위해 일부러 서울을 찾았다는 둘스와 자나

래서 무슨 특별한 일로 왔냐고 물으니(예를 들면 패션쇼라든가 페스티벌 따위를 생각하고) 한 가수를 찾아왔다고 했다. 그가 누구냐니까 이제는 이 세상에 없는 '샤이니 종현'이라며 주저 없이 말한다. 바로 내일 그를 추모하는 제 2회 '빛이나 예술제'에 가려고 티켓을 신청해놨다는 것. 그는 2008년 그룹 샤이니로 데뷔해 '누난 너무 예뻐', '리딩동', '루시퍼' 등의 노래로 국내는 물론 세계적인 한류 가수로 발돋움했고 2015년 솔로 가수로 전향한 뒤에도 싱어송라이터며 라디오 DJ 등으로 탄탄한 팬덤을 만들어왔다. 그러다 2017년 12월 28일, 그야말로 꽃다운 나이인 27세에 강남 어느 레지던스에서 스스로 생을 마감했다.

벌써 그렇게 됐나? 나는 그때 뉴스로 생생히 본 그의 유서 때문에 충격을 받고 전율했었다. 그 이전에 그에 대하여 특별히 그렇게 관심 있거나 그의 노래를 아는 편은 아니었다. 그런데 그의 친구와 가족을 통해 공개된 유서는 내 심연의 깊은 곳에까지 떨어지는 납덩이 같았다. "난 속에서부터 고장 났다. 천천히 날 갉아먹던 우울은 결국 날 집어삼켰고 난 그걸 이길 수 없었다…. 막히는 숨을 틔어줄 수 없다면 차라리 멈추는 것이 나아. 난 오롯이 혼자였다. 끝낸다는 말은 쉽지만 끝내기는 어렵다. 그 어지러움에 지금까지 살아왔다. …" 얼마나 외롭고 아팠을까! 아무것도 모르는 나조차 가슴 시려 잠을 설칠 정도였다.

자나 역시 다른 팬들과 마찬가지로 그의 죽음을 바로 어제 일처럼 기억하고 있었다. 그렇게 우울증이 깊도록 잘 살피지 못한 의사를 원망하기도 했다. 그녀는 포르투갈에서 대학에 다닐 때 TV를 통해 샤이니를 처음 알았고 그의 모든 노래에 심취해 열혈 팬이 되었다. 그리고 절친인 둘스에게 소개하여 팬클럽 활동을 해오고 있는 것이다. 그렇게 좋아하고 따르던 우상의 갑작스런 죽음이라니! 이른바 베르테르 효과를 걱정할 만한 쇼크였으리라. 다행히 이점에 있어서 그녀는 단호했다.

"(종현의 죽음과 관련하여) 우리는 정신 건강에 대한 문제를 보다 공개적으로 다뤄야 합니다. 이것만이 그를 올바로 추모하는 것이고 이렇게 함으로써 종현과 같은 사람을 치유하는 데 도움을 줄 수 있습니다."

종현의 유족이 설립한 공익법인 '빛이나'가 개최하는 예술제는 이런 팬들의 기대를 모아 한층 아름답고 빛나는 공연으로 자리매김하고 있다. 우리 집에 온 이튿날 저녁 자나와 둘스는 광림아트센터에서 열린 그 축제에 간다며 집을 나갔다. 둘스는 작년에 도쿄에서 열린 샤이니 공연 '지금부터(From

Now On)'에 가서 느꼈던 감동도 전해주었다. 그만큼 열성 팬이고 그를 기리는 자리라면 늘 함께하고 싶다고 했다.

아침 식사를 마친 뒤 나는 그들에게 미리 준비한 간단한 질문지를 건넸다. 혹시 그들이 말하는 것을 제대로 이해하지 못할까 하여. 괜한 부담을 주는 게 아닌가 했는데 이들은 시험을 보듯이, 심지어 답변할 칸이 너무 작다며 아주 진지하게 써 내려갔다. 그중 몇 가지를 옮겨보면,

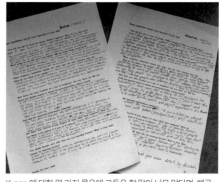

K-pop에 대한 몇 가지 물음에 그들은 할 말이 너무 많다며 빼곡히 답해주었다.

— 샤이니를 어떻게 알게 됐고 어떻게 생각하나요?

친구인 자나(Zhanna)가 준 샤이니 공연 비디오를 통해서 2013년 처음 접했습니다. 'Ring Ding Dong'은 금방 나의 애호곡이 됐지요. 싱어송라이터 종현은 그 자신 시적인 감성을 잘 표현하는 재능을 갖고 있고 그래서 그의 노래는 매우 호소력 있습니다. (D)

— 샤이니 종현의 죽음에 대하여.

팬들은 너무 놀라 그의 죽음을 바로 어제 일처럼 기억하고 있습니다. 우리는 이제 '마음의 병'을 보다 공개적으로 이슈화할 필요가 있다고 생각합니다. 그렇게 함으로써만 종현과 같은 이들을 도울 수 있겠죠. (Z)

― K-pop을 좋아하는 이유는?

유럽에서 아티스트들은 노래를 하거나 댄스를 하거나 둘 중 하나에
요. 그런데 한국 가수들은 한꺼번에 그것을 다 해내죠. 매우 감동적이
에요. (D)

무엇보다 사람들을 매우 행복하게 해줘요. 정말 에너제틱하죠! 특히
인생의 어려운 때를 잘 극복하는 데 도움을 주기 때문에 좋아해요. 그
렇지만 가수들이 단순히 팬들의 우상이 아니라 진정한 아티스트로 인
식될 수 있기를 바래요. (Z)

― 한국어도 잘 하시는데 어떻게 배우나요?

특히 K-pop에 관심을 갖고 나서 한국어 배우는 걸 좋아하게 됐습니
다. 좋아하는 곡의 가사들을 알아가는 게 재미있습니다. 한국의 쇼 프
로그램을 자막 없이 보기 좋아합니다. (D)

그들은 내가 게스트하우스에 관한 이야기를 쓰려고 한다고 밝히니, 페이
스북 계정을 알려주며 얼마든 이야기를 더 들려주겠다고 했다. 글쎄…. 이렇
게 정리는 하고 있지만 언제 책을 낼 수 있을지 모를 일이다.

'기생충' 아카데미상 수상을 축하하며

이란의 프랑스학교에서 역사를 가르친다는 오를린(Aurelien)은 우리 영화에 대한 열혈 팬이다. 이전에 파리에 있을 때 몇 편의 유명한 한국 영화를 인상 깊게 보았는데 특히 칸영화제에서 황금종려상을 받은 기생충에 대한 찬사를 아끼지 않았다.

마침 그가 온 때, 이 영화가 올해 92회 아카데미상의 작품상, 감독상 등 6개 부문에 노미네이트된 상태였고 며칠 뒤 시상식이 개최될 예정이었다. 처음 만나서 이런 이야기를 나누니 반갑기도 하거니와 대화가 술술 풀렸다. 먹자골목으로 가서 삼겹살과 된장찌개로 저녁을 먹는 자리에서였다.

아카데미상이란 게 어떤 건가. 세계에서 가장 유명하고 권위 있는 상으로 알려졌지만 할리우드 상업영화 외에 외국 영화나 영화인들에게는 남의 동네 일처럼 보였던 게 아닌가. 백인 위주의 시상식이란 비판과 함께 봉준호 감독이 그 이전에 말했듯이 차라리 '로컬영화제'란 표현이 맞을지 모른다. 그러므로 나는 기생충이 최고의 영예인 작품상까지 받는다고 하는 데는 막판까지 반신반의했다. 기생충을 유력한 후보로 보면서도 많은 외신이며 영화평론가

들이 경쟁작인 샘 멘데스의 1917 쪽에 서 있는 듯했으니까.

그런데 오를린은 확언을 한다. 기생충이 이번에 틀림없이 영예의 작품상이며 감독상을 받을 수 있을 거라고. 그만큼 기대에 찬 응원으로 들린다. 이미 프랑스인 자국에서 황금종려상으로 그 작품성을 인정한 터이니 더욱 그런 마음이리라. 그런데 칸 황금종려상과 아카데미 작품상을 동시에 받은 작품은 1955년, 델버트 맨 감독의 'Marty(마티)'가 유일했다고 한다. 주로 예술성을 추구하는 칸영화제와 대중성이나 상업적 색깔이 강한 아카데미상의 특성 차이 때문일까. 아무튼 잘 되기를 바라자는 마음으로 우리는 맥주 몇 잔을 거푸 부딪치며 '건배'와 '상떼'(santé!)를 외쳤다.

집에 돌아와 책상에 앉으니 당장 눈에 들어오는 예쁘장한 과일젤리 깡통. 작년 가을에 다녀간 프랑스인 필립(Phillip)과 마리아(Maria) 부부가 새해 연하장과 함께 보내온 선물이다. 금박 무늬가 아름다운 카드에 손글씨로 보낸 카드도 놀랍지만 초콜릿과 과일 젤리는 생전 맛보지 못한 달콤한 맛이었다. 이렇게 뜻밖의 선물이나 사연을 받으면 기쁘기도 하지만 답장을 해야 한다는 점에 늘 신경 쓰인다. 무엇보다 그놈의 영어, 의사소통의 문제, 제일 속상한 게 이것이다. 내 생각이나 마음을 이런 이들에게 제대로 전할 수만 있다면! 그래서 답장을 미루거나 시침 떼듯 하는 경우가 다반사다.

그런 맘을 아는지 필립이 자신과도 몇 마디 나누자며 말을 건다.

"봉 감독이 작년에 황금종려상을 받았을 때 내가 일찍이 점치지 않았소? 더 큰 일이 있을 거라고."

"아 그렇죠! 필립 선생이 우리 집에 왔을 때 그 상을 받았었으니."

"설국열차도 재미있게 봤지만 기생충은 정말 충격적이었어요. 한국적인 배경과 스토리가 색다른 흥미를 주는데 그 내용은 어느 나라 사람이나 공감할 수 있는 거니까. 한국 영화는 이제 세계 최고 수준이라 할 만합니다.”

“고맙습니다. 그렇게 우리 영화에 뜨거운 관심과 응원을 보내주시니 제가 다 신나네요.”

“프랑스 영화나 샹송 좋아하세요?”

“아 그럼요. 프랑스 영화는 해피엔딩으로 끝나지 않는 경우도 많고 끝을 예측할 수 없어서…. 오히려 긴 여운으로 남아요. 오래전 배우들이지만 알랭 드롱이며 장 가방, 이브 몽땅…. 여배우로는 까뜨린느 드뇌브, 쥴리에트 비노쉬…. 그리고 좋아하는 샹송, Les feuilles mortes…. C'est une chanson qui nous ressemble. Toi, tu m'aimais et je t'aimais Et nous vivions tous deux ensemble Toi qui m'aimais, moi qui t'aimais.”

내가 ‘고엽’으로 알려진 샹송 몇 구절을 읊조린다. 프랑스 손님과 속살 깊은 데까지 나가면 내가 흔히 내놓은 구닥다리 메뉴. 필립이 흥을 돋워주듯 같이 흥얼거린다. 그러나 프랑스 영화 제목이며 배우 이름에 대해서 아무리 얘기해도 고개를 갸웃한다. 그러다 아하, 하며 제대로 된 본토 발음으로 배우들 이름을 들려준다. 이미 흘러간 시대의 주인공들이니 그럴 수도 있다.

우리 영화는 물론 역사, 문화에 관심이 많은 이들 부부를 위해 우리는 한복을 입혀 서촌 동네 한 바퀴 돌게도 했다. 멋지게 나이 들어가는 중년의 모습과 표정이 한복과 썩 어울리는 부부다. 감정을 잘 드러내니 우리 부부도 신날 수밖에. 함께 저녁을 하며 술을 마시기도 하고 아침 식사 뒤엔 커피를 마시며 한참 수다도 떨었다. 그즈음 봉준호 감독의 기생충이 칸영화제에서 황금종려상을 수상했다는 소식을 듣고 함께 얼마나 기뻐했던가. 신문 1면에 대

영화 '기생충'이 2019년 칸영화제에서 황금종려상을 받았을 때, 마침 서촌집에 머물던 프랑스의 필립 부부가 자신들의 일처럼 즐거워하며 축하의 뜻을 함께했다. 동화작가이기도 한 필립은 누구보다도 우리의 저작을 응원해주었다.

문짝만하게 실린 수상 관련 뉴스를 보며 필립은 자신의 일처럼 즐거워했다.

꼭 그때와 같이 이번에는 아카데미상 작품상 수상 소식을 오를린과 함께 접하게 됐다. 이번엔 그 몇 배로 전 세계가 떠들썩할 정도니 얼

한국 영화 팬인 필립은 프랑스 유력 잡지에 난 봉준호 감독에 대한 스토리까지 들려주었다.

마나 흥분되는 일인가. 투어를 마치고 돌아온 그가 오후 인사말처럼 그 소식을 건넨다. "각본상에 국제영화상, 감독상, 이윽고 작품상까지! 봉 감독이 정말 대단한 일(a great deal)을 해냈습니다." 그리고 자신의 예측이 맞았다고

어깨를 으쓱한다. 나도 그레잇(Great!)을 연발하며 두 주먹을 불끈 쥐어 올려 화답했다.

"I'm also ready to drink tonight until tomorrow."

봉준호 감독이 국제장편영화 수상소감에서 말한 대로 나도 술을 마셔야 겠다고, 우리가 쏜다고 큰소리친다.

가슴이 뻥 뚫리게 얼마나 시원한 뉴스인가. 중국 우한에서 신종 코로나바이러스(COVID-19)의 희생자가 천 명을 넘어 전 세계를 공포로 몰아넣을 때였다. 우리나라도 감염 확진자가 늘고 중국에서 급히 귀국한 이들이 아산과 진천 임시수용소에 격리 수용되는 등 모든 국민이 숨을 죽이고 있던 시기. 우리 부부는 오를린과 함께 손님들과 자주 가는 부대찌개 집으로 가서 먼저 삼겹살과 함께 막걸리를 시켰다. 지난번에 그가 냈으니 당연히 우리 차례이기도 했다.

"내가 패러사이트(Parasite)를 좋아하는 이유는 감독이 사회적 이슈를 스릴 있게 만들었기 때문입니다. 계급 갈등을 이처럼 이야기할 수 있다는 게 매우 인상적이죠."

다시 영화 이야기가 이어진다.

"몇 번을 봐도 새롭게 볼 수 있는, 우리 삶을 제대로 담은 영화입니다."

귀에 쏙쏙 들어오는 영화평이다. 자막으로 보여주듯 정확한 영어 설명이 고맙기까지 하다.

"작년에도 파리에서 오신 손님이 한국영화 예찬을 하던데…. 진짜 그렇게 많이들 보나요?"

"그럼요. 많은 프랑스인들이 점점 더 한국 영화를 좋아하고 있습니다.

(French people like Korean cinema more and more. Some movies are completely new and sound crazy. Old boy, Parasite, Last train to Busan, Memory of a murderer. (일본 영화 '수라설희') All these movies are very famous in France because of new fresh direction and ideas. It's original and interesting.)"

그의 말을 더빙하듯 그대로 옮겨본 것.

신경 곤두세울 화제도 아니니 부대찌개가 더욱 구수하고 속편이 먹힌다. 나눠 마신 막걸리 한 병에도 흥감한 기분에 취한다. 그렇다고 여기서 그만두기에는 체면이 안 서지. 음식점을 나서니 이게 웬일, 방콕에서 와서 오를린과 함께 며칠 지낸 퐁팟(Pongpat)이 기다렸다는 듯이 서성거린다. 그도 저녁을 먹고 일찍 들어가기 아쉬워하는 눈치. 우리는 '기생충'을 위하여 더 마시자고

'기생충'이 아카데미상 작품상 등을 수상한 날, 서촌 집에 묵고 있던 또 다른 한국 영화팬인 프랑스 오를린과 태국의 퐁팟이 술자리를 돌며 이 영화에 대한 호평을 나눴다.

영화에 빈부격차의 상징으로 나온 '짜파구리' 음식을 특식으로 만들어 제공

부잣집처럼 채끝살은 못 하고 계란 프라이로

의기투합했다. 나로서는 맘껏 술을 마시기로 하면 이만큼 훌륭한 핑계도 없다! 아내는 슬며시 사라진 후다. 우리는 맥줏집을 갔다가 다시 3차로 근처 칵테일 바로 자리를 옮겼다.

아쉽게 아직 영화를 못 봤다는 퐁팟이 핸드폰으로 관련 영상을 틀어본다. 사뭇 부러워하는 눈빛이다. 그리고 태국 영화에도 볼만한 게 많다며 '엉클 분미(UNCLE BOONMEE)'를 보여준다. 우리는 이제 만국 공통의 언어가 된 영화 이야기로 술잔을 채운다. 세시봉!(C'est si Bon!) 영화가 좋다! 새벽까지 우리는 그 좋은 영화의 관중이 된다.

이튿날 아침 나는 그들을 위해 영화에 나온 그 유명한 '짜파구리'를 만들어주었다. 제법 괜찮은 조리였고 자신이 생겼다. 아주 간단하면서도 창의적인 맛!

그리고 떠오른 김에 필립에게도 EMS로 짜파게티와 너구리 한 봉씩을 담아 보냈다. 일전에 그가 보내준 선물에 무엇으로 보답해야 할까 고민했었는데….

떠나간 손님의 아픈 사연에 눈물도

해가 갈수록 인연들이 쌓이며 크리스마스 시즌이며 연말과 새해에는 뜻밖의 카드며 편지, 선물까지 받는다. 너무 반갑고 고맙지만 주로 받기만 하는 편이니 미안한 일이기도 하다. 국내외 여러 곳에서 그렇게 많은 손님들이 왔다 가니 일일이 인사를 보내기도 그렇고 어떤 때는 기억이 가물가물하다.

손님들이 돌아간 뒤, 혹은 연말연초에 보내주는 엽서나 카드, 혹은 손편지들

올해도 홍콩 정문사라는 여행전문출판사에서 크리스마스카드를 보내왔는데 우리는 처음에 광고 엽서인 줄 알았다. 셜리왕(Shirley Wong)이란 이름을 보니 우리 집에 묵었던 손님이다. 예약자를 Wong으로 했었고 다행히 그녀가 숙박지에 영문 이름을 썼기에 확인할 수 있었던 것. 단 하룻밤을 자고 갔는데도 이곳과 우리 이름을 기억해주니 어찌 고맙지 않을까.

필립이 보내온 크리스마스카드와 젤리

프랑스 르홍이 선물로 가져온 푸아그라. 우리는 용도도 잘 몰랐던 것

이런 가운데 받게 된 니라(Nila)의 두툼한 에어메일은 더없이 반갑고 놀라운 것이었다. 누구 것일까 의아해하면서 봉투를 뜯어보니 여러 장의 그림, 편지 등과 4×6 사이즈 사진 두 장이 툭 튀어나온

거의 같은 때 왔던 Jordi(스페인) Thinh(베트남) Namie(일본)로부터

다. 아, 지난 10월 초에 방문했던 그 오스트레일리아 피터(Peter) 가족이 아닌가! 한 장은 아내가 그들의 다섯 살, 두 살짜리 딸들과 손을 잡고 활짝 웃는

오스트레일리아의 니라가 사진과 함께 보내온 편지

모습이고 한 장은 단란해 보이는 가족사진이다. 그렇게 잘 따르며 얌전하고도 똑똑하게 굴던 아이들이었으니 잊을 수 없지. 특히 실바니(Silvarni)는 우리를 부를 때 꼭 '미스터 신' '미세스 리'하며 예의를 갖추려 하고 말끝마다 '땡큐'를 달고 다녔던 소녀. 두 살짜리 아기 역시 제 언니처럼 아내를 잘 따르며 귀여운 응석을 부렸었다.

그렇게 살아 오르는 환한 기억도 벅찬데 눈이 번쩍 뜨이는 그림이 보였다. 색연필 혹은 파스텔로 세밀하게 그린 드로잉을 코팅한 것. 처마의 서까래며 격자무늬의 창호, 툇마루와 봉당까지 한옥의 디테일이 잘 표현돼 있고 마당의 배롱나무며 남천, 자귀나무가 살아 있는 듯 하늘거린다. 뿐만 아니라 국화꽃에서는 향기가 뿜어져 나오고 벽에 걸린 광주리조차 실물 같다. 여간한 프로의 솜씨로 보이지 않는다. 손님들이 게스트북에 가끔 그림을 그려놓는데 피터도 그런 뜻으로 이 그림을 부친다고 했다.

큰 체구에 순박한 인상이었던 그와 이런 섬세한 그림과는 잘 매치가 되지 않았다. 그가 일하고 있는 작업 환경과 외양에 대한 편견 때문일까. 그는 무연탄을 캐는 노천광산에서 산채만 한 트레일러를 몬다고 했다. 그가 거대한 트레일러 바퀴 옆에 서 있는 사진을 보여주었는데 우스꽝스러울 정도였다. 피터는 오랫동안 허리병으로 고생해왔다는 얘기도 들려주었다. 아마 오랜

오스트레일리아의 피터가 병상에 눕기 전 그렸다는 서촌집 마당 그림

기간의 고된 일로 얻은 직업병일지도 모른다. 니라가 그의 상태에 대하여 걱정하며 귀띔해주었다. 이곳에 오기 전에도 매일 물리치료를 받으며 힘들어했다고. 그의 부탁으로 카이로플래텍 하는 곳을 몇 군데 알아보았지만 예약을 할 수 없었다. 차라리 그가 이곳에서 더 즐겁게 지내다 가도록 신경 써주는 게 낫겠다. 나는 그렇게 마음먹고 그의 관심을 딴 데로 돌리게 했다.

돌아보니 그때 마침 재방문한 노르웨이 스테판도 이들 가족과 어울렸기에 내 기억에 더욱 생생하다. 우리는 저녁 삼아 서촌에서 삼겹살과 맥주 한 잔 곁들이고 광장시장으로 진출했다. 오랜 전통시장답게 그곳은 늘 사람들로 붐비며 눈길을 끄는 것 천지다. 피터는 시장에 들어서자마자 막내딸을 번쩍 들어 올려 무동을 태운다. 고양이처럼 눈을 반짝이며 사방을 둘러보던 아이는 신났다. 아빠의 어깨 위에서 들썩거리기까지 한다. 그래도 피터는 아이를 올려보며 뭐라 즐거운 말을 나눈다. 저 순간만큼은 통증을 잊고 있는 것일까.

광장시장을 빠져나와 피터의 가족과 스테판, 그리고 나는 청계천을 따라 산책하기 시작했다. 피터는 아이들 뒤를 따르며 가족들 사진 찍기에 열중한다. 폴짝폴짝 뛰어가는 어린 딸들 뒤에 한참 뒤처지기도 했다. 그러다 가끔 돌계단에 앉아 신음을 흘리는 데는 마음이 아팠다. 어떻게든 치료를 받게 도와주어야 했는데…. 내가 그의 말을 건성으로 들은 건 아니었나, 켕기기도 했다. 저녁 어스름이 내리며 천변 고층빌딩들의 불빛이 환해지고 시냇물 흐르는 소리는 더욱 크게 들린다. 깊어가는 가을의 쾌적함이 너무 좋은 저녁이다. 우리들의 이야기는 끊어질 듯 이어지며 물소리에 섞여 들어간다. 가끔 찾아오는 침묵 속으로 아이들의 까르르 웃는 소리가 들린다. 우리는 마치 아주 오래전부터 알아 온 사람처럼 천천히, 아주 느긋하게 시냇물 흐르는 청계천을 끝까지 걸어 올라갔다. 발목에 깔리던 어둠이 어깨를 덮을 때까지.

아마 이런 정감이 우리 집에 대한 정성스런 기억으로까지 이어지지 않았을까. 피터는 그림 아래 고맙단 뜻을 표했다.

니라가 쓴 편지도 아마 그림처럼 따뜻한 내용이겠지. 그런데 A4용지 두 장 빼곡한 사연을 읽어가며 우리 부부는 점점 가슴을 졸이기 시작했다. 피터는 집에 돌아가자마자 더욱 집중적으로 물리치료며 침 치료 등을 계속했다. 그렇게 약 두 달간을 해도 차도가 없더니 12월 중순 극심한 통증과 함께 다리가 풀려 걸을 수조차 없었다. 결국 집 근처 병원의 신경외과 의사 진단에 따라 더 큰 병원이 있는 브리스본까지 헬리콥터로 이송돼 갔다. 거기서 CT 촬영 등 정밀검진을 받은 결과 척수 뒤에서 있는 지름 5cm의 악성 종양을 발견한 것. 그를 괴롭히던 허리통증이 결국 림프암으로 드러났다는 사실이다. 따라서 종양 제거수술을 했는데 앞으로 계속 화학요법의 치료를 해야 한다단다. 의사는 피터가 어쩌면 다시 걷지 못할지 모른다고 경고했단다.

이런 아주 구체적이고 절절한 사연을 다 적은 다음 니라는 "우리에게 참으로 고통스럽고 힘든 시간이었지만 지금 그가 살아있다는 사실, 그리고 조금씩 움직이기 시작했다는 사실에 감사하고 있다"고 밝혔다. 우리 부부는 점점 고통의 심연에 빠져 떨고 있었고, 이윽고 이 대목에 이르러서 아내는 울음을 참지 못했다.

"피터 앞에 회복의 긴 여정이 있지만 우리는 그가 다시 가족에게 돌아올 수 있기만을 바랍니다."

아내가 왜 그렇게 감정에 북받쳤는지 나는 잘 알았다. 아내 역시 허리통증으로 고생해오며 피터의 처지를 너무 잘 이해했기 때문이다. 피터가 이곳에 있으며 힘들어할 때면 더없이 동정하며 마치 자신의 아픔처럼 느꼈으니까. 그래서 밤마다 주전자에 뜨거운 물을 받아 수건에 쌓아 핫팩을 전해주고 집 근처 찜질방의 마사지숍에도 데려다주기도 했다. 그렇게 위중한 상태인 줄도 모르고 그냥저냥 참고 지내왔다니! 아내는 안타까운 마음으로 진정 그를 걱정했다.

편지 말미에 니라는 우리에게 한 가지 위안거리를 건넸다. '페르난도'란 강아지를 들였는데 아빠에 대한 딸들의 지나친 걱정을 조금 돌릴 수 있게 한다는 것. 그리고 두 딸이 우리 부부에 대해 좋은 기억을 많이 이야기하고 덕분에 그들이 한국을 정말 좋아하게 됐단다. 그 딸들의 편지와 그림을 보고 있노라니 '땡큐 미세스 리' '탱큐 미스터 신' 하던 아이의 얼굴이 더욱 해맑게 떠올랐다.

외할머니와 손녀가 다녀간 뒤

새해 들어 며칠 지나지 않은 날 어스름 저녁 무렵, 누군가 조심스럽게 대문을 두드렸다. 문간방에 호주에서 온 아담(Adam) 말고는 예약한 손님이 없었다. 살짝 문을 여니 할머니 한 분과 여학생이 꼭 붙어 서 있다. 감청색의 투박한 패딩 외투를 입고 목에 두툼한 머플러를 두른 할머니 행장은 영락없이 예전의 우리네 할머니 모습이다. 이제 막 대학생이 된 듯한 학생은 커다란 털방울

밤의 서촌집 대문 안에 들어서면

이 달린 모자를 쓰고 잔뜩 긴장한 표정이다.

"여기가 거 뭐냐, 게스트하우스 맞지예?"

"네, 그런데요….."

나로서는 사실 이거 어떡해야 하냐는 망설임이었다. 왜냐면 방방이 세탁한 침구류를 아직 정돈하지 않아 손님 받을 염치가 없었던 탓이다. 뒤미처 고개를 삐죽 내민 뚱딱이 슬쩍 눈치를 살핀다.

"손녀와 같이 서울 구경 왔는데 잘 수 없는가 하고예."

경상도 사투리에 어쩌면 그렇게 조심스럽고도 간절하게 건네는 말인지! 아마, 이곳이 아니라도 당장 어딘가에 몸을 들이고 싶은 처지로 보였다. 할머니의 손에 들린 커다란 쇼핑백이 꽤 무거워보였다. 구경을 온 게 아니라 서울 어느 집에 다니러 왔다가 가는 길로도 보였다.

"방값은 얼마나 하는지 모르겠네요."

"네 11만 원인데….."

"조금 비싸긴 하네요. 조금만 깎아 줄 수 없는지."

아이가 살포시 얼굴을 숙였다. 우리 부부도 약간 당황했다. 처음부터 방값을 깎자는 경우는 거의 없었으니까. 그러나 우리 나잇대라면 예전에 객지에 나가 어느 여관이나 여인숙에 묵게 되면 하던 보통의 흥정이 아니었던가. 나는 1만 원을 깎아준다고 하고 그들을 집안으로 들였다.

그리고 손님들에게 늘 하던 대로 쌍화차에 감을 깎아 대접하며 인사말을 나눈다. 그 사이 뚱딱이는 얼른 재방으로 들어가 방 세팅을 한다. 이 정도는 말을 안 해도 제법 척척 들어맞는 셈. 뜻밖에 여학생은 이제 고등학교에 올라가는 소녀란다. 긴 생머리에 살짝 화장을 하고 트렌치코트를 입어 한층 올된 모습이다. 할머니 옆에 다소곳이 앉아 무엇이 좋은지 그저 생글생글 웃는다. 이름이 누리라고 했던가.

누리가 이번에 처음으로 서울 구경을 온 것은 순전히 외할머니 덕이었다. 대구에 사는 누리가 김천의 외갓집에 간 김에 슬며시 할머니를 졸랐단다. 할머니는 떡이며 달걀에 과일, 음료수 등을 바리바리 챙겨 소풍 가듯이 길을 떠났던 것. 그리고 서울 도착하자마자 누리가 원한 대로 경복궁으로 가 한복 체험을 시켜주었다고. 얼마나 자상하고 고마운 할머니이신가. 내게 팥떡과 달걀 두 알을 건네는 마음에서 따뜻한 인정이 느껴졌다. 그런가 하면 방값으로 돌돌 만 만 원짜리 지폐들을 주는 데는 콧등이 시큰할 정도였다. 장롱 깊숙이 넣어두고 얼마나 아끼던 돈이었을까…. 손녀를 위해서라면 무엇이든 해주실 분이겠지.

밤이 되며 일기예보대로 비가 내린다. 겨울답지 않게 포근한 날씨 탓인지 빗방울도 굵고 줄기차다. 저게 비가 아니고 눈이라면 얼마나 좋으랴! 하늘이 뻥 뚫린 한옥에서는 펄펄 날리는 눈을 맞이하기 좋다. 툇마루에 앉아 맞은편 지붕이며 장독대에 눈이 소복이 쌓이는 걸 보면 왠지 마음이 편안해진다. 할머니와 손녀가 묵는 방은 서까래가 그대로 노출된 천장이 아름다운 방이다. 눈이 내리면 지붕에 사륵사륵 눈이 덮이는 소리가 서까래로 그대로 전해지지 않을까. 나의 상상은 가지를 뻗는다. 뚱딱이 기민하게도 그 방에 싱글 둘이 아니라 더블사이즈 매트를 들였다니 더욱 다행이란 생각이 들었다. 그렇게 이 밤, 따뜻한 눈 이불을 덮고 꿈나라로 들어갔으면…. 해서 아쉬웠지만 비는 비대로 심심치 않은 재미를 준다. 빗소리를 감고 도는 한옥의 정취가 그렇다. 취침등의 엷은 주홍 불빛이 새어 나오는 방에서는 도란도란 이야기 소

김천 할머니와 손녀가 묵고 간 밤, 겨울비 내리는 서촌집 전경

리가 끊어질 듯 이어진다.

아침 식사를 한 뒤 뭔가 망설이던 할머니가 게스트북을 가져와 보여주신다. 손님들에게 이곳에 묵은 기록을 남기도록 마련해 둔 방명록이다. 잘 자고 아침도 맛있게 먹었다며 평소 좋아하던 시를 남겼다고 했다. 펼쳐보니 박경리의 '그리움'이란 시였다. 틀린 어구를 종이로 다시 덧대 붙이고 수정한 흔적까지 그대로 남아있다. 뭐 그렇게 정성스런 마음을 남기고 싶었을까.

겨울비 내리는 밤에 외손녀와 일흔의 할미가
서촌 게스트하우스에서. 손자를 아홉 둔 김천의 어느 할매가.

그렇다! 할머니는 이 사실을 어딘가 꼭 남기고 싶었던 것이리라. 어쩌면 불현듯 그리움으로 돌아보았을 옛날이며 다시 그리움으로 남을 이 밤을. 누리는 할머니의 마음을 아는지 모르는지 역시 생글생글 웃기만 한다. 오히려 대문을 나서는 모습이 빨리 오늘 서울 구경을 마저 하고 싶어 하는 눈치다. 그래도 뚱딴이 그들을 돌려세워 봉당에서 사진 몇 장을 찍어주었다. 그냥 마음에 담아두고 싶은 이미지였다. 나와 같은 마음이겠지. 우연히 이곳을 들렀는데 언제 다시 볼 수 있으랴.

그렇게 끝나는 일이었다. 나그네라는 옛말이 있듯이 손님은 손님으로 가버리면 그만이다. 우리는 다시 일상의 쳇바퀴 속으로 빠져들어가며 다시 손님 맞을 준비를 한다. 새해가 되도 매일 똑같은 일의 반복이다. 게스트하우스 운영을 만 4년째 하고 이제 5년째 접어드는 때다. 부부가 서로 뚱딴이, 곰순이 하며 서로 위하기도 하다가 때론 지지고 볶고 자칫 매너리즘에 빠질 만한 때, 뜻밖의 선물을 받았다. 그냥 스쳐 지나간 나그네와 같았던 그 할머니로부터! 선물이라기보다 이것은 불덩이 같은 무엇. 너무 놀라서 눈이 번쩍 뜨이고 얼굴이 홧홧해졌다는 뜻이다.

'김천 누리 외할머니'란 이름으로 보내온 소포의 겉봉을 뜯으니, 새해 달력 표지의 포장이 나왔다. 그 포장을 뜯으니 그 안에 두 개의 비닐봉투로 담은 무엇인가 보였고, 다시 비닐봉투들을 열어보니 각각이 하얀 천으로 쌓여 있다. 그제야 남편은 호기심을 넘어 사뭇 진지해지는 표정. 그 안의 내용물보다 그 꼼꼼하고 정성스런 포장에 놀랄 수밖에. 더 열어보기조차 조심스런 지경이다.

우리 부부는 심호흡을 한 다음 이윽고 네 귀퉁이를 스카치테이프로 붙인

흰 손수건을 펼쳐보았다. 보통 A4 크기의 책과 손바닥만 한 책이었다. '옛 그림에도 사람이 살고 있네'란 교양서와 엽서로도 쓸 수 있는 '꽃 여름·나무 가을·숲 겨울·산'이란 소책자. 제목부터 감각적이라 눈길을 끈다. 새로 샀든 갖고 있던 책을 보냈든, 고르고 골랐을 법하다는 느낌이 묻어났다. 더구나 책갈피 사이사이에는 곱게 물든 단풍잎들이며 네잎클로버 따위가 끼워져 있다.

"과연 우리가 이것을 받을 수 있나? 무엇을 했다고…."

나 스스로 한숨처럼 흘린 말이다. 그렇다, 어떻게 이렇게 끔찍이 정성스런 마음을 받을 수 있단 말인가. 우리 부부는 서로 마주 보며 한동안 말을 잊었다.

책장 뒤에 또박또박 단정한 손글씨의 사연을 붙여놓았다. "부엌 창문 옆에 붙여두고 눈길이 머물 때마다 외워 들에 가서나, 마당에 비질을 한때, 손빨래를 하면서도 자연스럽게 술술 잘했는데… 나의 무지함을 방명록에 드러냈으니, 삼세번 다시 외워 봅니다. 이렇게 술술 잘 나오는데." 하며 다시 읊조린 박경리의 그 시다.

그리움은
가지 끝에 돋아난
사월의 새순

(중략)

그리움은
길가에 쭈그리고 앉은

우수의 나그네

흙 털고 일어나서
흐린 눈동자 구름 보며
터벅터벅 걸어가는 나그네 뒷모습

그날 적었던 글에서 3, 4연을 구분해서 다시 고친 것이지만 어쨌거나 당신의 반듯하고 정감 어린 마음이 그대로 전해졌다. 할머니가 이야기하고 싶은 애틋한 정서가 무엇인지 어렴풋이 잡힐 듯도 했다. 사라져간 희미한 옛사람, 옛것들에 대한 추억, 향수 같은 것. 손편지 끝에 "손녀와 아침밥을 먹을 때 황병기 명인의 가야금 연주 LP 판으로 들려주신 것 두고두고 생각날 거"라고 덧붙였다. 그런 우리의 모습 하나하나 당신에게 세세하게 잡혔고 고마웠단 뜻일까.

우리는 과분한 위로와 격려를 받은 얼떨떨한 기분에 휩싸였다. 엊그제만 해도 우리는 이걸 계속해야 하느냐 마느냐, 또한 나중에 어떻게 될까 등등에 대해 걱정하며 슬슬 게으름을 피우지 않았던가. 그런데 이 할머니는 우리가 하는 일을 칭찬하는데 그치지 않고 그 이상의 의미를 부여한 듯했다. 어쩔 수 없이 무언가 해야 하는 사람, 사는 일에 대한 아주 은근하고 재치 있는 권유처럼도 들렸다.

"그래, 이 일밖에 없어!"

우리 부부는 다시 입을 모아 외쳤다.

두꺼비집의
맷돌
호박

코로나바이러스의 절망을 딛고

2019년 말, 중국 우한에서 원인 불명의 폐렴이 발생했다는 소식이 국내 매스컴에 처음 알려졌다. 그리고 새해 들어서 환자가 속출하기 시작하여 중국에서는 이를 신종 코로나바이러스라고 밝히고 세계보건기구(WHO)는 나중에 그 공식명칭을 COVID-19로 정해 발표했다.

중국의 확진자가 200명이 넘어선 1월 20일, 한국에도 바이러스 감염자가 발생했다. 이후 중국은 우한 지역에 봉쇄령을 내려 대처했으나 2월 1일에는 확진자 1만 1000명, 사망자 250명을 넘어서는 등 걷잡을 수 없는 확산세를 보였다.

우리나라에서는 첫 환자 발생 후, 2월 중순 확진자가 대구·경북 청도 지역을 중심으로 급속히 늘면서 600명을 넘어섰다. 정부는 지역사회 내 확산을 우려해 감염병 위기경보 단계를 '경계'에서 '심각'으로 상향 조정하고 각종 대책을 펼쳤다.

이후 3월 12일 WHO가 코로나바이러스에 대한 팬데믹(pandemic: 세계적대유행)을 선언한 후 이어진 충격적인 사실들에 대해서는 구구히 말할 필요도 없겠다. 전 세계 곳곳에서 창궐하며 수십만의 희생자를 냈고 우리 국민 모두 경험하고 치러야 했던 끔찍한 재난이었으니까. 언제 끝날지, 또 언제 어떻게 나타날지 모르는 역병이기도 하다.

사실 2월 초만 해도 코로나바이러스가 중국의 문제라 생각했다. 우리가 예상했던 일은 그대로 진행됐고 일상은 그저 그런대로 흘러갔다. 사고나 별다른 일이 없으면 좋은 거란 생각이 언제나 나를 지배한다. '무소식이 희소식'이란 옛말도 틀림없다. 우리 가족은 예정한 대로 1일, 딸아이가 대학로의 소극장에서 출연하는 연극 "아빠빠를 입었어요"(오영진 극본)를 구경하러 갔다. 마침 태국에서 온 퐁팟(Pongpat)도 쾌히 따라나서서 나는 우쭐하기도 했다. 그가 우리말을 떠듬떠듬 하며 배우고 싶어하는 까닭이다. 이렇게 우연히 좋은 기회가 어디 있을까 싶었다.

이 연극은 오영진의 희곡을 각색한 것으로 재일 교포와 일본인 처, 그리고 그 사이에서 태어난 혼혈 2세간에 해방 후 귀국 여부를 놓고 벌어지는 갈등을 다룬 작품. 나라는 혼혈 딸아이 역을 맡았다. 뚱딱이는 올 때부터 뭔가 트집을 잡으려는 기색이었지만 나는 그저 딸아이의 연기가 기특하게만 보였다. 부족해도 한 걸음 한 걸음 나아가다 보면 길이 나겠지… 연극이 끝난 뒤 우리는 배우들과 기념촬영을 하고 근처 대학로에 나가 떡볶이와 프라이드치킨으로 요기를 했다.

지금 돌아보니 그 연극은 우리가 경험한 평범한 일상의 마지막 무대가 아니었나. 그런 생각이 들 정도로 우리는 별 걱정 없이 손님들과 어울리다 돌아왔다. 물론 중국에서 들려오는 암울한 뉴스가 불안감을 주었으나 바다 건너 문제. 사실은 속이 상해 일부러 외면하려고도 했다. 이미 예약 취소 사태가 일어나고 있었으니까. 뭐, 이러다 끝나겠지 하며 마음 편히 가지려 한 것. 퐁팟도 우리와 헤어져 시내 이곳저곳을 돌아다니다 새벽녘에 돌아온 모양이었다. 이제 다시 한번 더 돌아보니 2월에 온 프랑스 오를린(Aurelin), 티에리(Thierry) 그리고 퐁팟이야말로 고마운 손님 아니었던가. 19일 지내는 퐁팟의 숙박료만 해도 180만 원이 넘었다. 수익으로 보자면 더 이상 바랄 일도 아니었다.

그런데 2월 중순을 넘어 우리나라에서도 대구의 집단 발병을 시작으로 전국 각지로 확진자며 사망자가 늘며 사태는 심각해졌고 재난이 바로 우리 곁에 와 있음을 절감했다. 25일에는 누적 확진자가 1000명 육박하고 사망자도 11명이나 나타났다. 이와 아울러 세계 각국이 우리를 여행 위험국가로 지정하며 아예 입국을 막거나 입국시 격리조치하기 시작했다.

우리에게도 직접적인 타격이 나타나기 시작했다. 해약의 줄 사태에도 끝까지 남아 있던 영국인 커스티(Kirsty)가 바로 전날 취소를 했다. 부킹닷컴을 통해서 3박의 예약금까지 지불한 상태였기에 더욱 안타까웠다. 2월 말 오기로 한 스페인 게스트 2박, 그 이전에 타이완 후앙(Huang) 5박의 큰 손님도 임박해 취소. 후앙의 경우 작년 7월에 예약했던 손님이다. 이와 같이 이미 몇 달 전 예약하고 결제까지 했던 에어비앤비 손님들도 취소가 이어졌다. 모처럼 홈페이지로 예약했던 몇몇 손님도 말할 것 없다. '코로나가 잠잠할 때 다시 찾아오겠다'니 이해할 만하지. 그런가 하면 3월에 다시 오마 하고 큰 캐리어까지 맡기고 간 퐁팟도 예약을 해지했다. 그는 미안한지 못 오는 이유를 첨부해 보냈다. 3월 7일 예매한 트와이스(Twicelights) 공연으로 다시 오려 했는데 주최 측에서 취소 통보가 왔단다. 모든 게 연쇄적으로 멈추고 있는 상황이다. 관광, 숙박업계는 물론 항공사까지 휘청거린다는 뉴스가 이어지고 실제 이 근처 동네도 사람의 발길이 끊어지며 문을 닫는 식당이며 카페, 상가가 늘어나고 있다.

문을 닫는데도 하나 이상할 것 없는 상황이다. 부킹닷컴만 보면 2월에만 14건 예약 중에 12건이, 3월에는 9건 중에 6건이, 4월에는 12건 중에 8건이 취소됐다. 2월 말에 확인한 사항이었는데 3월 중순 이후에는 물론 전부 취소였다. 더 큰 우려는 더 이상 예약이 들어오지 않는다는 점이고 앞으로도 기약할 수 없다는 사실이다. 그리고 이런 후유증이 상당 기간 이어지리라는 어두운 전망이다.

이런 암울한 때 등장한 독일인 크리스틴(Christine)은 우리에게 그래도 희망과 용기를 주었다. 아래층에서 뚱딱이 다급히 날 부르는 소리를 듣고도 난 설마 손님이랴 싶었다. 삼일절이라 대문에 태극기를 내건 3월 1일, 오후 2시쯤 된 시간이었다. 내려가 보니 반신반의하며 기다린, 바로 그 손님이란다. 부팅닷컴으로 연초에 예약한 뒤, 최근 거의 모든 손님이 취소하도록 남아있던 예약자. 마스크를 풀며 집안으로 들어서는 그녀의 모습이 용감해 보이기까지 했다. 뚱딱이 짐을 챙겨 안으로 들이며 흥분한 기색이다. 원래 둘이 예약했는데 한 명은 오는 것을 포기했다고.

숨을 돌린 그녀가 선물로 가져왔다며 초콜릿 상자와 아울러 큰 봉투를 꺼낸다. 그리고 미소 띤 얼굴로 묻는다. 이전에 왔었는데 크리스티나라고 혹시 모르냐는 것. 아, 그 이름이라면 금방 떠오를 수밖에! 한 이년 전에 태국에서 살면서 가족들과 왔던 손님 아닌가. 우리 부부는 너무 놀라고 반가워하며 얼

코로나바이러스로 고통을 받는 때 다시 찾아온 크리스틴. 이곳에서 2년 전 가족과 함께 했던 추억을 나눴다.

싸안았다. 전혀 귀띔이 없었으며 정말 뜻밖이었다. 머리를 짧게 해 훨씬 젊어 보여서 몰라봤지만 점점 예전의 그 모습이 선명히 떠올랐다.

역시 코로나바이러스가 주된 걱정거리로 우리 인사에 끼어들었다. 몸에 열이나 이상증세 등 서로 아무 탈이 없냐는 확인(!)과 현재 확산 상황이나 문제 등. 그녀는 일본 도쿄에서 사흘간 공무를 마치고 김포를 거쳐 왔다고 했다. 그리고 서울에서도 사흘간 정부 산업통상부 및 서울시 에너지담당 부서와 업무를 보고 인도로 간다고 했다.

그런데 우선 전할 게 있다며 현금 4만 원을 전해준다. 2년 전 이곳에 왔다가 갈 때 버스비를 못 냈을 때 배웅하던 남편이 대신 내줬다는 얘기. 아, 그걸…. 뚱딱이는 겸연쩍어하며 손사래를 치다 기억을 되짚으며 2만 원만 받는다. 그 남편인 안드레아스(Andreas)가 서울 가면 갚으라고 리마인드시켜줬다는 것. 이렇게 분명하고 철두철미할 수 있을까. 감동할 수밖에. 그리고 가져온 봉투에서 뭔가를 꺼내 보이는데 뜻밖에 사진들이었다. 예전 우리 집에서 묵을 때 안드레아스와 뚱딱이가 카메라며 스마트폰으로 경쟁하듯 찍었던 것들. 스무 장이 넘는 사진에는 크리스틴 가족들의 사진이며 아이들 사진 들, 경복궁의 수문장 교대식 장면 등등과 집안에서 나도 끼어 찍었던 장면까지 다 들어있다. 마치 시간을 되돌려 받은 느낌이랄까.

우리는 저녁에 비공식적인 미팅이 있다며 나가는 크리스틴의 길 안내를 자청했다. 며칠 동안 집에 갇혀 지내니 갑갑한 터였다. 덕수궁 돌담길을 걸어 시청 쪽으로 가며 우리는 조심스럽게 대화를 나눴다. 점증하는 바이러스 공포로 서울 도심 한복판은 텅텅 빈 것 같다. 아무리 일이라지만 그녀가 이렇게 두려움을 무릅쓰고 하려는 공무가 무언지도 궁금했다.

"…청정 자연 에너지에 관한 협의에요. 독일은 이를 42퍼센트까지 끌어올렸는데 독일이 가진 선진 기술과 그동안의 경험을 공유하려는 거죠. 우리는 핵발전소를 줄이고 그린에너지 비중을 높이려는 한국의 노력을 지지하고 상호 협력 방안을 찾고 있습니다."

마스크를 쓴 채 또박또박 큰 목소리로 설명했다. 우리는 핵발전을

마스크로 무장을 하고 정동길을 걸으며

줄이면 전기비용이 비싸질 거라는 걱정을 말했다.

"리스크 관리 비용 등을 종합하자면 그렇지도 않습니다. 시간이 걸릴 뿐이죠. 독일에서도 많은 시행착오가 있었지만 지금은 대다수가 동의하는 쪽으로 그린에너지가 대세로 자리 잡아가는 편입니다. 한국의 경우, 한 가지 문제는 정부가 바뀌어도 과연 그런 정책을 지속적으로 이어갈지 하는 건데…."

그냥 툭 던진 의문인데도 사뭇 진지하다. 우리의 환경 보호를 위해서도 절실하고 급박한 과제라는 점을 강조한다. 사명감으로 똘똘 뭉친 그 열정이 그대로 전해진다. 독일 정부는 최근 공무원들의 해외 출장을 막으며 그래도 특별한 경우 담당자들의 판단에 맡겼다고 한다. 우리는 크리스틴이 어떻게 여기까지 왔는지 알만했다.

아침 식사로 나는 면역력을 높이는 식품이라고 인삼과 마늘을 많이 넣어 닭백숙을 끓여주었다. 가까운 테이블에서 먹는데 혹시 꺼려지지 않을까 했었다. 그런데도 그녀는 웃음을 잃지 않고 아주 자연스럽게 우리를 대한다. 그만큼 우리를 믿기 때문 아닐까. 그런 마음조차 고맙고 따뜻하게 느껴진다. 뿐만 아니라 코로나바이러스 사태에 대하여 침착하고 융통성 있게 말한다. 각국이 앞다퉈 국경을 봉쇄하고 이동을 막기 시작하는 데 대한 의견이 그렇다.

"이러한 때 '우리 국민'이란 건 없습니다. 어느 나라에서건 일어날 수 있는 상황이니까. 오히려 이러한 때 사람들이 어떻게 책임 있게 행동하고 정확히 대비해야 하는지 각국이 정보를 공유하고 문제를 해결하는 데 함께 노력해야겠지요."

그녀는 독일에서도 감염 확진자가 속출하고 있다고 관련 도시들의 지도를 보여주었다. 마치 우리도 같은 아픔을 겪고 있다는 동병상련의 마음을 전

대문 양옆 사진 게시판에는 그간 다녀간 국내외 손님들의 사진이 수백 장 붙어 있다.

때로는 보내준 사진이나 즉석 인화 사진까지. 그들을 기억하고 행복을 빌며…

하려는 듯이. 뚱딱이는 이게 다 세계화의 문제라고 지적한다. 평소 그가 싫어한다며 떠드는 세계화의 문제. 우리가 관광으로 덕을 보는데 무슨 흰소리인가. 크리스티나가 내 편을 들 듯 덧붙인다.

"세계화는 우리에게 많은 기회와 행복, 경험, 그리고 자극을 주고 있습니다. 그러나 많은 위험과 함께 책임을 요구하고 있죠. 이번 코로나바이러스 사태는 우리에게 세계는 아주 좁다는 사실과 당면한 위험을 함께 풀어나가야한다는 교훈을 주고 있습니다. 당장은 정부와 과학자들이 이 위기를 극복하기 위해 머리를 맞대야 합니다."

그의 이야기는 너무 지당하여 귀에 쏙쏙 들어왔다. 뚱딱이는 그녀와의 대화를 우리가 준비 중인 책에 그대로 옮기겠다고 했다. 크리스틴은 물론 정부 관료가 아니라 개인적인 의견임을 전제하면서 쾌히 승낙했다. 현재는 국경폐쇄에 부정적이지만 상황에 따라 독일 정부의 입장도 어떻게 변할지는 알 수 없다고 덧붙였다. 사실 한 치 앞을 내다보기 어려운 때니까.

크리스틴이 떠날 때 나는 요즘 달라진 인사 풍속에 아랑곳 하지 않고 그녀와 깊은 포옹을 나눴다. 정말 자랑스럽고 따뜻한 마음이다. 모든 게 불투명하고 위험하기까지 한 마당에 용기 있게 우리나라를 찾아온 귀빈 아닌가. 오로지 자신의 소임을 다하기 위하여! 뭐 그렇게 거창할 것도 없이 그녀는 우리 부부에게 큰 위안과 힘이 됐다. 언젠가 떠났던 손님이 다시 돌아올 수 있다는 사실만으로도!

두꺼비집의 맷돌호박과 와송

몇 달 지나면 끝날 줄 알았던 코로나바이러스가 지구촌 곳곳에서 더욱 기승을 부리며 수십만의 희생자를 내고 경제 활동마저 마비시키고 있다. 모범적인 방역으로 전 세계의 부러움을 받던 우리나라 역시 여름 들어서도 확산세가 꺾이지 않았다. 따라서 사회적 거리두기가 1단계에서 2단계로 강화됐고 대중교통을 이용할 때는 물론 웬만한 장소에서 마스크를 쓰는 게 일상화됐다.

예전에 우리 부부가 맞벌이로 직장을 다닐 때는 사실 사스(SARS-CoV)니, 메르스(MERS-CoV)니 하는 전염병이 아무리 위험하다고 해도 남의 일처럼 보였었다. 그런데 이번 코로나바이러스(COVID-19)는 달랐다. 전 국민 누구에게나 큰 재난이 된 만큼 우리에게도 엄청난 충격과 시련이었다. 다른 숙박업소들도 거의 마찬가지겠지만 우리 집 역시 3월 이후 손님을 거의 받지 못했다. 이따금 공무라든가 휴식을 위해 찾는 내국인이 있었지만 게스트도 호스트도 서로가 두려운 처지가 된다. 당국의 지침대로 손님의 발열 여부를 체크하고 마스크를 착용하며 손소독제를 쓰게 하지만 바이러스가 어떻게 급습

코로나바이러스 예방을 위한 '사회적 거리두기'로 텅 빈 광화문광장(4월 20일 오후 6시 30분)

할지 모르니까.

경제적인 손실도 이만저만 아니다. 지난해 성수기라면 월 300만 원이 넘었는데 올해의 경우 월 30만 원도 안 됐다. 4월에는 아예 수입이 없었고 손님이라야 한 달 서너 건이 고작이다. 속 모르는 주위 사람들은 연금까지 받는 부부가 무슨 수익 걱정을 하느냐고 한다. 때로는 그냥 놀지 무슨 떼돈을 벌려고 하느냐고 핀잔도 준다. 그러면 대충 웃으며 실없는 농담으로 대꾸하며 넘기려 하지만 속이 쓰렸다. 사실을 말하자면 이 집에 한 달에 150만 원가량의 원금과 대출이자가 나가고 있으니까. 애당초 이 집을 구입해 들어올 때 적잖은 대출을 받았는데 그 여파가 아직까지 걱정과 주름을 드리우고 있는 것이다. 우리 역시 대부분 다른 자영업자처럼 꼬박꼬박 임대료를 내는 셈. 그나마 요즘 금리가 낮아서 그렇지 경제적 부담으로 말하자면 그야말로 '사람 잡는 집'이다.

이 집을 사서 들어올 때 한 주먹구구식의 계산과 낭만적 상상이 아직도 생생하다. 멀쩡한 새 아파트를 팔아 엄청난 대출을 받으면서 헌 땅집을 샀으니까. 그야말로 '두껍아 두껍아, 새 집 줄께 헌 집 다오' 노래를 불렀다고 할까. 사실 우리 부부에게 남들이 말하는 퇴직 후 자산 포트폴리오니 노후 생활 계획이란 관심 밖의 일이었다. 퇴직 후 절대 피해야한다는 대출금에 대한 걱정도 하지 않았다. 부부가 몇 년만 열심히 일하면 다 갚고 온전히 우리 집으로 살겠거니 하던 자신감. 그런데 그 모든 예상이 빗나가고 미래는 암울하다. 하고 보면 이 오래된

이층의 베란다에서 본 서촌 한옥마을. 함께 세월을 이겨나가는 이웃이 있어서 외롭지 않다.

땅집의 마당을 파거나 지붕을 오르내리는 나야말로 두꺼비 신세가 아닌가.

무엇보다 아내가 척추관협착증 같은 육신의 고통과 은근 경제적인 어려움을 겪는 사실을 곁눈질하며 마음이 아프지 않을 수 없었다. 우리는 코로나바이러스 재난과 관련해 서울시에서 제공한 '자영업자 생존자금'과, 고용노동부의 '긴급고용안정지원금'도 기꺼이 받아썼다. 여태 적잖은 세금을 내 왔기에 응당 자격이 있다 싶었으니까.

'아, 이럴 때 우리 안방 사장님에게 충성이나 다 하자' 나는 아내의 손을 잡고 인왕산 자락길이며 북한산 둘레길, 홍제천, 불광천 등으로 산책을 다니며 자못 여유까지 누렸다. 그러면서 아직도 서울에 남아있는 시골이나 옛 서울

동네의 정취도 만끽했다. 부암동 언덕에서 백사실 계곡으로 넘어가는 산길이며 홍지문에서 홍제천을 따라 가 본 포방터 시장 마을, 또는 인왕산에서 홍제동 쪽으로 떨어져 가 본 개미마을…. 이 여름, 전국에 걸쳐 50일이 넘는 사상 최고의 긴 장마가 몇 개 태풍까지 동반하며 8월 중순까지 이어졌다. 폭우와 홍수로 40명이 넘는 희생자와 수천 명의 이재민이 발생했는데 더위로 꺾일 줄 알았던 코로나바이러스는 더욱 기승을 부렸다. 7월 말에는 확진자 1만 4000명에 사망자가 300명을 넘어섰다고 했다. 누구에게나 참으로 암울하고 혹독한 재난의 시절이다. 사회적 거리두기 아니더라도 돌아다니기가 겁나고 누구를 만나기가 꺼려지는 때. 온라인 교육이며 재택근무와 아울러 슬기로운 '집콕' 생활이 뉴노멀 시대의 트렌드가 돼간다든가.

우리 부부도 한동안 놓았던 책을 가까이하며 다시 영어회화 공부를 시작했다. 손님이 없는 동안 우리 부부가 이곳 한옥으로 이사와 게스트하우스를 운영하며 겪었던 일들을 찬찬히 돌아보게 된 것도 행운이다. 부부가 한 곳을 바라보는 마음으로 공저의 책을 낼 수 있을 줄이야!

긴 장마 끝에 날이 활짝 개어 지붕을 살펴보는데 여기저기 와송이 한참 자라있다. 나는 맨발로 조심스레 기왓장을 밟아가며 와송을 뽑아 비닐봉지에 담았다. 그리고 커다란 잎과 노란 꽃을 줄줄이 달고 기세 좋게 기와지붕을 타고 올라가는 호박 덩굴을 흔들어보았다. 세상에! 이렇게 큰 맷돌호박이… 아주 탐스러운데, 이놈이 가만 보니까 보통 의뭉한 짓을 한 게 아니다. 양쪽 수키와 사이에 골을 이룬 암키와를 털썩 타고 앉아 자라다가 제 살찐 몸을 가누지 못하고 짜부가 된 꼴이다. 그게 괴로웠던지 이젠 한 쪽 수키와까지 벗겨내고 마구 자랄 태세. 그러니 기와 아래 홍두깨흙까지 갈라지고 뭉개져 금방이라도 비가 샐 지경이다. 이렇게 놔 둘 수는 없는 노릇이지. 미안한 일이지만 무성한 호박 덩굴을 걷어내고 함석 챙에 쌓인 진흙을 긁어모아 구멍을 메운다. 그리고 잠깐 허리를 펴고 지붕을 보니 새삼 그 아름다움에 감탄이 인다. 용마루에서 부드러운 곡선으로 흘러내린 기와들이 오랜 시간의 비늘처럼 고색창연하다. 하나가 수천수만 개로, 수천수만 개가 하나로 수렴되는 질서정연한 무늬처럼 언제 봐도 질리지 않는 신비의 때깔이며 오연한 모습 아닌가. 그런데 여러 수키와 아래 드러난 홍두깨흙 뭉치들이 오랜 장마와 폭우를 견뎌내느라 떨어진 속살 그대로

담장을 타고 지붕까지 용감무쌍하게 진격한 맷돌 장군

수키와 사이에 꼭 끼어 자라더니

기왓장을 날리고 짜부가 된 모습

다. 안타깝고 아픈 느낌이 전해진다. 저걸 당장이라도 내가 치료해 줄 수 있다면…. 그런 한순간 차라리 내가 이 한옥이라는 귀한 몸신의 의사로 나설까 하는 궁리에 빠진다.

비가 오고 나면 '나 잡아 봐라'는 듯 삐죽삐죽 솟아나는 와송(사진은 서촌 게스트하우스인 바인하우스 지붕)

땀을 뻘뻘 흘리며 사다리에서 내려와 아내와 함께 갓 수확한 와송들을 씻어 바나나와 함께 믹서로 갈아 신선 주스를 만들어 마신다. 달콤한 바나나 맛에 향긋하고 싸한 야초 향이 혀끝에 맴돈다. 코로나바이러스와 긴 장마로 쌓인 피로가 한순간 다 풀리는 듯한 느낌. 아내 역시 난생처음 경험한 와송의 맛에 찬탄을 한다.

"아무렴, 잡아야지"

"이거야말로 이 집 성주님이 일꾼 꼬드기는 불로초일지 모르지."

"무슨 얘기에요?"

"이거 마시고 제 몸 좀 잘 보살펴달라고."

우스갯소리에도 어리벙벙해 하기에 나는 한마디 덧붙인다.

"언제 기와 고치는 것 좀 배워봐야겠어. 아예 기와장이로 나서보든가…."

바나나와 와송을 갈아 만든 주스

아니나 다를까. 그제야 아내의 얼굴이 달덩이처럼 바뀐다. 그렇게만 한다면 여름마다 빗소리에 고질병 들 염려 없고 따로 돈 들어갈 일도 없을 테니까. 아무렴, 그렇고말고. 이 집은 주인보다 더 주인 같은 일꾼이 필요한 집이지.

이튿날 저녁에는 우리 땅집이 제공한 진짜 특식을 즐길 수 있었다. 곰순 씨가 마당에서 딴 맷돌호박으로 당장 한 끼를 해결하자고 나서더니… 호박을 송송 썰어 양파, 감자와 함께 미리 준비한 육수에 넣는다. 그리고 펄펄 끓는 물에 밀가루

하늘을 담은 호박들

반죽으로 수제비를 뜨는데 구수한 냄새가 집안을 진동한다. 이제는 기억에 가물가물한 바로 그 시골 저녁 냄새고 풍경 아니던가. 허겁지겁 먹다가 입천장이 데는 줄도 모른다. 어릴 적 바로 그 맛이고 여태 먹어본 중에 최고의 꿀맛이기도 했다. 나는 툇마루에 앉아 불룩한 뱃구레를 두드리며 스스로 만족해한다.

그럼, 더 이상 바랄 게 무어란 말인가.

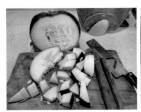

반으로 자른 호박이 꿀벌 단지 같다.

수제비 뜨기

김치와 깍두기만 있어도 배부른 한 끼
수제비 정찬

'은자가 살아가는 집'을 그리며

봄에는 6월에서 9월까지 오기로 한 30여 팀의 손님들이 순차적으로 예약취소를 하더니 여름 들어서는 새로 예약한 10월부터 겨울 예약 대기자들이 줄줄이 빠져나간다. 코로나바이러스의 확산과 진정 추세가 널뛰기하며 벌어지는 일이었다. 제발, 제발… 끝나야 할 텐데. 우리 부부는 매일 마음을 졸이며 간절히 기원했다. 특히 프랑스의 도미니크(Dominique)처럼 몇 달에 걸쳐 예약을 바꿔서라도 오려고 하다 결국 포기한 손님들을 보면 우리 일처럼 안타까웠다.

이곳에서는 시계가 필요 없다. 빛과 어둠이 결을 달리하며 시간의 흐름을 알려준다.

이런 마당에 기약 없이 손님을 기다린다는 것도 무의미했다. 어차피 예약 손님도 없고 내국인이라도 병마가 기승을 부리는 때 급히 찾아올 리 없다. 물론 보건당국이며 관광공사에서 요청하는 대로 방역물품을 갖추고 소독 등 여러 대비는 하지만 거의 필요가 없다.

차라리 우리 식구라도 편하게 지내야지. 우리 부부는 마음을 비우고 주생활 근거지인 2층에서 1층으로 내려왔다. 그래봤자 원래 우리 부부가 쓰던 안방을 하나 더 차지한 것이지만 가족의 대화 공간 같은 주방 테이블, 마당까지 마음껏 오가며 모처럼 평화로운 일상을 즐긴다.

이곳 게스트하우스에서 일을 돕던 딸이 시집을 간 뒤 몇 달 만에 사위와 함께 놀러 왔다. 우리 가족은 마당에 테이블을 놓고 바비큐를 즐기는 뜻밖의 호사까지 누렸다.

일상으로 돌아온 살림집에서 백년손님과 함께

이제야 우리 집이 온전한 우리 집으로 돌아왔구나! 어쩐 일인지 마음 깊은 곳에서 감사의 말이 흘러나왔다. 그러고 보니 곳곳이 얼마나 편하고 쓸모 있는 집인가. 게스트하우스의 '게' 자도 모르던 나를 여기까지 끌고 와서 부려먹던 뚱딴이 원망스럽기도 했는데… 이참에 일을 접으면 어떨까. 편하고 즐거운 마음에 그런 유혹도 일었다. 이 동네에서 가장 유명했던 바인(Vine) 게스트하우스도 문을 닫는다고 했고 다른 몇몇 업소도 폐업을 고민 중이라 했다.

그런 한편 이렇게 편하게 지내다가 다시 손님을 받게 되면 얼마나 힘들까, 걱정 아닌 걱정도 일었다. 아무리 훌륭한 마라톤 주자도 막판에 삐끗해 낙오한다고 하던데….

뚱딱이도 그런 생각이었을까. 어느 날 취직을 하게 됐다며 좋아하더니 종로구청으로 나가기 시작했다. 코로나바이러스로 폐업에 직면한 자영업자를 위하여 서울시에서 시행하는 '생존자금' 사업을 지원하는 일이란다. 뚱딱이는 집에서 일터까지 걸어서 다니며 하루하루를 활력 있게 보냈다. 하긴 시아버님이 85세인 오늘날까지 서울 한복판의 직장에 다니시는 것을 보면 그리 놀라울 일도 아니다. 당신들의 DNA에 새겨진 집안 내력인가.

한여름이 시작되는 6월 11일, 초인종 소리에 나가보니 기다렸던 손님이다. 그녀는 어제 우리 집을 얼핏 보고 대번에 반해 묵겠다고 약속을 하고 간 터. 나가보니 무거운 캐리어 두 개와 손가방 등 만만치 않은 짐을 가지고 왔다. 대만에서 왔다고 하여 경계를 했는데 이미 2주간 호텔에서의 자가격리 절차를 마친 후였다고. 고강도의 입국절차까지 감내하며 국내에 온 이유는 골치 아픈 '공부거리' 때문이란다. 무슨 기금까지 받은 연구라 했던가. 사실 그때는 흘려들으며 그러려니 했다. 우리는 그녀가 미리 요청한 대로 방에 작은 책상과 교자상을 함께 넣어주었다. 한 달이나 있겠다니 세를 들인 듯 잘됐다 싶고 고마웠지.

뚱딱이와 나는 최대한 그녀의 공부에 방해가 되지 않게 해야겠다고 마음먹었다. 다행히 그녀의 방은 우리의 2층과 1층 중심부에서도 떨어져 있는 건넌방이다. 화장실도 바깥의 별채 것을 이용한다. 우리는 마당에도 얼씬거리지도 않으려 했다. 마침 뚱딴이 일을 나갈 때였으니 서로 부딪칠 일도 없다. 아침도 먹지 않는다고 했으니 실제 신경 쓸 일도 별로 없었다. 그런데 이런 노력이 며칠 만에 허사가 됐다. 어쩌다 식사를 권하거나 함께 차를 마실 기회가 되면 그녀가 스스로 더 가깝고 친밀하게 다가온다. 그리고는 온갖 이야기를 스스럼없이 늘어놓는데 재밌고 시간 가는 줄 모르게 된다.

그러잖아도 사람 만나기 어렵고 만나서 오래 얼굴 맞대고 있기도 부담되는 코로나바이러스 시절이다. 그런데 마치 그녀와 나는 별세계에 들어와 있는 듯 편한 마음을 나눈다. 그렇게 한 두 주를 만나다 보니 그녀가 마치 한참 성장해 돌아온 딸처럼 느껴지기까지 했다. 손님에게는 미안한 말이지만 정말이지 우리를 대하는 예의나 화법과 재치, 그리고 속깊은 마음까지 지극하고 살가웠다. 주말이면 인왕산자락길로 함께 산책도 나가고 때론 갑갑한 숨을 트듯 마당에서 티타임도 가졌다.

그러고도 새벽까지, 혹은 밤새 건넌방의 불이 켜져 있는 모습을 보노라면 애틋한 마음이 들었다. 연구자들과 머리를 맞대고 씨름을 했다는 무용담을 듣기도 했거니와 밤늦게 돌아와 기진맥진한 모습이 꼭 그렇다. 식사나 제대로 하는지, 저러다 몸을 상하면 어쩔지 염려도 됐다. 코로나바이러스 공포로 외식도 꺼려지고 아무 데나 다니기 어려운 때였다. 나는 겨우 일어나 눈을 비비는 그녀를 채근해 어떻게든 아침

대문 옆 문간방에서 새어나오는 은은한 불빛

을 먹이려 했고 과일이나 음료수를 챙겨주었다. 그러면 금방 기력을 회복한 듯 생글생글 웃으며 재밌는 이야깃거리를 던진다.

그런 가운데 장마가 시작됐고 매일 폭우가 쏟아졌다. 뚱딱이와 나는 그녀가 잘 돌아왔나 보며 잠들었고, 잠들었다가도 깨곤 했다. 정말 남이라면 그럴 수 있을까. 그녀가 아래층 작은 방에서 공부를 하고 있다는 사실이 그렇게 꽉 찬 느낌으로 다가올 수 있을까. 연구의 열정만큼 감성도 남달라 보였다. 그녀는 가끔 한껏 비를 머금은 목백일홍과 불두화를 보며 감탄을 연발하고 이 한옥에 머물 수 있어서 너무 좋다고, 공부가 잘 된다며 기쁜 감정을 그대로 전해줬다. 이럴 때면 나 역시 얼마나 기쁘고 고마운 마음이 들었는지 모른다.

그리고 언제 갔는지 모르게 한 달의 여름이 가고 떠나는 아침. 그녀는 아주 환한 얼굴로 그간의 작업 결실이라며 하드커버의 책자를 건네주었다. ['형비포치(衡泌鋪置)'를 통해 본 서유구의 향촌 공간 구상]이라는 제목의 박사학위 논문이다. 그녀는 이전에 나와 대화를 하던 중 조선후기 실학자인 풍석 서유구를 소개하며 관련 책도 전해줬다. 논문은 바로 그가 꿈꾸었던 형비포치, 즉 '은자가 살아가는 집의 배치'를 탐구한 내용이다. 남편은 나중에 이 논문을 꼼꼼히 읽으며 이것이야말로 자신이 꿈꾸던 은퇴 후 삶과 집에 대한 설계였다고 무릎을 친다. 손님이 아직 잉크도 마르지 않은 이 논문을 굳이 우리에게 선물한 뜻이 그렇지 않았을까.

돌아보니 그녀의 '공부거리'란 게 박사학위를 취득하기 위한 마지막 작업인 줄 우리는 전혀 눈치채지 못한 것이다. 그러니까 이 한 달 동안 집중적으로 논문의 마무리 통과 절차를 밟은 모양. 그녀는 이제 해방이라고 기염을 토하며 우리 앞에서 만세를 불렀다. 얼마나 오랜 고생을 하고 어려운 과정을 밟

이 집에서는 빨래를 말리는 데 대용량의 햇빛 자연건조기를 쓴다. 살균력도 탁월한데 보는 마음까지 뽀송뽀송

아왔으면 그럴까. 우리 부부는 얼른 와인 한 병을 준비해 축하 자리를 만들고 박수와 응원을 더했다. 앞날의 더 큰 성취와 보람을 일궈나가길 바라는 마음뿐이다.

이제 코로나바이러스 시절에 만났던 또 한 명의 잊지 못할 손님 이야기를 해야겠다. 길고 늦은 장마가 끝나고 또 한차례 태풍도 지나며 여름도 막바지에 접어든 때. 설마 손님이 오랴 싶었는데 부킹 사이트를 통해 예약이 들어왔다. 며칠 뒤 저녁 무렵, 대문의 높은 턱을 가볍게 넘어 환하고 발랄하게 들어오는 아가씨란! 이제야 여름휴가를 받았다는 바로 그 주인공, 민지 씨였다. 아무리 그래도 집콕만 할 수 없어서 우리 한옥을 찾게 되었단다. 우리 집에서 고개 하나만 넘으면 있는 서대문 쪽 동네에서 왔단다. 잠깐 바람 쐬러 온 듯 가벼운 차림이다.

들어와서는 폴짝폴짝 뛰듯 걸으며 눈을 반짝인다. 그저 그런 한옥인 줄 알았는데 기대 이상으로 너무 근사하고 아름답다는 감탄. 이전에 외국 손님들에게 자주 들었지만 전혀 색다른 반응으로 들렸다. 아마 하이 톤으로 거침없이 드러내는 표현 때문이었을까. 그녀는 마당에 서서 묵직한 디지털카메라로 이곳저곳 사진을 찍었고 안채에 들어와서는 홀린 듯이 천장의 서까래며 실내 고가구와 그림들을 살폈다. 나는 물론 그녀를 데리고 2층의 베란다로 나가 한옥마을도 구경시켜 주었다. 실로 오랜만에 다시 이 집의 아름다움과 가치를 아는 이가 왔다는 생각이 들었다. 우리 부부가 처음 이 집에 와서 홀딱 반하고 넋이 빠진 그 모습 그대로였다.

한두 시간 방에서 쉬는 듯하더니 다시 나타난 그녀와 인왕산자락길 산책까지 하게 된 정서적 교감도 이런 데 있었다. 우리는 산책로 중간의 전망대까지 가면서 많은 대화를 나눴다. 그런 가운데 나를 정말 놀라게 한 사실은 그녀의 지적 성숙과 공감 능력이랄까. 어른스럽다는 말로도 부족하고 대화가 통한다는 식으로도 모자란다. 20대라고는 믿을 수 없게 세상의 굴곡과 삶의 이면을 꿰뚫어 보듯 말하는 능력. 글쎄, 그것을 공감이나 소통의 능력이라 말하기도 부족하다. 학창 시절 가출 등 방황도 많이 했다던가. 어머니 속도 꽤 썩였지만 이제는 그 어머니를 위한 책을 준비하고 있다고. 평범하지만 평범할 수 없는 한 어머니의 이야기라니, 기특하게 여겨졌다.

그녀가 어느 기업의 해외사업부에서 일하다 이제는 꿈에 그리던 일을 성취했다는 점이 그녀를 돋보이게 했을 수 있다. 그렇지만 이런 사실이 그녀의 재능을 빛나게 하고 내게 큰 울림을 준 게 아니다. 그렇다면 내가 민지 씨에게 우리 부부가 살아온 지난 30여년의 궤적이며 이런저런 내밀한 이야기를 그 짧은 시간에 들려줄 수 있었을까. 뚱딴지도 그녀에 대해 나와 똑같은 감정이었던

이 여름의 귀한 손님이 '이용후기'를 남기며 맨눈과 마음으로 찍은 듯한 여러 장의 이미지를 보내왔다.

가. 그녀에게 우리의 '부부 일기'도 아무렇지 않게 보여줬고 우리가 목하 공동 저작인 이 책을 낼 거란 사실도 알려준다.

이 어렵고 암울한 시대에 그래도 오롯이 자신의 꿈과 의지로, 자신의 집을 지으려는 젊음을 보았기 때문이다. 그녀는 요즘 '영끌'이라는 말처럼 굳이 집을 장만하는데 기를 쓰고 싶지 않다고 했다. 그녀가 남과 다른 자신만의 꿈과 아이디어를 이야기해줄 때 귀가 솔깃했다. 말하자면 그녀는 코로나바이러스로 뒤덮인 이 도시에 희망이란 소식을 물고 온 파랑새 같은 손님이라고나 할지.

아침을 먹고 커피를 마시던 때였던가. 그녀가 우리 부부에게 이런 말을 했다.

"이 집에 와서 세상에 이런 집도 있고, 주인분들처럼 이렇게 살 수 있는 삶도 있다는 걸 알았어요. 정말 고마웠어요."

'이렇게 살 수 있는 삶'이란 말이 어쩌면 그렇게 실감 나게 다가오던지!

우리가 남과 다름없이 살아오면서, 한편 다른 삶을 살아온 것도 사실이다. 지금 현재의 삶이 그대로 증명하고 있으니까. 그런데 이 젊은 손님이 그걸 보았다고 하는 것이다. 나는 고마운 마음에 그녀의 손을 꼭 잡아주었다.

그녀가 남기고 간 손글씨 편지

그녀가 체크아웃을 할 때 나는 볼일이 있어서 배웅할 수 없었다. 그런데 다녀오니 뚱딴이 그녀의 깨알 같은 손편지를 전해줬다. 아까 한 말 이상의 구구절절한 사연에 숙연한 마음까지 들었다. 며칠 뒤 영문으로 된 이용후기까지 올라와 있는 것을 보았다. 나는 이제껏 잘 써보지 못한 연애편지 쓰듯 답글을 올렸다.

영어로 된 이렇게 긴 후기가 손님들보다 호스트인 우리를 위한 글이라는데 놀랍고 감동했습니다. 이 집의 일꾼인 남편과 나는 둘이 번갈아 읽어 내려가면서 '어머, 어쩜, 아아!'를 연발하며 마음이 뭉클했답니다. 삶이란 누구에게 보여주기 위한 것이 아니고 그저 살아지는 것인데 누군가는 이렇게 우리 삶에 격한 공감과 환호를 하는구나. 진실로 어떤 때는 손님을 맞고 서빙을 한다는 게 어렵고 또한 버거운 일도 많았는데 민지님의 방문으로 내 일에 대한 확신과 함께 이것이 좋은 일임을 새삼 확인받은 기분이 들었습니다. 여러 고마운 말씀과 찬사는 바로 그 마음속에 참으로 멋지고 훌륭한 집을 갖고 있기 때문이 아닐까요. 우리는 우리 전통의 숨결이 담겨 있는 이 집을 더욱 잘 가꾸고 언제까지든 손님을 기다려야겠다고 다짐합니다. 짧은 시간이었지만 우리와 가까운 어떤 친구나 동료보다 더 많은 따뜻한 마음을 나눈 시간이었습니다. 긴 편지와 같은 리뷰에 정말 감사드리며 기회 되면 또 볼 수 있기를 요.^^

출판 후기

평소 마당이 있는 땅집을 꿈꿔온 곰순, 뚱딱 씨 부부는 인왕산 아래 서촌의 오래된 한 한옥에 반해 2014년 이곳으로 이사를 했다. 마당에 채송화들이 피어있고 한옥과 양옥이 어우러져 있는 재미난 모습이 혹하니 마음을 끌었던 것. 안채의 복층 계단으로 올라가 베란다에서 내려 보니 ㄷ자형 기와지붕이 한눈에 들어온다. 고색창연한 기와가 시간의 비늘처럼 아름답다. 살짝 고개를 들어보면 서촌 한옥마을이 펼쳐져 있다. 서울에도 이런 시골 고향 같은 곳이 있다니! 곰·뚱 부부는 이곳에서 세월을 이고 가는 땅집처럼 곱게 늙어가기를 바라게 된다.

그런데 이 집을 식구들만 누리기에 아깝고 미안한 마음이 든다. 서촌이 갑자기 관광명소로 뜨며 많은 이들이 집안까지 기웃거린다. 우리도 무언가 하면 어떨까? 예전에 얼핏 꿈꾸었던 대로 홈스테이를 하면 어떨까. 1층 한옥부는 손님들에게 내어주고 부부는 단출하게 2층에 살면 되니까. 마침 아이들이 이곳에서 살다가 독립해 나가면서 적적하기도 하다. 부부는 이윽고 대문을 활짝 열고 손님을 받기로 한다. 일을 잘 꾸미는 뚱딱이 앞장서서 홈페이지도 만들고 함께 관계 기관의 교육도 받는다. 이어 곰순이를 대표로 '한옥체험업' 형태의 사업자 등록을 하고 한국관광공사의 품질인증제 업소에도 이름을 올린다.

문을 열고 한 달, 두 달, 그리고 몇 달이 지나며 국내 손님은 물론 외국에서도 이 집을 찾기 시작한다. 처음에는 손님들의 입소문이나 블로그를 통해 오더니 점차 홈페이지며 부킹닷컴 등 플랫폼 예약이 줄을 잇는다. 과연 손님들과 말이나 통할까. 서비스는 제대로 할 수 있을까. 이런저런 긴장과 걱정은 손님을 '잡고', 맞으며 자신감으로 바뀌어간다, 때로는 경복궁 등 고궁과 광장시장, 명동 등 시내 명소를 안내하거나 이벤트에 동행하는 일까지 부부의 즐거운 일상이 된다.

돌아보면 정말 많은 국내외 손님들이 이곳 서촌집을 다녀갔다. 대부분 숙박이지만 때로는 체험이나 행사와 관련해 왔던 분들도 있다. 우리 부부가 문을 연 지 4년이 지나는 동안 근 7백 팀에 줄잡아 1천 명이 넘는다. 어떤 이유로 왔든 많은 이들이 오래 되고 잘 가꾼 이 집을 칭송하고 우리의 일에 위로와 격려를 보내주었다. 더러는 우리의 경험담을 책으로 엮어 보라고 권했다.

그와 같은 응원이 이 책을 펴내는 데 큰 힘이 되었음을 밝히지 않을 수 없다. 마침 이런 내용이 출판문화진흥원에서 공모한 '우수콘텐츠'로 선정됐고 아울러 휴먼앤북스 하응백 대표님이 선뜻 출판을 맡아준 것도 행운이었다.

그분들이 아니라면 이 책은 세상에 빛을 보기 어려웠을 듯싶다. 2020년을 보내는 지금은 코로나바이러스 팬데믹으로 국내외 여행과 관광이 거의 막혀 있는 때다. 바이러스 재앙으로 인한 각국의 인명피해는 말할 것도 없고 경제 불황과 특히 관련 업계의 고통이 계속되고 있다. 우리 서촌 게스트하우스에도 손님의 발길이 거의 끊겼다. 그나마, 그렇게 되니 이곳이 다시 우리 집이 된 느낌이기도 하다. 우리 부부는 바삐 달려온 지난 몇 년을 되돌아보며 새삼 고마운 마음으로 손님들을 추억하고, 때론 안부를 물을 수 있었다.

애당초 이런 책을 만들 생각이었다면 좀 더 계획성 있게 일을 하고 그런 내용으로 꾸렸을 것이다. 다행히 우리 부부는 결혼 이후 30여 년간 부부 공동의 일기를 써왔다. 책을 낼 작정으로 원고를 쓰다가 반쯤은 그저 몇 년의 일기를 떠들쳐 보며 정리할 수 있었다. 그런 만큼 대단한 짜임새는 없지만 딴에는 진솔한 기록이 녹아들어 간 셈이라 하겠다. 서로 다른 서술 방식이나 문장은 읽기 편하도록 통일되게 다듬었다. 그런데 수많은 손님과의 만남 중에 몇몇을 선택하는데 적잖은 어려움이 있었다. 기억에 선명히 남아있는데 바빠서 일기에 빼놓은 경우도 있었고, 기록에 남았어도 드러내기 어려운 예도

원고를 정리하며 찾아본 부부일기와 손님들의 게스트북. 우리는 손님들과 함께 하는 여행자로서의 추억을 갈무리하고자 했다.

있다. 한 분 한 분 귀하고 잊지 못할 분들인데 다 다루지 못해 아쉽기만 하다.

예컨대 이곳에 다섯 번이나 놀러와 묵었던 강릉의 승언이네 가족, 대입 준비로 딸처럼 지냈던 민정이, 아들과 함께 군인처럼 강행군 도보여행을 하던 폴란드의 피오트르(Piotr), 유튜브로 우리 집을 멋지게 소개한 베트남 인기 방송인 융응웬과 치당(DungNguyen, ChiDang), 몇 년을 별러 세계 일주를 하던 오스트레일리아의 트레이시(Tracey), 미군에 입대해 재방문한 푸에르토리코의 에드윈(Edwin), 또 다른 푸에르토리코 손님으로 이곳에 대한 많은 소개를 한 로이다(Loyda)와 제니퍼(Jennifer), 또 폭염에 홀로 여행을 하고 헤어질 때 펑펑 울던 이탈리아 마리아(Maria), 영화 '써니'의 멤버들같이 명랑발랄했던 스페인 누리아(Nuria)와 친구들, 노래방까지 가서 어울렸던 미국 닐(Nile) 커플, 친구들과 왔다가 부모를 모시고 가족과 재방문한 타이완의 리우(LiuNico), 윤동주 시인 연구가로 함께 시인의 언덕까지 산책하며 한일 관계를 놓고 많은 이야기를 나눴던 일본인 아이자와 카쿠(Kaku Aizawa) 등등…, 국내외 여러 곳에서 서울을 찾아온 목적과 이 집에 남긴 사연도 갖가지였다. 이루 다 열거할 수가 없으니 사람이 아닌 이 집 성주님의 기억에 넘길 수밖에.

그런가 하면 뜻밖에 이 책에 올랐거나 특히 사진이 게재된 경우 심심한 양해를 구하지 않을 수 없다. 이야기 속의 손님들 대부분 책 출간과 관련하여 허락하고 직간접적으로 호의를 보여주셨지만 연락이 끊긴 경우도 있다. 사후에라도 직접 양해를 구하고자 한다. 아울러 손님과 우리 부부 사이의 언어 장벽으로 해서 일어난 결례나 오역, 오해가 될 만한 표현도 너그러이 보아주시길 바라는 마음이다. 워낙 처음으로 시도한 작업이었기에 여러모로 부족함을 감수하려 했다. 아울러 손님들의 이름은 예약 때 영문 표기대로 했으며 각 장의 구분과 상관없이 본문 내용은 2015년부터 연도별로 자연스런 흐름에 따랐음을 밝힌다.

우리는 이 책으로 하여 우리 한옥의 아름다움과 실용성이 돋보이길 바라며 그간 이곳을 다녀간 손님들에 대한 감사의 뜻을 담고자 했다. 욕심이라면 지구촌 가족으로 우리는 얼마든 가까워질 수 있다는 사실을 보여주고 싶기도 했다. 또한 우리 곁을 스쳐 지나간 뒤, 이제는 먼 곳에서 혹시 병마와 싸우거나 뜻하지 않은 고난을 겪고 있는 분들이 계시다면 그들께 이 책이 작은 위로가 되었으면 하는 바람이다.

지금은 재난의 때이고 더구나 겨울을 재촉하는 찬 바람이 불기 시작하고 있지만, 한 해가 또 금방 지나가고 봄이 오리란 걸 우리 모두 잘 안다. 이제 무거웠던 여장을 풀고 희망의 등불을 켤 때, 늘 건강과 행운이 함께 하시길!

서촌에서 겨울 초입에
곰·뚱 부부가